CINCO SEMANAS EN GLOBO

JULIO VERNE

CINCO SEMANAS EN GLOBO

Prólogo de Arturo Pérez-Reverte
Ilustración de cubierta
de Vanesa Andrés

zenda edhasa

Título original: *Five Weeks in a Balloon*

Traducción de Sáenz de Jubera

Diseño de la sobrecubierta: Calderón Studio

Primera edición: febrero de 2026

Coedición especial entre Zenda y Edhasa (Zenda-Edhasa)
Diputación, 262, 2.º1.ª
08007 Barcelona
Tel. 93 494 97 20
España
www.zendalibros.com
marketing@zendalibros.com
www.edhasa.es

zenda edhasa

ISBN: 978-84-350-5583-3

Impreso en Barcelona por CPI Black Print

Depósito legal: B. 1394-2026

Impreso en España

Cuando el cielo aún era inocente

Arturo Pérez-Reverte

Hay cielos inolvidables, que no son el azul dócil de las fotografías, las estampas y los cuadros, sino paisajes inciertos donde se decide la suerte de los seres humanos. Conocí algunos de ellos en mi juventud: un cielo lívido sembrado de paracaidistas turcos en un amanecer de julio de 1974, sobre la ciudad chipriota de Nicosia. Ocho años después, en el cielo del Atlántico Sur, vi volar a pilotos argentinos que despegaban resignados en misiones sin regreso. Recuerdo cielos africanos a los que ascendían, enroscadas como serpientes rojas y negras, gruesas llamaradas de napalm; y sueño todavía, a veces, con el cielo nocturno de Beirut surcado por las luces de las balas trazadoras y los destellos de artillería que dibujaban en la noche la geometría del caos. También recuerdo, sobre mi cabeza, el cielo de verano del estrecho de Gibraltar a bordo de un helicóptero de Vigilancia Aduanera siguiendo casi a ras del agua la estela fugitiva de una lancha de narcotraficantes.

En todos esos lugares, y en algunos más, aprendí que el cielo puede ser hermoso, incluso protector, guía y fuente de vida, pero también un dispensador de muerte y destrucción, una amenaza, un escenario de incertidumbres donde la vida pende de un hilo de viento, una nube demasiado alta o demasiado baja, una posición del sol, un cálculo mal hecho o la simple mala suerte. Y que con frecuencia el cielo –conviene recordarlo antes de adentrarse en la magnífica novela que el lector tiene ahora en sus manos– puede ser el lugar donde empieza o se fragua el peligro. Por eso, cada vez que vuelvo a *Cinco semanas en globo*, releo a Julio Verne con un respeto distinto al de mi primera juventud, cuando me enfrentaba con asombro de lector precoz a sus grandes obras: *Veinte mil leguas de viaje submarino*, *La vuelta al mundo en ochenta días*, *De la Tierra a la Luna*... Porque el primer cielo por el que me condujo Verne era todavía un paisaje inocente surcado por hombres admirables; un cielo inaugural, todavía limpio, donde el hombre subía no para destruir, sino para comprender mejor el mundo. Para adueñarse con nobleza de él.

Por eso ha sido un acto de felicidad regresar hoy, de nuevo, a una novela que leí por primera vez a la edad de diez años. Un relato que es preciso leer como se leen los mapas antiguos: con una mano en el papel, pasando páginas; y la otra en el borde mismo de la aventura, sujetando un sable, una pistola, un rifle, una aguja imantada, una cantimplora con la última gota de agua, la llave del gas que hace ascender la barquilla de un artefacto imaginario... Basta abrir *Cinco semanas en globo* –primera entrega de los *Viajes extraordinarios*, publicada cuando Europa aún se esmeraba en cartografiar hasta el último palmo de la Tierra– para encontrarse de nuevo ante el viejo romance entre la ciencia, el mundo hostil y el coraje humano.

Julio Verne, que nunca fue exactamente un viajero, pero sí un navegante de la imaginación, más tenaz que cualquier marino o explorador de su época, concibió el aerostato *Victoria* como quien inventa un milagro doméstico: un globo que sube o baja sin perder gas, cargado de provisiones, ingenio y certezas técnicas; un artefacto que, en manos de Samuel Fergusson, Dick Kennedy y el fiel mayordomo Joe Wilson, no es sólo vehículo, sino brújula moral y aventura en sí mismo. Un prodigio que, al mismo tiempo que transporta a sus tripulantes, los transforma y mejora. Es la expresión más pura del imbatible optimismo técnico del siglo XIX. La idea de que basta volar un poco más alto, cada vez más, para entender mejor la Tierra y a sus moradores. Para comprender mejor las magníficas sorpresas que, como los mundos inexplorados, alberga el corazón humano.

La novela arranca en Londres, entre nieblas y teorías. Fergusson, tan rigurosamente inglés como sólo los exploradores de ficción pueden serlo, anuncia un viaje imposible: atravesar África de este a oeste, desde Zanzíbar hasta Senegal, surcando desiertos, sabanas y selvas en un globo aerostático. Kennedy, más práctico, duda como dudan siempre los hombres sensatos antes de embarcarse en una locura de apariencia razonable. Joe, por su parte, sonríe con comprensiva lealtad, pues sabe que el destino pertenece a los insolentes, a los audaces y a quienes, atreviéndose a seguirlos, los secundan. Y allá van los tres: elevándose sobre volcanes, sobre caravanas, sobre tierras de las que Europa apenas había aprendido a pronunciar los nombres, pero ya se disponía a estropearlas. En aquel momento singular, todavía honesto, intermedio entre la ingenuidad inicial y la perversión colonial posterior, cuando la palabra aventura aún sonaba honrada y parecía posible.

El desafío aerostático es puro Verne, un disfrute absoluto para el lector. La travesía está llena de tormentas que desgarran la lona, animales que acechan desde el cielo o la arena, tribus que miran al artefacto suspendido en el aire como un mal presagio o una promesa. En esta novela inolvidable, el autor mezcla con extrema sabiduría narrativa ciencia y exotismo, precisión técnica y fantasía juvenil, con una elegancia de escritor minucioso e imaginador irrefrenable. Incluso cuando la muerte ronda –como en el episodio, mi favorito, en que Joe salta del globo para salvar a sus compañeros–, el tono se mantiene ligero, casi confiado, como si encarar estoicamente el azar fuese una forma de cortesía hacia la vida misma. Al final, el *Victoria* cae, como caen todos los mitos después de cumplir lealmente su deber. Los viajeros sobreviven, maltrechos pero orgullosos, y regresan al mundo real con la certeza de haber inaugurado una nueva forma de mirar el cielo, la geografía y sus propias vidas.

El éxito de esta novela, al publicarse, fue inmediato, abrumador y lógico, porque el lector de 1863 descubrió y confirmó en Julio Verne algo que tal vez no había encontrado antes: la certeza de que la imaginación era ser un medio de transporte tan fiable como cualquier moderna máquina de vapor. *Cinco semanas en globo* es, todavía hoy, el acta fundacional de una manera de narrar el universo: con curiosidad técnica, entusiasmo sincero y una fe conmovedora, plenamente juvenil, en que la ciencia no era sólo un manual de hallazgos y soluciones, sino también una nobilísima excusa para la aventura. Por eso la seguimos leyendo, no con la misma inocencia, pero sí con el mismo interés que hace ciento sesenta y dos años. Porque el *Victoria,* suspendido sobre un África misteriosa, romántica y desmesurada, sigue recordándonos que hubo un tiempo en que volar era una hipótesis audaz, y que los más asombrosos viajes –los de Julio Verne y los nuestros– empiezan siempre igual, tanto antes como ahora: levantando los ojos para mirar el cielo y las tierras que cubre, mientras con ese acto intuimos, descubrimos o confirmamos que el mundo puede ser tan grande como nuestra maravillosa capacidad de imaginar y soñar.

I

El final de un discurso muy aplaudido. – Presentación del doctor Samuel Fergusson. – «Excelsior». – Retrato de cuerpo entero del doctor. – Un fatalista convencido. – Comida en el Traveller's Club. – Numerosos brindis de circunstancias

El día 14 de enero de 1862, un numeroso auditorio había asistido a la sesión de la Real Sociedad Geográfica de Londres, plaza de Waterloo, número 3. El presidente, sir Francis M., comunicaba a sus ilustres colegas un hecho importante en un discurso frecuentemente interrumpido por los aplausos.

Aquella notable muestra de elocuencia finalizaba con unas cuantas frases rimbombantes en las que el patriotismo manaba a borbotones:

–Inglaterra ha marchado siempre a la cabeza de las naciones (ya se sabe que las naciones marchan universalmente a la cabeza las unas de las otras) por la intrepidez con que sus viajeros acometen descubrimientos geográficos. –Numerosas muestras de aprobación–. El doctor Samuel Fergusson, uno de sus gloriosos hijos, no faltará a su origen. –Por doquier: «¡No! ¡No!»–. Su tentativa, si la corona el éxito –gritos de: «¡La coronará!»–, enlazará, completándolas, las nociones dispersas de la cartografía africana –vehemente aprobación–, y si fracasa –gritos de: «¡Imposible! ¡Imposible!»–, quedará consignada en la historia como una de las más atrevidas obras del talento humano.

Entusiasmo frenético.

–¡Bravo! ¡Bravo! –aclamó la asamblea, electrizada por tan conmovedoras palabras.

–¡Bravo por el intrépido Fergusson! –exclamó uno de los oyentes más expansivos.

Resonaron entusiastas gritos. El nombre de Fergusson salió de todas las bocas, y fundados motivos tenemos para creer que ganó mucho pasando por gaznates ingleses. El salón de sesiones se estremeció.

Allí se hallaban, sin embargo, un sinfín de intrépidos viajeros, envejecidos y fatigados, a los que su inquieto temperamento había llevado a recorrer las cinco partes del mundo. Todos ellos, en mayor o menor medida, habían escapado física o moralmente a los naufragios, los incendios, los tomahawks de los indios, los rompecabezas de los salvajes, los horrores del suplicio o los estómagos de la Polinesia. Pero nada pudo contener los latidos de sus corazones durante el discurso de sir Francis M.; la Real Sociedad Geográfica de Londres, sin duda, no recuerda otro triunfo oratorio tan completo.

Sin embargo, en Inglaterra el entusiasmo no se reduce a vanas palabras. Acuña moneda con aún más rapidez que los volantes de la Royal Mint. Antes de levantarse la sesión, se abrió una suscripción a favor del doctor Fergusson que alcanzó la suma de dos mil quinientas libras. La importancia de tal cantidad era proporcional a la importancia de la empresa.

Uno de los miembros de la sociedad interpeló al presidente para saber si presentarían al doctor Fergusson oficialmente.

–El doctor está a disposición de la asamblea –respondió sir Francis M.

–¡Que entre! ¡Que entre! –gritaron todos–. Bueno es que veamos con nuestros propios ojos a un hombre de tan extraordinaria audacia.

–Acaso tan increíble proposición –dijo un viejo comodoro apoplético– no tenga más objeto que embaucarnos.

–¿Y si el doctor Fergusson no existiera? –preguntó una voz maliciosa.

–Tendríamos que inventarlo –respondió un miembro bromista de aquella tan seria sociedad.

–Hagan pasar al doctor Fergusson –dijo sencillamente sir Francis M.

Y el doctor entró entre estrepitosos aplausos, sin conmoverse lo más mínimo.

Era un hombre de unos cuarenta años, de estatura y constitución normales; el oscuro color de su semblante era una muestra de un temperamento sanguíneo; su expresión era fría, y en sus facciones, que nada tenían de particular, sobresalía una nariz bastante voluminosa, como un bauprés, algo que caracterizaba al hombre destinado a los descubrimientos; sus ojos, de mirada muy apacible y más inteligentes que audaces, dotaban de gran encanto a su fisonomía; sus brazos eran largos y sus pies se apoyaban en el suelo con el aplomo propio de los grandes caminantes.

Toda la persona del doctor desprendía una gravedad tranquila, que no permitía ni remotamente acariciar la idea de que pudiese ser instrumento de la más insignificante farsa.

Así es que los vivas y los aplausos no cesaron hasta que, con un ademán amable, el doctor Fergusson pidió un poco de silencio. A continuación, se acercó al sillón dispuesto expresamente para él y desde allí, en pie, dirigiendo a los presentes una mirada enérgica, levantó hacia el cielo el índice de la mano derecha, abrió la boca y pronunció esta sola palabra:

–*¡Excelsior!*

¡No! ¡Ni una interpelación inesperada de los señores Dright y Cobden ni una demanda de fondos extraordinarios por parte de lord Palmerston para fortificar los peñascos de Inglaterra habían obtenido un éxito tan grande! El discurso de sir Francis M. había quedado atrás, muy atrás. El doctor era sublime, grande, sobrio y circunspecto; había pronunciado la palabra adecuada a la situación: «¡Excelsior!».

El viejo comodoro, completamente entregado a aquel hombre extraordinario, reclamó la inserción «íntegra» del discurso de Samuel Fergusson en los Proceedings of the Royal Geographical Society de Londres.

Pero ¿quién era aquel doctor y cuál era la empresa que iba a acometer?

El padre del joven Fergusson, denodado capitán de la Marina inglesa, había asociado a su hijo, desde su más tierna edad, a los peligros y aventuras de su profesión. Aquel niño tan digno, que no parecía haber conocido jamás el miedo, anunció muy pronto un talento despejado, una inteligencia de investigador, una afición notable a los trabajos científicos;

mostraba, además, una habilidad poco común para salir de cualquier atolladero; nunca se apuró por nada de este mundo, ni siquiera cuando comió con tenedor por primera vez, cosa en la que los niños no suelen sobresalir.

Su imaginación se inflamó muy pronto con la lectura de empresas audaces y exploraciones marítimas. Siguió con pasión los descubrimientos que señalaron la primera parte del siglo XIX y soñó con la gloria de los Mungo-Park, de los Bruce, de los Caillié, de los Levaillant, e incluso un poco, según creo, con la de Selrik, el Robinson Crusoe, que no le parecía inferior. ¡Cuántas horas bien ocupadas pasó con él en la isla de Juan Fernández! Aprobó con frecuencia las ideas del marinero abandonado; discutió algunas veces sus planes y sus proyectos. Él habría procedido de otro modo, tal vez mejor; en cualquier caso, igual de bien. Pero, desde luego, jamás habría dejado aquella isla de bienaventuranza, donde era tan feliz como un rey sin súbditos... No, ni siquiera en el caso de que lo hubieran nombrado primer lord del Almirantazgo.

Dejo a la consideración del lector si semejantes tendencias se desarrollaron durante su aventurera juventud vivida a los cuatro vientos. Su padre, hombre instruido, no dejaba de consolidar aquella perspicaz inteligencia con estudios continuados de hidrografía, física y mecánica, que acompañaba de algunas nociones de botánica, medicina y astronomía.

A la muerte del capitán, Samuel Fergusson tenía veintidós años y había dado ya la vuelta al mundo. Ingresó en el cuerpo de ingenieros bengalíes y se distinguió en varias acciones; pero la vida de soldado no le convenía, dada su escasa inclinación a mandar..., y menos aún a obedecer.

Dimitió y, ya cazando, ya herborizando, remontó hacia el norte de la península india y la atravesó desde Calcuta a Surate. Un simple paseo de aficionado.

Desde Surate lo vemos pasar a Australia y tomar parte, en 1845, en la expedición del capitán Sturt, encargado de descubrir ese mar Caspio que se supone existe en el centro de Nueva Holanda.

En 1850, Samuel Fergusson regresó a Inglaterra y, más dominado que nunca por la fiebre de los descubrimientos, acompañó hasta 1853 al capitán Mac Clure en la expedición que costeó el continente americano desde el estrecho de Bering hasta el cabo de Farewel.

A pesar de todas las fatigas, y bajo todos los climas, Fergusson resistía maravillosamente. Se sentía a sus anchas en medio de las mayores privaciones. Era el viajero perfecto, cuyo estómago se reduce o se dilata a voluntad, cuyas piernas se estiran o se encogen según la improvisada cama, y que es capaz de dormirse a cualquier hora del día y despertarse a cualquier hora de la noche.

Nada menos asombroso, por consiguiente, que hallar a nuestro infatigable viajero visitando, desde 1855 a 1847, todo el oeste del Tíbet en compañía de los hermanos Schtagintweit, para traernos de aquella exploración observaciones etnográficas de lo más curioso.

Durante aquellos viajes, Samuel Fergusson fue el corresponsal más activo e interesante del *Daily Telegraph*, ese periódico que cuesta un penique y cuya tirada, que asciende a ciento cuarenta mil ejemplares diarios, apenas logra abastecer a sus millones de lectores.

Así pues, el doctor era hombre bien conocido, pese a no pertenecer a ninguna institución científica, ni a las Reales Sociedades Geográficas de Londres, París, Berlín, Viena o San Petersburgo, ni al Club de los Viajeros, ni siquiera a la Royal Polytechnic Institution, donde un amigo suyo, el estadista Kokburn, hacía mucho ruido.

Cierto día, Kokburn le propuso, para darle gusto, resolver el siguiente problema: dado el número de millas recorridas por el doctor por todo el mundo, ¿cuántas millas más ha andado su cabeza que sus pies, teniendo en cuenta la diferencia de los radios? O bien, conociendo el número de millas recorridas por los pies y por la cabeza del doctor, ¿podría calcular su estatura con toda exactitud?

Sin embargo, Fergusson continuaba manteniéndose alejado de las sociedades científicas, pues era un feligrés militante, no un charlatán; le parecía mejor emplear el tiempo investigando que discutiendo, y prefería un descubrimiento a cien discursos.

Se cuenta que un inglés se trasladó a Ginebra con intención de visitar el lago. Lo metieron en un carruaje antiguo en el que los asientos estaban de lado, como en los ómnibus, y a él le tocó por casualidad estar sentado de espaldas al lago. El carruaje realizó pacíficamente su viaje circular, y nuestro inglés, aunque ni una sola vez volvió la cabeza, regresó a Londres perdidamente enamorado del lago de Ginebra.

El doctor Fergusson, por su parte, durante sus viajes se había vuelto más de una vez, de tal modo que había visto mucho. No hacía más que obedecer a su naturaleza, y tenemos más de un motivo válido para creer que era algo fatalista, aunque de un fatalismo muy ortodoxo, pues contaba consigo mismo y hasta con la Providencia; se sentía más bien empujado a los viajes que atraído por ellos y recorría el mundo como una locomotora que no se dirige, sino que es dirigida por el camino.

–Yo no sigo mi camino –solía decir el doctor–; es el camino el que me sigue a mí.

A nadie le asombrará, pues, la indiferencia y la sangre fría con que acogió los aplausos de la Real Sociedad; estaba muy por encima de tales miserias, exento de orgullo y más aún de vanidad; le parecía muy sencilla la proposición que había dirigido al presidente, sir Francis M., y ni siquiera se percató del inmenso efecto que había producido.

Después de la sesión, condujeron al doctor al Traveller's Club, en Pall Mall, donde se celebraba un soberbio banquete. Las dimensiones de las piezas servidas a la mesa guardaban proporción con la importancia del personaje, y el esturión que figuraba en tan espléndida comida no medía ni un centímetro menos que el propio Samuel Fergusson.

Se hicieron numerosos brindis con vinos de Francia en honor de los célebres viajeros que se habían ilustrado en las tierras de África. Se bebió a su salud o en su memoria, y por orden alfabético, lo que es muy inglés: por Abbadie, Adams, Adamson, Anderson, Arnaud, Baikie, Baldwin, Barth, Batuoda, Beke, Beltrame, Du Berba, Binbanchi, Bolohnesi, Bolwik, Bolzoni, Bonnemain, Brisson, Browne, Bruce, Brun-Rollet, Burchell, Burtckhardt, Burton, Caillaud, Caillié, Campbell, Chapman, Clapperton, Clol Rey, Colomien, Courval, Cumming, Cunny, Debono, Decken, Denham, Desavamchers, Dicksen, Dickson, Dochard, Duchaillu, Duncan, Durand, Duroulé, Duveyrier, Erchardt, D'Escayrac de Lautore, Ferret, Fresnel, Gallnier, Galton, Geoffroy, Golberry, Hahn Hahn, Hamier, Hecquart, Heuglin, Homemann, Houghton, Imbert Kaufmann, Knoblecher, Krapf, Kummer, Lafaille, Lafargue, Laing, Lambert, Lamiral, Lamprière, John Lander, Richard Lander, Lefebre, Lejean, Levaillan, Livingstone, Maccarthie, Magglar, Maizan, Malzac, Moffat, Mollien, Monteiro, Morrison, Mungo-Park, Neimans, Overweg, Panett, Partarrieau, Pascal, Pearse, Peddie, Peney, Petherick, Poncet, Puax, Raffene, Rath, Rebmann, Richardson, Riley, Ritchie, Rochet D'Aricourt, Rongawi, Roscher, Ruppel Saugnier, Speke, Steidner, Tribaud, Thompson, Thornton, Toole, Tousny, Trotter, Tuckey, Tyrwitt, Yaudey, Veyssiére, Vincent, Vinco, Vogel, Warhlberg, Warington, Washington, Weme, Wild y, por último, por el doctor Samuel Fergusson, el cual, con su increíble tentativa, debía enlazar los trabajos de aquellos viajeros y completar la serie de los descubrimientos africanos.

II

Un artículo del Daily Telegraph. *– Guerra de periódicos científicos. – El señor Petermann apoya a su amigo el doctor Fergusson. – Respuesta del sabio Koner. – Apuestas comprometidas. – Varias proposiciones hechas al doctor*

Al día siguiente, en su número del 15 de enero, el *Daily Telegraph* publicó un artículo concebido en los siguientes términos:

> África desvelará por fin el secreto de sus vastas soledades. Un Edipo moderno nos dará la clave del enigma que no han podido descifrar los sabios de sesenta siglos. En otro tiempo, buscar el nacimiento del Nilo, *fontes Nili quaerere,* se consideraba una tentativa insensata, una irrealizable quimera.
>
> El doctor Barth, siguiendo hasta Sudán el camino trazado por Denham y Clapperton; el doctor Livingstone, multiplicando sus intrépidas investigaciones desde el cabo de Buena Esperanza hasta el golfo de Zambeze; y los capitanes Burton y Speke, con el descubrimiento de los Gran-

> des Lagos interiores, abrieron tres caminos a la civilización moderna. Su punto de intersección, al cual no ha podido llegar ningún viajero, es el corazón mismo de África. Hacia ahí deben encaminarse todos los esfuerzos.
>
> Pues bien, los trabajos de aquellos atrevidos pioneros de la ciencia quedarán enlazados gracias a la audaz tentativa del doctor Samuel Fergusson, cuyas importantes exploraciones han tenido ocasión de apreciar más de una vez nuestros lectores.
>
> El intrépido descubridor (*discoverer*) se propone atravesar en globo toda África de este a oeste. Si no estamos mal informados, el punto de partida de su sorprendente viaje será la isla de Zanzíbar, en la costa oriental. En cuanto al punto de llegada, tan sólo la Providencia lo sabe.
>
> Ayer se presentó oficialmente en la Real Sociedad Geográfica la propuesta de esta exploración científica, y se concedieron dos mil quinientas libras para sufragar los gastos de la empresa.
>
> Tendremos a nuestros lectores al corriente de tan audaz tentativa, sin precedente en los fastos geográficos.

Como era de esperar, el artículo del *Daily Telegraph* causó un gran alboroto. Levantó tempestades de incredulidad, y se consideró al doctor Fergusson un mero soñador, un invento del señor Barnum, que, después de haber trabajado en Estados Unidos, se disponía a «hacer» las islas británicas.

En Ginebra, en el número de febrero de los Boletines de la Sociedad Geográfica, apareció una respuesta humorística; su autor se burlaba, con no poco ingenio, de la Real Sociedad de Londres, del Traveller's Club y del fenomenal esturión.

Pero el señor Petermann, en sus *Mittneilungen,* publicados en Gotha, impuso el más absoluto silencio al periódico de Ginebra. Conocía personalmente al doctor Fergusson y era garante de la empresa de su valeroso amigo.

Todas las dudas se disiparon muy pronto. En Londres se hacían los preparativos del viaje; las fábricas de Lyon habían recibido el encargo de una importante cantidad de tafetán para la construcción del aerostato; y el Gobierno británico ponía a disposición del doctor el transporte *Resolute*, al mando del comandante Pennet.

Brotaron estímulos, estallaron felicitaciones. Los pormenores de la empresa aparecieron muy detallados en los Boletines de la Sociedad Geográfica de París y se insertó un artículo notable en los *Nuevos anales de viajes, geografía, historia y arqueología*, de V. A. Malte-Brun. Un minucioso trabajo publicado en *Zeitschrift fur Algemeine Erdkunde* por el doctor W. Kouer demostró que el viaje era posible, habló de sus probabilidades de éxito, de la naturaleza de los obstáculos y de las inmensas ventajas de la locomoción por vía aérea; no censuró más que el punto de partida, pues creía preferible salir de Massaua, pequeño puerto de Abisinia, desde el cual James Bruce, en 1768, se había lanzado a la exploración del nacimiento del Nilo. Admiraba sin reserva alguna el carácter enérgico del doctor Fergusson y su corazón cubierto con un triple escudo de bronce que concebía e intentaba semejante viaje.

El *North American Review* vio, no sin disgusto, que estaba reservada a Inglaterra tan alta gloria; procuró poner en ridículo la proposición del doctor y le indicó que, hallándose en tan buen camino, no parase hasta América.

En una palabra, sin contar los diarios del mundo entero, no hubo publicación científica, desde el *Journal des Missions Évangéliques* hasta la *Revue Algérienne et Coloniale*, desde los *Annales de la Propagation de la Foi* hasta el *Church Missionary Intelligencer*, que no considerase el hecho bajo todos sus aspectos.

En Londres y en toda Inglaterra se hicieron considerables apuestas: primero, sobre la existencia real o supuesta del doctor Fergusson; segundo, acerca del viaje en sí, que no se intentaría, según unos, y que, según otros, se emprendería pronto; tercero, sobre si tendría o no éxito; y cuarto, acerca de las probabilidades o improbabilidades del regreso del doctor Fergusson. En el libro de las apuestas se consignaron enormes sumas, como si de las carreras de Epsom se tratase.

Así pues, crédulos e incrédulos, ignorantes y sabios, fijaron todos su atención en el doctor, el cual se convirtió en una celebridad sin sospecharlo. Gustosamente, dio noticias precisas de sus proyectos expedicionarios. Hablaba con quien quería hablarle y era el hombre más franco del mundo. Se le presentaron algunos audaces aventureros para participar de la gloria y peligros de su aventura, pero se negó a llevarlos consigo sin explicar su negativa.

Numerosos inventores de mecanismos aplicables a la dirección de los globos le propusieron su sistema, pero no quiso aceptar ninguno. A los que le preguntaban si acerca del particular había descubierto algo nuevo, los dejó sin ninguna explicación, y siguió ocupándose, con actividad creciente, de los preparativos de su viaje.

III

El amigo del doctor. – De cuándo databa su amistad. – Dick Kennedy en Londres. – Proposición inesperada, pero nada tranquilizadora. – Proverbio poco consolador. – Algunas palabras acerca del martirologio africano. – Ventajas del globo aerostático. El secreto del doctor Fergusson

El doctor Fergusson tenía un amigo. No era éste una réplica de sí mismo, un *alter ego,* pues la amistad no podría existir entre dos seres absolutamente idénticos.

Sin embargo, si bien poseían cualidades y aptitudes diferentes y un temperamento distinto, Dick Kennedy y Samuel Fergusson vivían animados por un mismo y único corazón, cosa que, lejos de molestarlos, les complacía.

Dick Kennedy era escocés en toda la extensión de la palabra: franco, resuelto y obstinado. Vivía en la aldea de Leith, cerca de Edimburgo, un arrabal de la «Vieja Ahumada». A veces, practicaba la pesca, pero en todas partes y siempre era un cazador decidido, lo que nada tiene de particular en un hijo de Caledonia algo aficionado a recorrer las montañas de Highlands. Se le tenía por un maravilloso tirador de escopeta, pues no sólo partía las balas contra la hoja de un cuchillo, sino que lo hacía en dos mitades tan iguales que, pesándolas luego, no se hallaba entre una y otra diferencia apreciable.

La fisonomía de Kennedy recordaba mucho a la de Halbert Glendinning tal como lo pintó Walter Scott en *El monasterio*. Su estatura pasaba de seis pies ingleses, aunque era agraciado y esbelto, y parecía estar dotado de una fuerza hercúlea. Un rostro muy tostado por el sol, unos ojos vivos y negros, un atrevimiento natural muy decidido, algo, en fin, de bondad y solidez en toda su persona, predisponía en favor del escocés.

Los dos amigos se conocieron en la India, donde servían en un mismo regimiento. Mientras Dick cazaba tigres y elefantes, Samuel se centraba en plantas e insectos. Cada cual era diestro en lo suyo, y más de una planta rara cogió el doctor, cuya conquista le costó tanto como un buen par de colmillos de marfil.

Los dos jóvenes jamás tuvieron ocasión de salvarse la vida el uno al otro ni de prestarse servicio alguno, por lo que su amistad permanecía inalterada. Algunas veces los alejó la suerte, pero siempre los volvió a unir la simpatía.

Al regresar a Inglaterra, les separaron con frecuencia las lejanas expediciones del doctor, pero éste, a la vuelta, nunca dejó de ir, no ya a preguntar por su amigo el escocés, sino a pasar con él algunas semanas.

Dick hablaba del pasado, Samuel preparaba el porvenir; el uno miraba hacia delante, el otro, hacia atrás. De ello resultaba que Fergusson tenía el ánimo siempre inquieto, mientras que Kennedy disfrutaba de una perfecta calma.

Después de su viaje al Tíbet, el doctor estuvo dos años sin hablar de expediciones nuevas. Dick llegó a pensar que se habían apaciguado los instintos de viaje e impulsos aventureros de su amigo, lo que le complacía en extremo. La cosa, se decía a sí mismo, algún día concluiría de mala manera. Por más que se tenga don de gentes, no se viaja impunemente entre antropófagos y fieras. Kennedy procuraba, pues, mantener a raya a Samuel, que había hecho ya bastante por la ciencia y demasiado para la gratitud humana.

El doctor no respondía una palabra; permanecía pensativo y después se entregaba a secretos cálculos, pasando las noches en operaciones de números y experimentos con aparatos singulares que nadie conocía. Se percibía que en su cerebro fermentaba un gran pensamiento.

–¿Qué estará tramando? –se preguntó Kennedy en enero, cuando su amigo se separó de él para volver a Londres.

Una mañana lo supo por el artículo del *Daily Telegraph*.

–¡Dios mío! –exclamó–. ¡Insensato! ¡Loco! ¡Atravesar África en globo! ¡Es lo único que nos faltaba! ¡He aquí en lo que meditaba desde hace dos años!

Sustituyan todos esos signos de admiración por puñetazos enérgicamente asestados en la cabeza, y se harán una idea del ejercicio al que se entregaba el bueno de Dick mientras profería semejantes palabras.

Cuando la vieja Elspteh, que era su ama de llaves, insinuó que podía tratarse muy bien de una broma, él respondió:

–¡Una broma! No, lo conozco demasiado, ya sé yo de qué pie cojea. ¡Viajar por el aire! ¡Ahora se le ha ocurrido tener envidia de las águilas! ¡No, no lo hará! ¡Yo lo ataré en corto! ¡Si le dejase, el día menos pensado se nos iría a la Luna!

Aquella misma tarde, Kennedy, inquieto y preocupado, tomó el ferrocarril en General Railway Station, y al día siguiente llegó a Londres.

Tres cuartos de hora más tarde, se apeó de un coche de alquiler junto a la pequeña casa del doctor, en Soho Square, Greek Street; subió la escalera y llamó a la puerta cinco veces seguidas.

Le abrió Fergusson en persona.

–¿Dick? –dijo sin mucho asombro.

–El mismo –respondió Kennedy.

–¡Cómo, mi querido Dick! ¿Tú en Londres durante las cacerías de invierno?

–Yo en Londres.

–¿Y qué te trae por aquí?

–La necesidad de impedir una locura que no tiene nombre.

–¿Una locura? –preguntó el doctor.

–¿Es cierto lo que dice este periódico? –replicó Kennedy, mostrando el número del *Daily Telegraph*.

–¡Ah! ¿Te refieres a eso? ¡Qué indiscretos son los periódicos! Pero, siéntate, Dick.

–No quiero sentarme. ¿De verdad tienes la intención de emprender ese viaje?

–Ya lo creo. Estoy haciendo los preparativos y pienso…

–¿Dónde están esos preparativos, que quiero hacerlos pedazos? ¿Dónde están?

El escocés, tan digno él, estaba hecho una furia.

–Calma, mi querido Dick –repuso el doctor–. Comprendo tu enfado. Estás ofendido conmigo porque hasta ahora no te he contado nada acerca de mis nuevos proyectos.

–¡Y a eso lo llamas nuevos proyectos!

–Estaba muy ocupado –añadió Samuel sin admitir la interrupción–, he tenido que hacer muchas cosas. Pero, tranquilízate, no hubiera partido sin escribirte...

–Me río yo...

–Porque tengo intención de llevarte conmigo.

El escocés dio un salto digno de un camello.

–¿Conque ésas tenemos? –repuso–. ¿Pretendes que nos encierren a los dos en el hospital de Betlehem?

–Cuento contigo, querido Dick, y te he escogido a ti tras excluir a muchos aspirantes. –Kennedy estaba atónito–. Cuando me hayas escuchado durante diez minutos –respondió tranquilamente el doctor–, me darás las gracias.

–¿Hablas en serio?

–Muy en serio.

–¿Y si me niego a acompañarte?

–No te negarás.

–Pero ¿y si me niego?

–Me iré solo.

–Sentémonos –dijo el cazador–, y hablemos tranquilamente. Puesto que no bromeas, vale la pena discutir el asunto.

–Discutamos almorzando, si no tienes en ello inconveniente, mi querido Dick.

Los dos amigos se sentaron a la mesa frente a frente, entre un montón de emparedados y una enorme tetera.

–Querido Samuel –dijo el cazador–, tu proyecto es insensato. ¡Es imposible llevarlo a cabo! ¡Es de todo punto impracticable!

–Eso lo veremos después de haberlo intentado.

–Precisamente eso es lo que no hay que hacer: intentarlo.

–¿Por qué?

–¿Y los peligros y obstáculos de todo género?

–Los obstáculos –contestó gravemente Fergusson– se han inventado para ser sorteados. En cuanto a los peligros, ¿quién puede estar seguro de que los evita? Todo es peligro en la vida. Peligroso puede ser sentarse a la mesa o ponerse el sombrero; además, es preciso considerar lo que debe suceder como si hubiese ya sucedido, y no ver más que el presente en el porvenir, puesto que el porvenir no es sino un presente algo más lejano.

–¿Qué dices? –replicó Kennedy, encogiéndose de hombros–. Eres un fatalista.

–Fatalista en el buen sentido de la palabra. No nos preocuparemos de lo que la suerte nos reserva, y no olvidemos jamás nuestro proverbio inglés: «Haga lo que haga, no se ahogará quien ha nacido para ser ahorcado».

No había nada que responder, lo que no le impidió a Kennedy encadenar una serie de argumentos fáciles de imaginar, pero que resultaría interminable reproducir aquí.

–En fin –dijo, después de una hora de discusión–, si te empeñas en atravesar África, si ello es necesario para tu felicidad, ¿por qué no tomas los caminos ordinarios?

–¿Por qué? –respondió el doctor, animándose–. ¡Porque hasta ahora todas las tentativas han fracasado! ¡Porque desde Mungo-Park, asesinado en el Níger, hasta Vogel, que desapareció en el Wadal; desde Oudney, muerto en Murmur, y Clapperton, muerto en Sackatou, hasta Maizan, hecho pedazos; desde el mayor Laing, asesinado por los tuaregs, hasta Roscher de Hamburgo, degollado a principios del 1860, se han inscrito numerosas víctimas en el martirologio africano! ¡Porque luchar contra los elementos, contra el hambre, la sed y la fiebre, contra los animales feroces y contra tribus más feroces aún es imposible! ¡Porque lo que no se puede hacer de una manera debe intentarse de otra! ¡En fin, porque cuando no se puede pasar por en medio, se pasa por un lado o por encima!

–¡Si no se tratase más que de pasar! –replicó Kennedy–. ¡Pero es posible caerse!

–Y bien –repuso el doctor con la mayor sangre fría–, ¿qué puedo temer? Como supondrás, he tomado mis precauciones para no sufrir una caída del globo; y, si éste me fallase, me hallaría en tierra en las condiciones habituales de los exploradores. Pero mi globo no me fallará; es una posibilidad que ni siquiera contemplo.

–Pues es necesario contemplarla.

–No, querido Dick. No pienso separarme de mi globo hasta que haya llegado a la costa occidental de África. Con él, todo es posible; sin él, quedo expuesto a los peligros y obstáculos naturales de tan difícil expedición; con él, ni el calor, ni los torrentes, ni las tempestades, ni el simún, ni los climas insalubres, ni los animales salvajes, ni los hombres pueden inspirarme miedo alguno. Si tengo demasiado calor, subo; si tengo frío, bajo; si encuentro una montaña, la salvo; si un precipicio, lo paso; si un río, lo atravieso; si una tempestad, la domino; si un torrente, lo cruzo como un pájaro. Avanzo sin cansarme, me detengo sin necesidad de reposo. Planeo sobre ciudades desconocidas. Vuelo con la rapidez del huracán, tan pronto por las regiones más elevadas de la atmósfera como a cien pasos de tierra, y el mapa de África se abre ante mis ojos en el gran atlas del mundo.

El buen Kennedy empezaba a emocionarse; sin embargo, el espectáculo evocado le producía vértigo. Contemplaba a Samuel con admiración, pero también con miedo; le parecía que estaba ya balanceándose en el espacio.

–Veamos –dijo–. Reflexionemos un poco, querido Samuel. ¿Has hallado, pues, el medio de dirigir los globos?

–Por supuesto que no. Es una utopía.

–Entonces, irás…

–A donde quiera la Providencia, pero será del este al oeste.

–¿Por qué?

–Porque cuento con valerme de los vientos alisios, cuya dirección es constante.

–¡Es verdad! –exclamó Kennedy, reflexionando–. Los vientos alisios… Seguramente… En rigor, se puede… Algo hay…

–¡Si hay algo! No, no, amigo mío, hay más que algo. El Gobierno inglés ha puesto un transporte a mi disposición, y hasta está decidido a que tres o cuatro buques crucen por la costa occidental para cuando está previsto que llegue. Dentro de tres meses, todo lo más, estaré en Zanzíbar, donde hincharé mi globo, y desde allí nos lanzaremos…

–¿Nos lanzaremos? –exclamó Dick.

–¿Te atreverás a hacerme aún alguna nueva objeción? Habla, querido Kennedy.

–¡Una objeción! Se me ocurren más de mil; pero, entre otras, dime: si tienes previsto conocer el país, si tienes previsto subir y bajar a tu albedrío, no lo podrás hacer sin perder gas; hasta ahora no se ha podido proceder de otra manera, lo que ha impedido siempre las largas peregrinaciones por la atmósfera.

–Querido Dick, sólo te diré una cosa: yo no perderé ni un átomo de gas, ni una molécula.

–¿Y bajarás cuando quieras?

–Cuando quiera.

–¿Cómo?

–El cómo es mi secreto, querido Dick. Confía en mí..., y que mi divisa sea la tuya: *¡Excelsior!*

–Pues bien, *¡excelsior!* –respondió el cazador, que no sabía una palabra de latín.

Sin embargo, estaba decidido a oponerse por todos los medios posibles a la partida de su amigo. De momento, fingió adherirse a su parecer y se contentó con observar. En cuanto a Samuel, fue a seguir con los preparativos.

IV

Exploraciones africanas. – Barth, Richardson, Overweg, Werne, Brun-Rollet, Peney, Andrea Debono, Miani, Guillaume Lejean, Bruce, Krapf y Rebmann, Maizan, Roscher, Burton y Speke

La línea aérea que el doctor Fergusson se proponía seguir no había sido escogida al azar; su punto de partida fue cuidadosamente estudiado, y no sin razón el explorador resolvió verificar la ascensión desde la isla de Zanzíbar. Ésta, situada cerca de la costa oriental de África, se encuentra a 60° de latitud austral, es decir, cuatrocientas treinta millas geográficas debajo del ecuador.

De aquella isla acababa de partir la última expedición enviada por los Grandes Lagos en busca del nacimiento del Nilo.

Sin embargo, conviene indicar qué exploraciones esperaba enlazar el doctor Fergusson las unas con las otras.

Destacan dos: la del doctor Barth, en 1849, y la de los tenientes Burton y Speke, en 1858.

El doctor Barth es un hamburgués que obtuvo para sí mismo y para su compatriota Overweg el permiso de unirse a la expedición del inglés Richardson, encargado de una misión en Sudán.

Sudán es un vasto país situado entre los 150° y los 100° de latitud norte, es decir, que para llegar a él es menester penetrar más de mil quinientas millas en el interior de África.

Hasta entonces, aquella comarca únicamente era conocida por el viaje de Denham, Clapperton y Oudney, verificado entre 1822 y 1824. Richardson, Barth y Overweg, ansiosos de llevar más lejos sus investigaciones, llegan a Túnez y a Trípoli, como sus antecesores, y luego a Murzuk, capital del Fezán.

Abandonan entonces la línea recta y tuercen en dirección oeste, hacia Ghat, guiados, no sin dificultades, por los tuaregs. Después de mil escenas de saqueo, vejaciones y ataques a mano armada, su caravana llega en octubre al vasto oasis del Asben. El doctor Barth se separa de sus compañeros, emprende una excursión a la ciudad de Agadés y se incorpora de nuevo a la expedición, que vuelve a ponerse en marcha el 12 de diciembre. Ésta llega a la provincia de Damergu, donde los tres viajeros se separan, y Barth, que toma el camino de Kano, llega a este punto a fuerza de paciencia y pagando considerables tributos.

A pesar de una fiebre intensa, deja la ciudad de Kano el 7 de marzo, acompañado por un solo criado. El principal objeto de su viaje es reconocer el lago Chad, del cual lo separan aún trescientas cincuenta millas. Avanza, pues, hacia el este y alcanza la ciudad de Zuricolo, en Bornu, que es el núcleo del gran imperio central de África. Allí se entera de la muerte de Richardson, debida a la fatiga y las privaciones. Llega a Kuka, capital de Bornu, a orillas del lago. Al cabo de tres semanas, el 14 de abril, doce meses y medio después de haber salido de Trípoli, alcanza la ciudad de Ngornu.

Lo volvemos a encontrar partiendo el 29 de marzo de 1851, con Overweg, para visitar el reino de Adamaua, al sur del lago. Llega a la ciudad de Yola, un poco más abajo de los 90° de latitud norte; ése es el límite extremo alcanzado al sur por tan atrevido viajero.

En agosto vuelve a Kuka, desde donde recorre sucesivamente el Mandara, el Baguirmi y el Kanem, y alcanza como límite extremo al este la ciudad de Mesena, situada a 170° 20' de longitud oeste.

El 25 de noviembre de 1852, después de la muerte de Overweg, su último compañero, se adentra por el oeste, visita Sokoto, atraviesa el Níger y llega al fin a Tombuctú, donde se consume durante ocho largos meses, sometido a las vejaciones del jeque, los malos tratos y la miseria. Pero la presencia de un cristiano en la ciudad no puede tolerarse por más tiempo y los fuhlahs amenazan con sitiarla. El doctor sale de ella el 17 de marzo de 1854, se refugia en la frontera, donde permanece treinta y tres días en la indigencia más completa, regresa a Kano en noviembre y vuelve a entrar en Kuka, desde donde toma de nuevo el camino de Denham, tras cuatro meses de espera. A últimos de agosto de 1855, se traslada a Trípoli y llega a Londres el 6 de septiembre, después de haber perdido a todos sus compañeros.

He aquí el audaz viaje de Barth.

El doctor Fergusson anotó cuidadosamente que se había detenido a 40° de latitud norte y 170° de longitud oeste.

Veamos ahora lo que hicieron los tenientes Burton y Speke en África oriental.

Las diversas expediciones que remontaron el Nilo no pudieron llegar jamás a su misterioso nacimiento. Según el relato del médico alemán F. Werne, la expedición intentada en 1840, bajo los auspicios de Mohamed Alí, se detuvo en Gondokoro, entre los paralelos 40 y 50 norte.

En 1855, Brun-Rollet, un saboyano nombrado cónsul de Cerdeña en Sudán Oriental, en sustitución de Vaudey, que había muerto en activo, partió de Jartum y, bajo el seudónimo de Zacub, traficante de goma y marfil, llegó a Belenia, más allá del grado 4, y regresó enfermo a Jartum, donde murió en 1857.

Ni el doctor Peney, jefe de los servicios médicos egipcios, el cual, en un pequeño vapor, llegó un grado más abajo de Gondokoro y murió extenuado en Jartum, ni el veneciano Miani, que, recorriendo las cataratas situadas debajo de Gondokoro, alcanzó el paralelo 20, ni el negociante maltés Andrea Debono, que llevó más lejos aún su excursión por el Nilo, pudieron franquear el infranqueable límite.

En 1859, Guillaume Lejean, encargado por el Gobierno francés de una misión especial, se trasladó a Jartum por el mar Rojo y embarcó en el Nilo con veintiún hombres de tripulación y veinte soldados; sin embargo, no pudo pasar de Gondokoro y corrió los mayores peligros entre los negros insurrectos. La expedición dirigida por el señor D'Escayrac de Lautore intentó, también en vano, llegar al famoso nacimiento.

El mismo término fatal detuvo siempre a los viajeros. Los enviados de Nerón habían alcanzado en su época los

90° de latitud; por consiguiente, en dieciocho siglos no se avanzó más que cinco o seis grados, es decir, de trescientas a trescientas sesenta millas geográficas.

Algunos viajeros intentaron llegar al origen del Nilo tomando un punto de partida en la costa oriental de África.

De 1768 a 1772, el escocés Bruce salió de Massaua, puerto de Abisinia, recorrió el Tigré, visitó las minas de Axum, vio el nacimiento del Nilo donde no estaba y no obtuvo ningún resultado importante.

En 1844, el doctor Krapf, misionero anglicano, fundaba un establecimiento en Mombasa, en la costa de Zanguebar, y en compañía del reverendo Rebmann descubría dos montañas a trescientas millas de la costa. Se trata de los montes Kilimanjaro y Kenia, que Von Heuglin y Thornton acaban de escalar en parte.

En 1845, el francés Maizan desembarcaba solo en Bagamoyo, frente a Zanzíbar, y llegaba a Deje-la-Mhora, cuyo jefe lo hizo perecer víctima de los más crueles suplicios.

En agosto de 1859, el joven viajero Roscher, natural de Hamburgo, partía con una caravana de mercaderes árabes y alcanzaba el lago Nyassa, donde fue asesinado mientras dormía.

Por último, en 1857, los tenientes Burton y Speke, oficiales ambos del Ejército de Bengala, fueron enviados por la Sociedad Geográfica de Londres para explorar los Grandes Lagos africanos. Salieron de Zanzíbar el 17 de junio y se encaminaron directamente al oeste.

Después de cuatro meses de inaudito sufrimiento, de que les hubiesen robado el equipaje y hubieran matado a sus porteadores, llegaron a Kazeh, centro de reunión de traficantes y caravanas. Se habría dicho que estaban en la

Luna; allí recogieron precisos documentos acerca de las costumbres, el gobierno, la religión, la fauna y la flora del país. Después se dirigieron hacia el primero de los Grandes Lagos, el Tanganica, situado entre los 30° y los 80° de latitud austral; llegaron a él el 14 de febrero de 1858 y visitaron las diversas tribus de las orillas, en su mayor parte caníbales.

Partieron de allí el 26 de mayo y regresaron a Kazeh el 20 de junio. En Kazeh, Burton, exhausto, permaneció enfermo algunos meses; durante este tiempo, Speke emprendió una incursión de más de trescientas millas en dirección norte, hasta el lago Ukereue, que avistó el 3 de agosto; pero sólo pudo ver su embocadura, a 20° 3' de latitud.

El 25 de agosto había regresado a Kazeh y reanudaba con Burton el camino hacia Zanzíbar, país que los dos intrépidos viajeros vieron de nuevo en marzo del año siguiente. Entonces volvieron a Inglaterra, y la Sociedad Geográfica de París les concedió su premio anual.

El doctor Fergusson se fijó especialmente en que los dos exploradores no habían traspasado ni los 20° de latitud austral, ni los 290° de longitud este.

Así pues, era cuestión de enlazar las exploraciones de Burton y Speke con las del doctor Barth, lo que equivalía a salvar una extensión de país de más de doce grados.

V

Sueños de Kennedy. – Artículos y pronombres en plural. Insinuaciones de Dick. – Paseo por el mapa de África. – Lo que queda entre las dos puntas del compás. – Expediciones actuales. – Speke y Grant. – Krapf, Von der Decken y Von Heuglin

El doctor Fergusson activaba afanoso los preparativos de su marcha. Él mismo dirigía la construcción de su aerostato, introduciendo ciertas modificaciones acerca de las cuales guardaba un silencio absoluto.

Se había dedicado, desde mucho tiempo atrás, al estudio de la lengua árabe y de varios idiomas mandingas, en los cuales, gracias a sus aptitudes políglotas, hizo rápidos progresos.

Entretanto, su amigo el cazador no lo dejaba ni a sol ni a sombra, pues sin duda temía que el doctor tomase el petate sin decirle una palabra; seguía dirigiéndole acerca del particular las arengas más persuasivas, pero sin persuadir con ellas a Samuel Fergusson, y se deshacía en súplicas patéticas que no lo conmovían lo más mínimo. Dick notaba que su amigo se le escapaba de las manos.

El pobre escocés era, en realidad, digno de lástima. No podía mirar sin terror la azulada bóveda del cielo, al dormirse experimentaba balanceos vertiginosos y todas las noches soñaba que se despeñaba desde inconmensurables alturas.

Debemos añadir que, durante tan terribles pesadillas, se cayó dos o tres veces de la cama. Su primer impulso fue mostrar a Fergusson la señal de un fuerte golpe que había recibido en la cabeza.

–¡Y no llega ni a un metro de altura! –exclamó con candor seráfico–. ¡Ni a un metro! ¡Y el chichón es como un huevo! ¡Juzga tú mismo!

Aquella insinuación melancólica no conmovió al doctor.

–Nosotros no nos caeremos –dijo.

–¿Y si caemos?

–No caeremos.

La convicción del doctor dejó a Kennedy sin respuesta.

Lo que exasperaba particularmente a Dick era que el doctor parecía dar muestras de una abnegación absoluta hacia él; lo consideraba irrevocablemente destinado a ser su compañero aéreo. Eso ya no era objeto de duda alguna. Samuel abusaba de un modo insoportable del pronombre de primera persona en plural: «Nosotros vamos adelantando..., nosotros estaremos en disposición..., nosotros partiremos el día...». Y del adjetivo posesivo en singular: «Nuestro globo..., nuestro esquife..., nuestra exploración...». También en plural: «Nuestros preparativos..., nuestros descubrimientos..., nuestras ascensiones...».

Dick sentía escalofríos, a pesar de que estaba decidido a no marchar; sin embargo, no quería contrariar demasiado a su amigo. Confesemos, no obstante, que, sin darse él mismo cuenta de ello, había hecho que le enviaran poco a poco de Edimburgo algunos trajes apropiados y sus mejores escopetas de caza.

Cierto día, después de reconocer que aun teniendo mucha suerte había mil probabilidades contra una de salir mal del negocio, fingió acceder a los deseos del doctor; no obstante, para retardar el viaje todo lo posible y ganar tiempo, esgrimió una serie de argumentos de lo más variados. Insistió en la utilidad de la expedición y en su oportunidad... ¿El descubrimiento del origen del Nilo era absolutamente necesario...? ¿Contribuiría en algo al bienestar de la humanidad...? Cuando finalmente se consiguiese civilizar a las tribús de África, ¿serían éstas más felices...? Además, ¿quién podía asegurar que no estuviese en ellas la civilización más adelantada que en Europa? Nadie... Y, más allá de todas esas consideraciones, ¿no se podía esperar algún tiempo...? Un día u otro se atravesaría África de un extremo a otro, y de una manera menos azarosa... Dentro de un mes, o de seis, o de un año, algún explorador llegaría sin duda...

Aquellas insinuaciones producían un efecto completamente contrario al perseguido, y la impaciencia del doctor aumentaba.

–¿Quieres, pues, desgraciado Dick, pérfido amigo, que sea para otro la gloria que nos aguarda? ¿Quieres que traicione mi pasado? ¿Quieres que retroceda ante obstáculos de poca importancia? ¿Quieres que pague con cobardes vacilaciones lo que por mí han hecho el Gobierno inglés y la Real Sociedad de Londres?

–Pero... –respondió Kennedy, que era muy aficionado a esta conjunción.

–Pero –replicó el doctor– ¿no sabes que mi viaje ha de concurrir al éxito de las empresas actuales? ¿Ignoras que nuevos exploradores avanzan hacia el centro de África?

–Sin embargo…

–Escúchame atentamente, Dick, y contempla este mapa.

Dick lo miró con resignación.

–Remonta el curso del Nilo –dijo el doctor Fergusson.

–Lo remonto –respondió dócilmente el escocés.

–Llega a Gondokoro.

–Ya he llegado.

Y Kennedy pensaba cuán fácil era un viaje semejante… en el mapa.

–Coge una punta de este compás –prosiguió el doctor– y apóyala en esta ciudad, de la cual apenas han podido pasar los más audaces.

–Ya está.

–Ahora busca en la costa la isla de Zanzíbar, a 60° de latitud sur.

–Ya la tengo.

–Sigue ahora ese paralelo y llega a Kazeh.

–Hecho.

–Sube por el grado treinta y tres de longitud hasta la embocadura del lago Ukereue, en el punto en que se detuvo el teniente Speke.

–Ya estoy. Un poco más y caigo de cabeza al lago.

–Pues bien, ¿sabes lo que tenemos derecho a suponer, según los datos suministrados por las tribus ribereñas?

–No tengo ni idea.

–Pues voy a decírtelo: este lago, cuyo extremo inferior se halla a 20° 30' de latitud, debe de extenderse igualmente a 20° 50' por encima del ecuador.

–¿De veras?

–Y de este extremo septentrional surge una corriente de agua que necesariamente ha de ir a parar al Nilo, si es que no es el propio Nilo.

–Realmente curioso.

–Apoya la otra punta del compás en este extremo del lago Ukereue.

–Apoyada, querido Fergusson.

–¿Cuántos grados cuentas entre los dos puntos? –dijo Fergusson.

–Apenas dos.

–¿Sabes cuánto suma todo, Dick?

–No.

–Pues apenas ciento veinte millas, es decir, nada.

–Casi nada, Samuel.

–¿Y sabes lo que pasa en este momento?

–¿Yo?

–Voy a decírtelo. La Sociedad Geográfica ha considerado muy importante la exploración de este lago, que Speke entrevió. Bajo sus auspicios, el teniente, en la actualidad capitán Speke, se ha asociado con el capitán Grant, del Ejército de las Indias, y ambos se han puesto a la cabeza de una numerosa expedición generosamente subvencionada. Se les ha confiado la misión de remontar el lago y volver a Gondokoro. Han recibido una subvención de más de cinco mil libras, y el gobernador de El Cabo ha puesto a su disposición soldados hotentotes. Partieron de Zanzíbar a últimos de octubre de 1860. Al mismo tiempo, el inglés John Petherick, cónsul de su majestad en Jartum, ha recibido del Foreign Office unas setecientas libras; debe equipar un buque de vapor en Jartum, abastecerlo suficientemente y zarpar para Gondokoro, donde aguardará la caravana del capitán Speke, y se hallará en disposición de proporcionarle víveres.

–Bien pensado –dijo Kennedy.

–Ya ves que el tiempo apremia si queremos participar en esos trabajos de exploración. Y eso no es todo: mientras hay quien marcha a paso seguro en busca del nacimiento del Nilo, otros viajeros se dirigen audazmente hacia el corazón de África.

–¿A pie? –preguntó Kennedy.

–A pie –repitió el doctor, sin percatarse de la insinuación–. El doctor Krapf se propone encaminarse al oeste por el Djob, río situado debajo del ecuador. El barón Von der Decken ha salido de Mombasa, ha reconocido las montañas de Kenia y de Kilimanjaro, y penetra en el centro.

–¿A pie también?

–Todos a pie o montados en mulos.

–Bueno, para lo que quería decir es lo mismo –replicó Kennedy.

–Por último –prosiguió el doctor–, Von Heuglin, vicecónsul de Austria en Jartum, acaba de organizar una expedición muy importante, cuyo principal objeto es indagar el paradero del viajero Vogel, que en 1853 fue enviado a Sudán para asociarse a los trabajos del doctor Barth. En 1856 salió de Bornu y resolvió explorar el desconocido país que se extiende entre el lago Chad y el Darfur. Desde entonces, no ha aparecido. Cartas recibidas en Alejandría, en junio de 1860, informan de que murió asesinado por orden del rey de Wadai; pero otras, que el doctor Hartimann le escribió al padre del viajero, afirman, basándose en el relato de un fellatah de Bornu, que Vogel se encuentra prisionero en Wara y que, por consiguiente, no están perdidas todas las esperanzas. Bajo la presidencia del duque regente de Sajonia-Coburgo-Gotha, se ha formado una comisión de la que es secretario mi amigo Petermann; se han cubierto los gastos de la expedición con una suscripción nacional en la que han participado muchísimos sabios. El señor Von Heuglin partió de Massaua en junio; mientras busca las huellas de Vogel, debe explorar todo el territorio comprendido entre el Nilo y el Chad, es decir, enlazar las operaciones del capitán Speke con las del doctor Barth. ¡Y entonces África habrá sido cruzada de este a oeste!

–Y bien –respondió el escocés–, puesto que todo está tan bien pensado sin nosotros, ¿qué vamos a hacer allí?

El doctor Fergusson dio la callada por respuesta, contentándose con encogerse de hombros.

VI

Un criado excepcional. – Distingue los satélites de Júpiter. Controversia entre Dicky Joe. – La duda y la creencia. – El peso. – Joe-Wellington. – Recibe media corona

El doctor Fergusson tenía un criado que respondía con diligencia al nombre de Joe. Era de magnífico talento. Su señor, cuyas órdenes obedecía e interpretaba siempre de una manera inteligente, le inspiraba una confianza absoluta y una adhesión sin límites. Era un Caleb, aun cuando estaba siempre de buen humor y no refunfuñaba; Fergusson no habría tenido tan buen sirviente si lo hubieran mandado crear expresamente. Se confiaba por completo a él para las minuciosidades de su existencia, y hacía bien con ello. ¡Extraño y honrado Joe! ¡Un criado que dispone la comida de su señor y tiene su mismo paladar, que arregla su maleta y no olvida ni las medias ni las camisas; que posee sus llaves y sus secretos, y ni sisa ni murmura!

¡Pero qué hombre era también el doctor para Joe! ¡Con qué respeto y confianza acogía éste sus decisiones! Cuando Fergusson había hablado, preciso era para responderle haber perdido el juicio. Todo lo que pensaba era justo; todo lo que decía, sensato; todo lo que mandaba, practicable; todo lo que emprendía, posible; todo lo que concluía, admirable.

Aunque hubiesen hecho pedazos a Joe, lo que sin duda habría repugnado a cualquiera, no le habrían hecho modificar en lo más mínimo el concepto que le merecía su amo.

Así es que cuando el doctor concibió el proyecto de atravesar África por el aire, para Joe la empresa fue cosa hecha. No había obstáculos posibles. Desde el momento en que Fergusson había resuelto partir, podía decirse que ya había llegado..., acompañado de su fiel servidor, porque el buen muchacho, aunque nadie le había dicho una palabra, sabía que formaría parte de la expedición.

Por otra parte, prestaría grandes servicios gracias a su inteligencia y a su maravillosa agilidad. Si hubiese sido preciso nombrar un profesor de gimnasia para los monos del Zoological Garden, muy espabilados, por cierto, sin lugar a dudas Joe habría obtenido la plaza. Saltar, encaramarse, volar y ejecutar mil suertes imposibles eran para él cosa de niños.

Si Fergusson era la cabeza, y Kennedy, el brazo, Joe sería la mano. Ya había acompañado a su señor en varios viajes, y a su manera poseía cierto barniz de la ciencia apropiada; pero se distinguía principalmente por una filosofía apacible, un optimismo encantador; todo le parecía fácil, lógico, natural, y, por consiguiente, desconocía la necesidad de gruñir o de quejarse.

Poseía, entre otras cualidades, una asombrosa capacidad visual. Compartía con Moestlin, el profesor de Kepler, la rara facultad de distinguir sin anteojos los satélites de Júpiter y de contar en el grupo de las Pléyades catorce estrellas, las últimas de las cuales son de novena magnitud. Pero no se envanecía por eso; todo lo contrario, saludaba de muy lejos y, llegado el caso, sabía sacar partido de sus ojos.

Con la confianza que Joe tenía en el doctor, no son de extrañar, pues, las incesantes discusiones que se producían entre el señor Kennedy y el digno criado, si bien guardando siempre el debido respeto.

El uno dudaba, el otro creía; el uno era la prudencia clarividente, el otro, la confianza ciega; y el doctor se encontraba entre la duda y la creencia, aunque debo confesar que no le preocupaba ni la una ni la otra.

–¿Y bien, muchacho?

–El momento se acerca. Parece que nos embarquemos para la Luna.

–Querrás decir la Tierra de la Luna, que no queda ni mucho menos tan lejos. Pero no te preocupes, pues tan peligroso es lo uno como lo otro.

–¡Peligroso! ¡Con un hombre como el doctor Fergusson! ¡Imposible!

–No quisiera matar tus ilusiones, mi querido Joe, pero la aventura en la que está pensando es simplemente una locura. No partirá.

–¿Que no partirá? ¿Acaso no ha visto su globo en el taller de los señores Mitchell, en el Borough?

–Me guardaré mucho de ir a verlo.

–¡Pues se pierde un hermoso espectáculo, señor! ¡Qué cosa tan preciosa! ¡Qué corte tan elegante! ¡Qué esquife tan encantador! ¡Estaremos a nuestras anchuras ahí adentro!

–¿Cuentas, pues, con acompañar a tu señor?

–¡Lo acompañaré a donde él quiera! –replicó Joe con convicción–. ¡Faltaría más! ¡Dejarlo ir solo, cuando juntos hemos recorrido el mundo! ¿Quién lo sostendría cuando estuviese fatigado? ¿Quién le tendería una mano vigorosa para saltar un precipicio? ¿Quién lo cuidaría si cayese enfermo? No, señor Dick, Joe permanecerá siempre en su puesto junto al doctor, o, por mejor decir, alrededor del doctor Fergusson.

–¡Buen chico!

–Además, usted vendrá con nosotros –repuso Joe.

–¡Sin duda! –dijo Kennedy–. Os acompañaré para impedir hasta el último momento que Samuel cometa una locura semejante. Lo seguiré, si es preciso, hasta Zanzíbar, para que la mano de un amigo lo detenga en su insensato proyecto.

–Usted no detendrá nada, señor Kennedy, salvo su respeto. Mi señor no es un cabeza loca; siempre medita mucho lo que va a emprender, y, cuando ha tomado una resolución, no hay quien lo apee de ella.

–Eso ya lo veremos.

–No alimente semejante esperanza. En fin, lo importante es que venga. Para un cazador como usted, África es un país maravilloso y, por consiguiente, no se arrepentirá del viaje.

–Dices bien, no me arrepentiré; sobre todo si ese terco se rinde al fin a la evidencia.

–A propósito –dijo Joe–, ya sabrá que hoy nos pesan.

–¡Cómo! ¿Nos pesan?

–Exacto, vamos a pesarnos los tres: usted, mi señor y yo.

–¿Como los jinetes de carreras?

–Como los jinetes de carreras. Pero, tranquilícese, no se le hará adelgazar si pesa demasiado. Se le aceptará tal como es.

–Pues yo no me dejaré pesar –dijo el escocés.

–Pero, señor, parece que es necesario para la máquina.

–¿Qué me importa a mí la máquina?

–¡Le debe importar! ¿Y si por falta de cálculos exactos no pudiéramos subir?

–¡Qué más quisiera yo!

–Pues sepa, señor Kennedy, que mi señor vendrá enseguida a buscarnos.

–No iré.

–No querrá hacerle un desaire, ¿verdad?

–Se lo haré.

–¡Bueno! –exclamó Joe, riendo–. Habla así porque no está él delante, pero cuando le diga a la cara: «Dick (perdone la confianza), Dick, necesito saber exactamente tu peso», irá, yo respondo de ello.

–No iré.

En aquel momento, entró el doctor en su gabinete de trabajo, donde tenía lugar esta conversación, y miró a Kennedy, el cual se sintió como encogido.

–Dick –dijo el doctor–, ven con Joe; necesito saber cuánto pesáis los dos.

–Pero...

–No hará falta que te quites el sombrero. Ven.

Y Kennedy fue.

Entraron los tres en el taller de los señores Mitchell, donde había preparada una de esas balanzas, llamadas romanas. Efectivamente, era necesario que el doctor conociese el peso de sus compañeros para establecer el equilibrio de su aerostato. Así pues, hizo subir a Dick a la plataforma de la balanza, y éste, sin oponer resistencia, murmuró:

–Está bien, está bien. La verdad es que esto no compromete a nada.

–Ciento cincuenta y tres libras –dijo el doctor, apuntando la cifra en su libreta de notas.

–¿Peso demasiado?

–No, señor Kennedy –replicó Joe–. Además, yo soy ligero, y eso compensará.

Y, tras decir esto, Joe ocupó con entusiasmo el sitio del cazador, que estuvo a punto de derribar la balanza al bajar. Joe se colocó en la actitud del Wellington que remeda a Aquiles en la entrada de Hyde Park, y, aunque no llevaba el escudo, estaba magnífico.

–Ciento veinte libras –escribió el doctor.

–¡Bravo! –exclamó Joe, sonriendo sin saber muy bien por qué.

–Ahora yo –dijo Fergusson, y añadió por propia cuenta ciento treinta y cinco libras.

–Señor –intervino Joe–, si fuese necesario para la expedición, yo, absteniéndome de comer, podría adelgazar perfectamente unas veinte libras.

–No hace falta, muchacho –respondió el doctor–, puedes comer cuanto quieras. Toma media corona para atracarte como te venga en gana.

VII

Pormenores geométricos. – Cálculo de la capacidad del globo. El aerostato doble. – La envoltura. – La barquilla. – El aparato misterioso. – Los víveres. – La adición final

El doctor Fergusson se ocupaba desde hacía mucho tiempo de todos los pormenores de su expedición. Como se supondrá, el globo, el maravilloso vehículo destinado a transportarlo por aire, fue objeto de su constante atención.

En primer lugar, y para no dar al aerostato un tamaño demasiado grande, resolvió hincharlo con gas hidrógeno, que es catorce veces y media más ligero que el aire. La producción del hidrógeno es fácil, y es el gas que ha dado en los experimentos aerostáticos resultados más satisfactorios.

El doctor, calculando con la mayor precisión posible, concluyó que el peso de los objetos indispensables para su viaje y de su aparato daba un total de cuatro mil libras; por consiguiente, fue preciso averiguar cuál sería la fuerza ascensional capaz de levantar este peso, y cuál, por tanto, sería la capacidad del aparato.

Un peso de cuatro mil libras está representado por un desplazamiento de aire de cuarenta y cuatro mil ochocientos cuarenta y siete pies cúbicos, lo que equivale a decir que cuarenta y cuatro mil ochocientos cuarenta y siete pies cúbicos de aire pesan unas cuatro mil libras.

Dando al globo esta capacidad de cuarenta y cuatro mil ochocientos cuarenta y siete pies cúbicos y llenándolo, en lugar de aire, de gas hidrógeno, que, por ser catorce veces y media más ligero, sólo pesa doscientas setenta y seis libras, se produce una ruptura de equilibrio, es decir, una diferencia de tres mil setecientas veinticuatro libras. Esta diferencia entre el peso del gas contenido en el globo y el peso del aire circundante constituye la fuerza ascensional del aerostato.

Sin embargo, si se introdujesen en el globo los cuarenta y cuatro mil ochocientos cuarenta y siete pies cúbicos de gas de que hablamos, éste quedaría totalmente lleno, cosa inadmisible, pues, a medida que el globo sube a las capas menos densas del aire, el gas que contiene tiende a dilatarse y no tardaría en romper la envoltura. Así pues, no se suelen llenar más que dos terceras partes.

Sin embargo, el doctor, a consecuencia de cierto proyecto que solamente él conocía, resolvió no llenar más que la mitad de su aerostato, y como tenía que llevar cuarenta y cuatro mil ochocientos cuarenta y siete pies cúbicos de hidrógeno, dio a su globo casi el doble de capacidad.

Lo concibió con esa forma alargada que se sabe que es la preferible. El diámetro horizontal era de cincuenta pies, y el vertical, de setenta y cinco; así obtuvo un esferoide, cuya capacidad ascendía, en cifras redondas, a noventa mil pies cúbicos.

Si el doctor Fergusson hubiese podido emplear dos globos, habrían aumentado sus probabilidades de éxito, porque, en caso de romperse uno en el aire, es posible, echando lastre, sostenerse por medio del otro. Sin embargo, la maniobra de dos aerostatos resulta muy difícil cuando se trata de que conserven una fuerza de ascensión igual.

Después de haber reflexionado largamente, Fergusson mediante una disposición ingeniosa, reunió las ventajas que ofrecen dos globos evitando sus inconvenientes. Construyó dos de desigual volumen y metió uno dentro de otro. El globo exterior, que conservó las dimensiones citadas, contuvo otro más pequeño, de la misma forma, que sólo tenía cuarenta y cinco pies de diámetro horizontal y sesenta y ocho de diámetro vertical. Así pues, la capacidad de este globo interior no era más que de sesenta y siete mil pies cúbicos. Debía nadar en el fluido que lo envolvía, y de uno a otro globo se abría una válvula que, en caso necesario, permitía ponerlos en comunicación uno con otro.

Esta disposición presentaba la ventaja de que, si era preciso dar salida al gas para bajar, se dejaría escapar el del globo grande; de este modo, aun en caso de que hubiera que vaciarlo por completo, el pequeño quedaría intacto. Entonces era posible desembarazarse de la cubierta exterior como de un peso inútil, y el segundo aerostato, al quedar solo, no ofrecía al viento el asidero que le dan los globos medio hinchados.

Además, en caso de accidente, por ejemplo, si el globo exterior sufría un desgarrón, se jugaba con la ventaja de que el otro quedaba ileso.

Los dos aerostatos se construyeron con un tafetán asargado de Lyon, untado de gutapercha. Esta sustancia gomorresinosa está dotada de una impermeabilidad absoluta, y es resistente a los ácidos y los gases. El tafetán se puso doble en el polo superior del globo, donde se realiza casi todo el esfuerzo.

Esta envoltura podía retener el fluido durante un tiempo ilimitado. Pesaba media libra por cada nueve pies cuadrados. Como la superficie del globo exterior era de once mil seiscientos pies cuadrados, su envoltura pesaba seiscientas cincuenta libras. La envoltura del segundo globo tenía nueve mil doscientos pies cuadrados de superficie, y no pesaba, por consiguiente, más que quinientas diez libras, o sea, en total mil ciento sesenta libras.

La red destinada a sostener la barquilla era de cuerda de cáñamo muy sólida. Las dos válvulas fueron objeto de minuciosos cuidados, tal como lo hubiera sido el gobernalle de un buque.

La barquilla, de forma circular y de un diámetro de quince pies, era de mimbre. Estaba reforzada con una ligera armadura de hierro y revestida en su parte inferior de resortes elásticos destinados a amortiguar los choques. Su peso y el de la red no excedían de doscientas ochenta libras.

El doctor hizo construir, además, cuatro cajas de palastro de un grosor de dos líneas, unidas entre sí por medio de tubos provistos de llaves. Agregó a ellas un serpentín de unas dos pulgadas de diámetro, que terminaba en dos ramas rectas de longitud desigual, la mayor de las cuales medía veinticinco pies, y la más corta, quince.

Habían colocado las cajas de palastro en la barquilla de modo que ocupasen el menor espacio posible. El serpentín, que no tenía que ajustarse hasta más adelante, lo empaquetaron por separado, al igual que una pila eléctrica de Bunsen de gran potencia. El aparato había sido tan ingeniosamente ideado que no pesaba más de setecientas libras, incluidos los veinticinco galones de agua contenidos en una caja especial.

Los instrumentos destinados al viaje consistieron en dos barómetros, dos termómetros, dos brújulas, un sextante, dos cronómetros, un horizonte artificial y una montura altazimutal para medir los objetos lejanos e inaccesibles. El observatorio de Greenwich se había puesto a disposición del doctor, pese a que éste no se proponía hacer experimentos de física, sino únicamente reconocer su dirección y determinar la posición de los principales ríos, montañas y poblaciones.

Se proveyó de tres anclas de hierro a toda prueba, así como de una escala de seda ligera y resistente, de cincuenta pies de longitud.

Calculó igualmente el peso exacto de los víveres, que consistían en café, té, galletas, carne salada y *pemmican*, preparación que, en un pequeño volumen, contiene muchos elementos nutritivos. Independientemente de una considerable reserva de aguardiente, dispuso dos cajas de agua que contenían veintidós galones cada una.

El consumo de estos alimentos haría disminuir poco a poco el peso sostenido por el aerostato. Y debe saberse que el equilibrio de un globo en la atmósfera es de una sensibilidad extrema. La pérdida de un peso casi insignificante basta para producir un desplazamiento muy apreciable.

El doctor no olvidó ni una tienda para cubrir una parte de la barquilla, ni las mantas para dormir durante el viaje, ni las escopetas del cazador con las correspondientes municiones.

He aquí el resumen de sus diferentes cálculos:

Fergusson	135 libras
Kennedy	153 libras
Joe	120 libras
Peso del primer globo	650 libras
Peso del segundo globo	510 libras
Barquilla y red	280 libras
Anclas, instrumentos, escopetas, mantas, tienda, utensilios varios	190 libras
Carne, *pemmican,* galletas, té, café, aguardiente	386 libras
Agua	400 libras
Aparato	700 libras
Peso del hidrógeno	276 libras
Lastre	200 libras
TOTAL	4000 libras

Así se desglosaban las cuatro mil libras que el doctor Fergusson se proponía echar a volar; no llevaba más que doscientas libras de lastre, «sólo para casos imprevistos», decía él, porque, gracias a su aparato, no creía tener que recurrir a ellas.

VIII

Importancia de Joe. – El comandante del Resolute. *– El arsenal de Kennedy. – Arreglos. – Banquete de despedida. – Partida del 21 de febrero. – Sesiones científicas del doctor. – Duveyrier y Livingstone. – Pormenores del viaje aéreo. – Kennedy reducido al silencio*

Hacia el 10 de febrero, los preparativos tocaban a su fin. Los aerostatos, encerrados uno dentro de otro, estaban terminados. Habían sido sometidos a una fuerte presión de aire comprimido, para comprobar su solidez y demostrar que se había procedido a su construcción con el mayor esmero.

Joe no cabía en sí de gozo. Iba incesantemente de Greek Street a los talleres de los señores Mitchell, siempre atareado, pero comunicativo, explicando detalles del asunto hasta a los que no se los pedían y sintiéndose orgulloso, por encima de todas las cosas, de acompañar a su señor. Se me antoja que incluso enseñando el aerostato, desarrollando las ideas y los planes del doctor, y dando a conocer a éste a través de una ventana entreabierta o cuando pasaba por la calle, el digno muchacho ganó alguna que otra media corona. Pero no hay que reprochárselo; tenía derecho a especular un poco con la admiración y curiosidad de sus contemporáneos.

El 16 de febrero, el *Resolute* ancló delante de Greenwich. Era un buque de hélice de ochocientas toneladas de porte, muy rápido, que ya había tenido a su cargo el abastecimiento de la última expedición de sir James Ross a las regiones polares. Pennet, su comandante, pasaba por hombre de trato agradable y estaba muy interesado en el viaje del doctor, a quien apreciaba desde hacía mucho tiempo. Pennet parecía más un sabio que un soldado, lo cual no impedía a su buque llevar cuatro piezas de artillería, que no habían hecho nunca daño a nadie y que servían solamente para producir los estrépitos más pacíficos del mundo.

Se acondicionó la bodega del *Resolute* para acomodar en ella el aerostato, que fue transportado con las mayores precauciones el día 18 de febrero. Se almacenó de la mejor manera posible para prevenir cualquier accidente, y en presencia del propio Fergusson se estibaron la barquilla y sus accesorios, las anclas, las cuerdas, los víveres y las cajas de agua que debían llenarse a la llegada.

Se embarcaron diez toneladas de ácido sulfúrico y otras tantas de hierro viejo para obtener gas hidrógeno. Tal cantidad era más que suficiente, pero convenía estar preparado para posibles pérdidas. El aparato destinado a producir el gas, compuesto de unos treinta barriles, fue colocado al fondo de la bodega.

Los preparativos finalizaron al anochecer del 18 de febrero. Dos camarotes cómodamente dispuestos aguardaban al doctor Fergusson y a su amigo Kennedy. Este último, mientras juraba que no partiría, llegó a bordo con un verdadero arsenal de caza, dos excelentes escopetas de dos cañones que se cargaban por la recámara, y una carabina de toda confianza de la fábrica de Purdey Moore y Dickson, de Edimburgo. Con semejante arma, el cazador no tenía ningún problema para alojar, a una distancia de dos mil pasos, una bala en el ojo de un camello. Llevaba también dos revólveres Colt de seis disparos para los imprevistos, su frasco de pólvora, su cartuchera, y perdigones y balas en cantidad suficiente, aunque sin traspasar los límites prescritos por el doctor.

El día 19 de febrero, se acomodaron a bordo los tres viajeros, que fueron recibidos con la mayor distinción por el capitán y sus oficiales. El doctor, preocupado por la expedición, se mostraba distante; Dick estaba conmovido, aunque no quería aparentarlo; y Joe, que brincaba de alegría y hablaba por los codos, no tardó en convertirse en la distracción de la tripulación, entre la que se le había reservado un puesto.

El día 20, la Real Sociedad Geográfica ofreció un gran banquete de despedida al doctor Fergusson y a Kennedy. El comandante Pennet y sus oficiales asistieron al festín, que fue muy animado y abundante en libaciones halagüeñas. Se hicieron numerosos brindis para asegurar a todos los invitados una existencia centenaria. Sir Francis M. presidía con una emoción contenida, pero rebosaba dignidad.

Dick Kennedy, para su gran sorpresa, recibió buena parte de las felicitaciones báquicas. Tras haber bebido «a la salud del intrépido Fergusson, la gloria de Inglaterra», se bebió «a la salud del no menos valeroso Kennedy, su audaz compañero».

Dick se puso colorado como un pavo, lo que se tomó por modestia. Aumentaron los aplausos, y Dick se sonrojó aún más.

Durante los postres llegó un mensaje de la reina, que elogiaba a los viajeros y hacía votos por el éxito de la empresa.

Ello requirió nuevos brindis «por su muy graciosa majestad».

A medianoche, los invitados se separaron, después de una emocionada despedida, sazonada con entusiastas apretones de manos.

La embarcación del *Resolute* aguardaba en el puente de Westminster. El comandante tomó el mando, acompañado de sus pasajeros y de sus oficiales, y la rápida corriente del Támesis los condujo hacia Greenwich.

A la una, todos dormían a bordo.

Al día siguiente, 21 de febrero, a las tres de la madrugada, las calderas estaban a punto; a las cinco levaron anchas, y el *Resolute*, a impulsos de su hélice, se deslizó hacia la desembocadura del Támesis.

Huelga decir que, a bordo, las conversaciones no tuvieron más objeto que la expedición del doctor Fergusson. Tanto viéndolo como oyéndolo, el doctor inspiraba una confianza tal que, a excepción del escocés, nadie ponía ya en duda el éxito de la empresa.

Durante las largas horas de ocio del viaje, el doctor daba un verdadero curso de geografía en la cámara de los oficiales. Aquellos jóvenes se entusiasmaban con la narración de los descubrimientos hechos durante cuarenta años en África. El doctor les habló de las exploraciones de Barth, Burton, Speke y Grant, y les describió aquella misteriosa comarca objeto de las investigaciones de la ciencia. En el norte, el joven Duveyrier exploraba el Sahara y llevaba a París a los jefes tuaregs. Por iniciativa del Gobierno francés se preparaban dos expediciones que, descendiendo del norte y dirigiéndose hacia el oeste, coincidirían en Tombuctú. En el sur, el infatigable Livingstone continuaba avanzando hacia el ecuador y, desde marzo de 1862, remontaba, en compañía de Mackenzie, el río Rovuma. El siglo XIX no concluiría ciertamente sin que África hubiera revelado los secretos ocultos en su seno por espacio de seis mil años.

El interés de los oyentes aumentó cuando el doctor les dio a conocer en detalle los preparativos de su viaje. Todos quisieron verificar sus cálculos; discutieron, y el doctor participó en la conversación con toda naturalidad.

En general, les asombraba la cantidad relativamente escasa de víveres con que contaba. Cierto día, uno de los oficiales lo interrogó acerca del particular.

–¿Eso les sorprende? –preguntó Fergusson.

–Sin duda.

–Pero ¿cuánto suponen que durará mi viaje? ¿Meses enteros? Se equivocan; si se prolongase, estaríamos perdidos; no lo lograríamos. Sepan que no hay más de tres mil quinientas millas, pongamos cuatro mil, de Zanzíbar a la costa de Senegal. Pues bien, recorriendo doscientas cuarenta millas cada doce horas, velocidad menor a la de nuestros ferrocarriles, si se viaja día y noche bastarán siete días para atravesar África.

–Pero entonces no podría ver, ni dibujar planos geográficos, ni reconocer el país.

–¿Cómo? –respondió el doctor–. Si soy dueño de mi globo, si subo o bajo a mi arbitrio, me detendré cuando me parezca bien, sobre todo cuando corra peligro de que me arrastren corrientes demasiado violentas.

–Y encontrará esas corrientes –dijo el comandante Pennet–. Hay huracanes en los que la velocidad del viento sobrepasa las doscientas cincuenta millas por hora.

–¿Se dan cuenta? –replicó el doctor–. Con una rapidez tal, cruzaría África en doce horas; me levantaría en Zanzíbar y me acostaría en San Luis.

–Pero –repuso el oficial– ¿acaso podría un globo ser arrastrado a una velocidad semejante?

–Es cosa que se ha visto –respondió Fergusson.

–¿Y el globo resistió?

–Perfectamente. Fue en la época de la coronación de Napoleón, en 1804. El aeronauta Gamerin lanzó en París, a las once de la noche, un globo, con la siguiente inscripción en letras de oro: «París, 25 frimario año XIII, coronación del emperador Napoleón por S. S. Pío VII». Al día siguiente, a las cinco de la mañana, los habitantes de Roma veían el mismo globo balancearse sobre el Vaticano, recorrer la campiña romana y caer en el lago de Bracciano. Así pues, señores, un globo puede resistir tan considerable velocidad.

–Un globo, sí, pero un hombre… –balbució tímidamente Kennedy.

–¡Un hombre también! Porque no lo olviden, un globo siempre está inmóvil con relación al aire que lo circunda; no es él el que avanza, sino la propia masa de aire. Si encendemos una vela en la barquilla, la llama no oscilará siquiera. Un aeronauta que se hubiese hallado en el globo de Gamerin no habría sufrido ningún daño a causa de la velocidad. Además, yo no trato de alcanzar una rapidez semejante, y si durante la noche puedo enganchar el ancla en algún árbol o algún accidente del terreno, no dejaré de hacerlo. Llevamos víveres para dos meses, y nada impedirá que nuestro hábil cazador nos proporcione caza en abundancia cuando tomemos tierra.

–¡Ah! ¡Señor Kennedy! ¡Dará golpes maestros! –dijo un joven guardiamarina, mirando al escocés con envidia.

–Sin contar –repuso otro– con que a su placer se le unirá una gran gloria.

–Señores –respondió el cazador–, soy muy sensible... a sus cumplidos..., pero no me corresponde aceptarlos...

–¡Cómo! –exclamaron todos–. ¿No partirá?

–No partiré.

–¿No acompañará al doctor Fergusson?

–No sólo no lo acompañaré, sino que mi presencia aquí no tiene más objeto que intentar detenerlo, hasta el último momento.

Todas las miradas se dirigieron al doctor.

–No le hagan caso –respondió éste con calma–. Es un asunto que no se debe discutir con él; en el fondo, sabe perfectamente que partirá.

–¡Por san Patricio! –exclamó Kennedy–. Juro...

–No jures nada, querido Dick. Estás medido y pesado, y también lo están tu pólvora, tus escopetas y tus balas; así que no hablemos más del asunto.

Y, de hecho, desde aquel día hasta la llegada a Zanzíbar, Dick no dijo esta boca es mía. No habló ni del asunto ni de ninguna otra cosa. Calló.

IX

Se dobla el cabo. – El castillo de proa. – Curso de cosmografía por el profesor Joe. – De la dirección de los globos. – De la investigación de las corrientes atmosféricas. – ¡Eureka!

El *Resolute* avanzaba rápidamente hacia el cabo de Buena Esperanza. El tiempo se mantenía sereno, aunque el mar se picó un poco.

El 30 de marzo, veintisiete días después de salir de Londres, se perfiló en el horizonte la montaña de la Mesa. La ciudad de El Cabo, situada al pie de un anfiteatro de colinas, apareció a lo lejos, y muy pronto el *Resolute* ancló en el puerto. Pero el comandante no hacía escala allí, sino para proveerse de carbón, lo que fue cosa de un día; al siguiente, el buque se dirigió hacia el sur para doblar la punta meridional de África y entrar en el canal de Mozambique.

No era aquél el primer viaje por mar de Joe, de manera que no tardó en hallarse a bordo como en su propia casa. Todos lo querían por su franqueza y su buen humor.

Gran parte de la popularidad de su señor repercutía en él. Se le escuchaba como a un oráculo, y no se equivocaba más que cualquier otro.

Mientras el doctor proseguía su curso en la cámara de los oficiales, Joe se despachaba a gusto en el castillo de proa y hacía historia a su manera, procedimiento seguido por los más eminentes historiadores de todos los tiempos.

Se trataba, como era natural, del viaje aéreo. Joe consiguió, no sin trabajo, que aceptasen la empresa los espíritus recalcitrantes; pero, una vez aceptada, la imaginación de los marineros, estimulada por los relatos de Joe, ya no concibió nada que fuese imposible.

El ameno narrador persuadía a su auditorio de que después de aquel viaje emprenderían otros muchos. Aquél no era más que el primer eslabón de una larga serie de empresas sobrehumanas.

–Creedme, camaradas: cuando se ha probado este género de locomoción, no se puede prescindir de él; así es que, en nuestra próxima expedición, en lugar de ir de lado, iremos hacia delante sin dejar de subir.

–¡Bueno! –exclamó un oyente, maravillado–. Entonces llegaréis a la Luna.

–¡A la Luna! –respondió Joe con desdén–. ¡No, eso es demasiado común! A la Luna va todo el mundo. Además, allí no hay agua y es preciso llevar una enorme cantidad de provisiones; e incluso atmósfera en frascos, por poco interés que se tenga en respirar.

–¡Con tal de que haya ginebra! –dijo un marinero muy aficionado a esta bebida.

–Tampoco, camarada. ¡No! Nada de Luna. Recorreremos esas hermosas estrellas, esos encantadores planetas de los que tantas veces me ha hablado mi señor. Primero visitaremos Saturno...

–¿El que tiene un anillo? –preguntó el contramaestre.

–¡Sí, un anillo nupcial! Lo que ocurre es que se ignora el paradero de su mujer.

–¡Cómo! ¿Tan alto irán? –preguntó un grumete, atónito–. Su señor debe de ser el diablo.

–¿El diablo? ¡Es demasiado bueno para ser el diablo!

–¿Y después de Saturno? –preguntó uno de los más impacientes del auditorio.

–¿Después de Saturno? Haremos una visita a Júpiter, un extraño país donde los días no son más que de nueve horas y media, lo cual resulta cómodo para los perezosos, y donde los años, por extraño que parezca, duran doce años, lo cual ofrece ventajas para los que no tienen más que seis meses de vida. ¡Eso prolonga algo su existencia!

–¿Doce años? –preguntó el grumete.

–Sí, pequeño, en esas tierras, tú aún estarías pegado al pecho de tu madre, y aquel de allí, que roza la cincuentena, sería un chiquillo de cuatro años y medio.

–¡No puede ser! –exclamaron unánimes todos los hombres que se hallaban en el castillo de proa.

–Es la pura verdad –dijo Joe con aplomo–. Pero ¿qué queréis? Cuando uno se empeña en vegetar en este mundo, no aprende nada y es tan ignorante como una marsopa. ¡Pasead un poco por Júpiter y veréis! ¡Es menester, sin embargo, saber comportarse allí arriba, pues hay satélites que no son tolerantes!

Y todos reían, pero sólo le creían hasta cierto punto. Y él les hablaba de Neptuno, donde los marineros son muy bien recibidos, y de Marte, donde los militares imponen su autoridad, lo cual acaba por resultar fastidioso. En cuanto a Mercurio, es un pícaro país de ladrones y mercaderes, tan parecidos unos a otros que difícilmente se los distingue. Y, por último, de Venus les pintaba un cuadro verdaderamente encantador.

–Y cuando volvamos de esta expedición –dijo el ameno narrador– se nos condecorará con la Cruz del Sur, que brilla allá arriba en el ojal del buen Dios.

–¡Y bien merecida la tendréis! –admitieron los marineros.

Así, en alegres pláticas, transcurrían las largas tardes en el castillo de proa. Mientras tanto, las conversaciones instructivas del doctor seguían su camino.

Cierto día, hablando de la dirección de los globos, se le pidió a Fergusson que diese su parecer acerca de tal particular.

–Yo no creo –dijo– que se pueda llegar a dirigir un globo. Conozco todos los sistemas que se han ensayado o ideado, y ni uno solo es practicable. Como comprenderán, me he ocupado de esta cuestión, de interés capital para mí. Sin embargo, no he podido resolverla con los medios suministrados por los conocimientos actuales de la mecánica. Sería preciso descubrir un motor de un poder extraordinario y de una ligereza imposible. Y, aun así, no se podrían contrarrestar las corrientes de cierta importancia. Además, hasta ahora se ha pensado más en dirigir la barquilla que el globo, lo cual es un error.

–Existe, sin embargo –replicó un oficial–, una gran relación entre un aerostato y un buque, y éste puede dirigirse a voluntad.

–No –respondió el doctor Fergusson–. Existe muy poca relación o ninguna. El aire es infinitamente menos denso que el agua, en la cual el buque no se sumerge más que hasta cierto punto, mientras que el aerostato se abisma por completo en la atmósfera y permanece inmóvil con relación al fluido circundante.

–¿Cree entonces que la ciencia aerostática ha dicho ya su última palabra?

–¡No tanto! ¡No tanto! Es preciso buscar otra cosa; si no se puede dirigir un globo, al menos hay que intentar mantenerlo en las corrientes atmosféricas favorables. Éstas, a medida que se sube, se vuelven mucho más uniformes y son constantes en su dirección; ya no las perturban los valles y las montañas que surcan la superficie del planeta, y eso, como muy bien sabe, es la principal causa de las variaciones del viento y de la irregularidad de su soplo. Una vez determinadas estas zonas, el globo no tendrá más que colocarse en las corrientes que le convengan.

–Pero, entonces –repuso el comandante Pennet–, para alcanzarlas será menester subir o bajar constantemente. He ahí la verdadera dificultad, mi querido doctor.

–¿Por qué, mi querido comandante?

–Entendámonos: sólo supondrá una dificultad y un obstáculo para los viajes de largo recorrido, no para los simples paseos aéreos.

–¿Y tendría la bondad de decirme por qué?

–Porque para subir es imprescindible soltar lastres, y para bajar es imprescindible perder gas, y con tanto subir y bajar las provisiones de gas y de lastre se agotan enseguida.

–He ahí la cuestión, amigo Pennet. He ahí la única dificultad que debe procurar allanar la ciencia. No se trata de dirigir globos, sino de moverlos de arriba abajo sin gastar ese gas que constituye su fuerza, su sangre, su alma, si podemos hablar así.

–Tiene razón, mi querido doctor, pero esa dificultad aún no está resuelta. Ese medio todavía no se ha encontrado.

–Perdone, se ha encontrado.

–¿Quién lo ha encontrado?

–¡Yo!

–¿Usted?

–Comprenderá que, de otro modo, no me aventuraría a cruzar África en globo. ¡A las veinticuatro horas me quedaría sin gas!

–Pero no habló de eso en Inglaterra.

–¿Para qué? Quería evitar una discusión pública; me parecía algo inútil. Hice experimentos preparatorios en secreto y quedé satisfecho de ellos. No tenía necesidad de más.

–Y bien, mi querido Fergusson, ¿sería una imprudencia preguntarle su secreto?

–En absoluto. El medio es muy sencillo, señores. Ahora lo verán.

El auditorio redobló su atención y el doctor tomó tranquilamente la palabra.

X

Ensayos anteriores. – Las cinco cajas del doctor. – El soplete de gas. – El calorífero. – Manera de maniobrar. – Éxito seguro

–Se ha intentado muchas veces, señores, subir o bajar a voluntad sin perder el gas o el lastre del globo. Un aeronauta francés, el señor Mounier, pretendía alcanzar este objetivo comprimiendo aire en un receptáculo interior. Un belga, el doctor Van Hecke, por medio de alas y paletas, desplegaba una fuerza vertical que en la mayor parte de los casos hubiera sido insuficiente. Los resultados prácticos obtenidos por estos medios han sido insignificantes.

»Yo he resuelto abordar la cuestión más directamente. Desde luego, suprimo por completo el lastre, salvo que me obligue a recurrir a él algún caso de fuerza mayor, como, por ejemplo, la rotura del aparato o la necesidad de elevarme con gran rapidez para evitar un obstáculo imprevisto.

»Mis medios de ascensión y descenso consisten únicamente en dilatar o contraer, por medio de distintas temperaturas, el gas almacenado en el interior del aerostato. Y he aquí cómo obtengo este resultado.

»Han visto que, con la barquilla, embarcaron unas cajas cuyo uso desconocen sin duda. Hay cinco cajas.

»La primera contiene unos veinticinco galones de agua, a la cual añado algunas gotas de ácido sulfúrico para aumentar su conductibilidad y la descompongo por medio de una potente pila de Bunsen. El agua, como saben, se compone de dos volúmenes de gas hidrógeno y un volumen de gas oxígeno.

»Este último, bajo la acción de la pila, pasa por el polo positivo a una segunda caja. Una tercera, colocada encima de la segunda y de doble capacidad, recibe el hidrógeno que llega por el polo negativo.

»Dos espitas, una de las cuales tiene doble abertura que la otra, ponen en comunicación estas dos cajas con otra, que es la cuarta y se llama «caja de mezcla». En ella, en efecto, se mezclan los dos gases procedentes de la descomposición del agua. La capacidad de esta caja de mezcla viene a ser de cuarenta y un pies cúbicos.

»En la parte superior de esta caja hay un tubo de platino, provisto de una llave.

»Ya habrán comprendido, señores, que el aparato que les describo es, simplemente, un soplete de gas oxígeno e hidrogeno, cuyo calor supera el del fuego de una fragua.

»Establecido esto, paso a la segunda parte del aparato.

»De la parte inferior del globo, que está herméticamente cerrado, salen dos tubos separados por un pequeño intervalo. El uno arranca de las capas superiores del gas hidrógeno, y el otro de las inferiores.

»Estos dos tubos están provistos, de trecho en trecho, de sólidas articulaciones de caucho que les permiten adaptarse a las oscilaciones del aerostato.

»Los dos bajan hasta la barquilla y se pierden en una caja cilíndrica de hierro, llamada «caja de calor», cerrada en ambos por dos fuertes discos del mismo metal.

»El tubo que sale de la región inferior del globo pasa a la caja cilíndrica por el disco inferior y, penetrando en él, adopta entonces la forma de un serpentín helicoidal, cuyos anillos superpuestos ocupan casi toda la altura de la caja. Antes de salir, el serpentín pasa a un pequeño cono, cuya base cóncava, en forma de esférico, se dirige hacia abajo.

»Por el vértice de este cono sale el segundo tubo, que se traslada, como he dicho, a las partes superiores del globo.

»El casquete esférico del pequeño cono es de platino, para que no se funda por la acción del soplete, pues éste se halla colocado en el fondo de la caja de hierro, en el centro del serpentín helicoidal, y el extremo de la llama roza ligeramente el casquete.

»Todos saben, señores, lo que es un calorífero destinado a calentar las habitaciones, y saben también cómo actúa. El aire de la habitación, tras pasar por los tubos, vuelve a una temperatura más elevada. El aparato que acabo de describir no es, en realidad, más que un calorífero.

»¿Qué ocurre entonces? Una vez encendido el soplete, el hidrógeno del serpentín y del cono cóncavo se calienta y sube rápidamente por el tubo, que lo conduce a las regiones superiores del aerostato. Debajo se forma el vacío, que atrae el gas de las regiones inferiores, el cual se calienta a su vez y es continuamente reemplazado. Así se establece en los tubos y el serpentín una corriente sumamente rápida de gas, que sale del globo y vuelve a él calentándose sin cesar.

»Ahora bien, los gases aumentan 1/480 de su volumen por grado de calor. Por lo tanto, si fuerzo 180 la temperatura, el hidrógeno del aerostato se dilatará 18/480, o 1604 pies cúbicos; por consiguiente, desplazará 1674 pies cúbicos de aire más, lo cual aumentará 1600 libras su fuerza ascensional, que equivale a un desprendimiento de lastre de igual peso. Si aumento 1800 la temperatura, el gas experimentará una dilatación de 180/480, desplazará 16040 pies cúbicos más y su fuerza ascensional se incrementará 1600 libras.

»Como ven, señores, puedo obtener desequilibrios considerables fácilmente. El volumen del aerostato ha sido calculado de manera que, estando medio hinchado, desplace un peso de aire exactamente igual al de la envoltura del hidrógeno y la barquilla con los viajeros y todos los accesorios. En ese punto, se halla en equilibrio en el aire, sin subir ni bajar.

»Para verificar la ascensión, doy al gas una temperatura superior a la temperatura ambiente por medio del soplete. Con este exceso de calor, obtiene una tensión más fuerte e hincha más el globo, que sube tanto más cuanto más dilato el hidrógeno.

»El descenso se realiza, naturalmente, moderando el calor del soplete y dejando que baje la temperatura. Así pues, la ascensión será generalmente mucho más rápida que el descenso. Pero esta circunstancia resulta favorable, pues no tengo ningún interés en bajar rápidamente, mientras que una pronta marcha ascensional es lo que me permite evitar los obstáculos. Los peligros están abajo, no arriba.

»Además, como les he dicho, tengo cierta cantidad de lastre que me permitirá elevarme con más prontitud aún en caso necesario. La válvula situada en el polo superior del globo no es más que una válvula de seguridad. El globo conserva siempre la misma carga de hidrógeno; las variaciones de temperatura que produzco en ese medio de gas cerrado son las que provocan todos los movimientos de ascensión y descenso.

»Ahora, señores, añadiré un detalle práctico.

»La combustión del hidrógeno y del oxígeno en la punta del soplete produce únicamente vapor de agua. He dotado, por ello, a la parte inferior de la caja cilíndrica de hierro de un tubo de desprendimiento con válvula que funciona a menos de dos atmósferas de presión; por consiguiente, desde el momento en que alcanza esta presión, el vapor se escapa por sí mismo.

»He aquí cifras muy exactas.

»Veinticinco galones de agua descompuesta en sus elementos constitutivos dan 200 libras de oxígeno y 25 de hidrógeno. Esto representa, en la presión atmosférica, 1890 pies cúbicos del primero y 3780 del segundo; en total 5670 pies cúbicos de mezcla.

»La espita del soplete, enteramente abierta, consume veintisiete pies cúbicos por hora, con una llama por lo menos diez veces más potente que la de las farolas de alumbrado. Por término medio, pues, para mantenerme a una altura poco considerable, no quemaré más de nueve pies cúbicos por hora, por lo que mis veinticinco galones de agua representan seiscientas treinta horas de navegación aérea, es decir, algo más de veintiséis días.

»Y, como puedo bajar a mi arbitrio, y renovar por el camino la provisión de agua, mi viaje puede prolongarse indefinidamente.

»He aquí mi secreto, señores. Es sencillo, y, como todas las cosas sencillas, no puede dejar de tener éxito. La dilatación y la contracción del gas del aerostato, tal es mi medio, que no exige ni alas embarazosas ni motor mecánico. Un calorífero para producir las variaciones de temperatura y un soplete para calentarlo; eso no es incómodo ni pesado.

»Creo, pues, haber reunido todas las condiciones para el éxito.

Así terminó su discurso el doctor Fergusson, que recibió una serie de aplausos de admiración. No había objeción alguna que hacer; todo estaba previsto y resuelto.

–Sin embargo –dijo el comandante–, puede ser peligroso.

–¿Qué importa –respondió sencillamente el doctor–, si es posible?

XI

Llegada a Zanzíbar. – El cónsul inglés. – Mala disposición de los habitantes. – La isla de Kumbeni. – Los hacedores de lluvia. – Hinchan el globo. – Partida del 18 de abril. Último adiós. – El Victoria

Un viento siempre favorable había acelerado la marcha del *Resolute* hacia su destino. La navegación del canal de Mozambique fue particularmente apacible. La travesía marítima era un buen presagio de la aérea. Todos deseaban llegar pronto y ayudar al doctor Fergusson en sus últimos preparativos.

El buque avistó por fin la ciudad de Zanzíbar, situada en la isla del mismo nombre, y el 15 de abril, a las once de la mañana, ancló en el puerto.

La isla de Zanzíbar pertenece al imán de Máscate, aliado de Francia y de Inglaterra, y es indudablemente la más bella de sus colonias. El puerto recibe muchos buques de los países vecinos.

La isla está separada de la costa africana por un canal, cuya anchura mayor no pasa de treinta millas.

Existe un gran comercio de caucho, marfil y, sobre todo, ébano, porque Zanzíbar es el gran mercado de esclavos. Allí se concentra todo el botín conquistado en las batallas que los jefes del interior libran incesantemente. El tráfico se extiende por toda la costa oriental, e incluso en las latitudes del Nilo, y G. Lejean ha visto allí practicar la trata abiertamente bajo mando francés.

Apenas llegó el *Resolute,* el cónsul inglés de Zanzíbar subió a bordo y se puso a disposición del doctor, de cuyos proyectos lo habían tenido al corriente desde hacía un mes los periódicos de Europa. Sin embargo, hasta entonces había formado parte de la numerosa falange de los incrédulos.

–Dudaba –dijo, tendiéndole la mano a Samuel Fergusson–, pero ahora ya no dudo.

Ofreció su propia casa al doctor, a Dick Kennedy y, naturalmente, al bravo Joe.

Por mediación del cónsul, el doctor supo de varias cartas que había recibido del capitán Speke. El capitán y sus compañeros habían tenido que pasar mucha hambre y muchos contratiempos antes de llegar al país de Ugogo. No avanzaban sino con una gran dificultad, y no pensaban poder dar noticias inmediatas de su situación y paradero.

–He aquí peligros y privaciones que nosotros podremos evitar –dijo el doctor.

Llevaron el equipaje de los tres viajeros a la casa del cónsul. Se disponían a desembarcar el globo en la playa de Zanzíbar, pues cerca del asta de las banderas de señalización había un sitio favorable, junto a una enorme construcción que lo hubiera puesto a cubierto de los vientos del este. Aquella gran torre, semejante a un tonel inmenso junto al cual la cuba de Heidelberg habría parecido un insignificante barril, servía de fuerte, y en su plataforma vigilaban unos beluchíes armados con lanzas, una suerte de soldados haraganes y vocingleros.

Sin embargo, durante el desembarco del aerostato, el cónsul recibió aviso de que la población de la isla se opondría a ello por la fuerza. No hay nada tan ciego como el fanatismo. La noticia de la llegada de un cristiano que iba a elevarse por los aires se recibió con indignación, y los negros, más conmocionados que los árabes, vieron en este proyecto intenciones hostiles a su religión; se imaginaron que se dirigía contra el Sol y la Luna, que son objeto de veneración para las tribus africanas. Así pues, resolvieron oponerse a expedición tan sacrílega.

El cónsul habló acerca del particular con el doctor Fergusson y el comandante Pennet. Éste no quería retroceder ante las amenazas, pero su amigo lo hizo entrar en razón.

–Ya sé –le dijo– que acabaremos metiéndonos a esa gente en el bolsillo, y en caso necesario los propios soldados del imán nos prestarán auxilio; pero, mi querido comandante, un accidente sobreviene en el momento menos pensado, y bastaría un golpe cualquiera para causar al globo una avería irreparable que comprometiera el viaje irremisiblemente. Así pues, es preciso que nos andemos con pies de plomo.

–¿Qué haremos, entonces? Si desembarcamos en la costa de África, tropezaremos con las mismas dificultades. ¿Qué podemos hacer?

–Es muy sencillo –respondió el cónsul–. ¿Ven aquellas islas situadas más allá del puerto? Desembarquen en una de ellas el aerostato, aposten a los marineros formando un cinturón de protección, y no correrán ningún peligro.

–Perfecto –dijo el doctor–. Y allí podremos concluir nuestros preparativos con toda libertad.

El comandante aprobó el consejo y el *Resolute* se acercó a la isla de Kumbeni. Durante la madrugada del 16 de abril, pusieron el globo a buen recaudo en medio de un claro, entre los extensos bosques que cubrían aquella tierra.

Clavaron en el suelo dos palos de ochenta pies de alto, situados a una distancia similar el uno del otro; un juego de poleas sujeto a su extremo permitió levantar el aerostato por medio de un cable transversal. El globo estaba enteramente deshinchado. El globo interior se hallaba unido al vértice del exterior, de modo que subían los dos a un mismo tiempo.

En el apéndice inferior del uno y del otro, se fijaron los dos tubos de introducción del hidrógeno.

El día 17 se dedicó a disponer el aparato destinado a producir el gas; se componía de treinta toneles, en los que se verificaba la descomposición del agua por medio de pedazos de hierro viejo y ácido sulfúrico sumergidos en una gran cantidad de agua. El hidrógeno pasaba a un gran tonel central tras haber sido lavado, y desde allí subía por los tubos de introducción a los dos aerostatos. De esta manera, ambos recibían una cantidad de gas perfectamente medida.

Para tal operación fue preciso echar mano de 1866 galones de ácido sulfúrico, 16 050 libras de hierro y 966 galones de agua.

Esta operación empezó aproximadamente a las tres de la mañana del día siguiente y se prolongó durante casi ocho horas. Al otro día, el aerostato, cubierto con su red, se balanceaba graciosamente sobre la barquilla, sostenido por un gran número de sacos llenos de tierra. Se montó con el mayor cuidado el aparato de dilatación, y los tubos que salían del aerostato fueron adaptados a la caja cilíndrica.

Las anclas, las cuerdas, los instrumentos, las mantas de viaje, la tienda, los víveres y las armas ocuparon en la barquilla el puesto que tenían asignado; la aguada se hizo en Zanzíbar. Las doscientas libras de lastre se distribuyeron entre cincuenta sacos colocados en el fondo de la barquilla, pero al alcance de la mano.

Hacia las cinco de la tarde finalizaban estos preparativos. Unos centinelas montaban guardia alrededor de la isla, y las embarcaciones del *Resolute* surcaban el canal.

Los negros seguían manifestando su cólera con gritos, muecas y contorsiones. Los hechiceros recorrían los grupos irritados y acababan de exasperar los ánimos; algunos fanáticos trataron de ganar la isla a nado, pero se les rechazó fácilmente.

Entonces empezaron los sortilegios y los encantamientos; los hacedores de lluvia, que pretendían tener poder sobre las nubes, llamaron en su auxilio a los huracanes y a las «lluvias de piedra»; cogieron hojas de todas las especies de árboles del país y las cocieron a fuego lento, mientras mataban un cordero clavándole una larga aguja en el corazón. Pero, a pesar de todas sus ceremonias, el cielo permaneció sereno y puro.

Entonces los negros se entregaron a furiosas orgías embriagándose con *tembo,* aguardiente que se extrae del cocotero, o con una cerveza sumamente fuerte llamada *togwa.* Sus cantos, sin melodía apreciable, pero con un ritmo muy exacto, duraron hasta muy entrada la noche.

Hacia las seis, una última comida reunió a los viajeros alrededor de la mesa del comandante y de sus oficiales. Kennedy, a quien nadie dirigía pregunta alguna, murmuraba en voz baja palabras incomprensibles, con la mirada fija en el doctor Fergusson.

La comida fue triste. La aproximación del momento supremo inspiraba a todos penosas reflexiones. ¿Qué reservaba el destino a aquellos audaces viajeros? ¿Volverían a hallarse entre sus amigos, a sentarse junto al fuego del hogar? Si les llegaban a faltar los medios de transporte, ¿qué sería de ellos en el seno de tribus feroces, en aquellas comarcas inexploradas, en medio de desiertos inmensos?

Estas ideas, vagas hasta entonces y a las que todos se inclinaban poco, en aquel momento asaltaban las imaginaciones sobreexcitadas. El doctor Fergusson, tan frío e impasible como siempre, habló de varias cosas para disipar aquella tristeza comunicativa, pero sus esfuerzos resultaron vanos.

Como se temía alguna demostración contra la persona del doctor y de sus compañeros, los tres se quedaron a dormir a bordo del *Resolute*. A las seis de la mañana salieron de su camarote y se trasladaron de nuevo a la isla de Kumbeni.

El globo se balanceaba ligeramente, mecido por el viento del este. Los sacos de tierra que lo retenían habían sido reemplazados por veinte marineros. El comandante Pennet y sus oficiales asistían a aquella solemne marcha.

En aquel momento, Kennedy se dirigió al doctor, le cogió la mano y le dijo:

–¿Es cosa decidida tu marcha, Samuel?

–Muy decidida, mi querido Dick.

–¿He hecho yo cuanto de mí dependía para impedir este viaje?

–Todo.

–Entonces tengo sobre el particular la conciencia tranquila y te acompaño.

–Lo sabía –respondió el doctor, en cuyo semblante afloró una furtiva emoción.

Se acercaba el instante de los últimos adioses. El comandante y los oficiales abrazaron con efusión a sus intrépidos amigos, sin exceptuar al digno Joe, que estaba muy contento y satisfecho. Todos quisieron que el doctor Fergusson les diese un apretón de manos.

A las nueve, los tres compañeros de viaje ocuparon su puesto en la barquilla. El doctor encendió el soplete y avivó la llama de modo que produjese un calor rápido. El globo, que se mantenía junto al suelo en perfecto equilibrio, empezó a levantarse a los pocos minutos. Los marineros tuvieron que aflojar un poco las cuerdas que lo retenían. La barquilla se elevó unos veinte pies.

–¡Amigos míos –exclamó el doctor, puesto en pie entre sus dos compañeros y quitándose el sombrero–, pongámosle a nuestro buque aéreo un nombre que le dé suerte! ¡Llamémoslo *Victoria*!

Resonó un bravo formidable.

–¡Viva la reina! ¡Viva Inglaterra!

En aquel momento, la fuerza ascensional del aerostato aumentó prodigiosamente. Fergusson, Kennedy y Joe dirigieron un último adiós a sus amigos.

–¡Suelten las cuerdas! –exclamó el doctor.

Y el *Victoria* se elevó por los aires rápidamente, mientras, en su honor, las cuatro piezas de artillería del *Resolute* atronaban en el espacio.

XII

Travesía del estrecho. – El Mrima. – Conversación de Dick y proposición de Joe. – Receta para el café. – El uzaramo. – El desventurado Maizan. – El monte Duthumi. – Las cartas del doctor. – Noche sobre un nopal

El aire era puro, y el viento, moderado. El *Victoria* subió casi perpendicularmente a una altura de mil quinientos pies, que fue indicada por una depresión de dos pulgadas menos dos líneas en la columna barométrica.

A aquella altura, una corriente más marcada impelió al globo hacia el suroeste. ¡Qué magnífico espectáculo se extendía ante los ojos de los viajeros! La isla de Zanzíbar se ofrecía por completo a la vista y destacaba en un color más oscuro, como sobre un vasto planisferio; los campos tomaban la apariencia de muestras de varios colores; y grandes ramilletes de árboles indicaban los bosques y las selvas.

Los habitantes de la isla parecían insectos. Los bravos y los gritos se perdían poco a poco en la atmósfera, y sólo los cañonazos del buque vibraban en la concavidad inferior del aerostato.

–¡Qué hermoso es todo esto! –exclamó Joe, rompiendo por primera vez el silencio.

No obtuvo respuesta. El doctor estaba ocupado observando las variaciones barométricas y tomando nota de los pormenores de su ascensión.

Kennedy miraba y no tenía ojos para verlo todo.

Los rayos del sol, uniendo su calor al del soplete, aumentaron la presión del gas. El *Victoria* subió a una altura de dos mil quinientos pies.

El *Resolute* presentaba el aspecto de un barquichuelo, y la costa africana aparecía al oeste como una inmensa orla de espuma.

–¿No dicen nada? –preguntó Joe.

–Miramos –respondió el doctor, dirigiendo su anteojo hacia el continente.

–Lo que es yo, si no hablo, reviento.

–Habla cuanto quieras, Joe; nadie te lo impide.

Y Joe hizo él solo un espantoso consumo de onomatopeyas. Los «¡oh!», los «¡ah!» y los «¡eh!» brotaban de sus labios a borbotones.

Durante la travesía del mar, el doctor creyó conveniente mantenerse a aquella altura que le permitía observar la costa más extensamente. El termómetro y el barómetro, colgados dentro de la tienda entreabierta, se hallaban constantemente al alcance de su vista, y otro barómetro, colocado exteriormente, serviría durante la guardia de noche.

Al cabo de dos horas, el *Victoria*, a una velocidad de poco más de ocho millas, se aproximó sensiblemente a la costa. El doctor resolvió acercarse a tierra; moderó la llama del soplete, y muy pronto el globo bajó a trescientos pies del suelo.

Se hallaba sobre el Mrima, nombre que lleva aquella porción de la costa oriental de África. Protegían sus orillas espesos manglares, y la marea baja permitía distinguir sus gruesas raíces roídas por los dientes del océano Índico. Las dunas que formaban en otro tiempo la línea costera ondulaban en el horizonte, y el monte Nguru alzaba su pico al noroeste.

El *Victoria* pasó cerca de una aldea que el doctor reconoció en el mapa como Kaole. Toda la población allí reunida lanzaba aullidos de cólera y de miedo; dirigieron en vano algunas flechas a ese monstruo de los aires que se balanceaba majestuosamente sobre aquellos impotentes furores.

El viento conducía hacia el sur, lo que, lejos de inquietar al doctor, lo complació, porque le permitía seguir el derrotero trazado por los capitanes Burton y Speke.

Kennedy se había vuelto tan hablador como Joe, y los dos se dirigían mutuamente frases admirativas.

–¡Se acabaron las diligencias! –decía el uno.

–¡Y los buques de vapor! –decía el otro.

–¡Y los ferrocarriles –respondía Kennedy–, con los que se atraviesan los países sin verlos!

–¡No hay como un globo! –exclamaba Joe–. Se anda sin sentir, y la naturaleza se toma la molestia de pasar ante tus ojos.

–¡Qué espectáculo! ¡Qué asombro! ¡Qué éxtasis! ¡Un sueño en una hamaca!

–¿Y si almorzásemos? –preguntó Joe, a quien el aire libre abría el apetito.

–Buena idea, muchacho.

–¡Oh! ¡Los preparativos no serán largos! Galletas y carne en conserva.

–Y café a discreción –añadió el doctor–. Te permito tomar prestado un poco de calor de mi soplete, que tiene de sobra. Así no tendremos que temer un incendio.

–Sería terrible –repuso Kennedy–. Parece que llevemos encima un polvorín.

–No tanto –respondió Fergusson–. Si el gas se inflamase, se consumiría poco a poco y bajaríamos a tierra, lo que sin duda sería un contratiempo; pero, no temáis, nuestro aerostato está herméticamente cerrado.

–Comamos, pues –dijo Kennedy.

–Coman, señores –dijo Joe–, y yo, al tiempo que los imito, prepararé un café del que me hablarán después de haberlo tomado.

–El hecho es que Joe –repuso el doctor–, amén de mil virtudes, tiene un talento especialísimo para preparar esa bebida deliciosa; la elabora con una mezcla de varias procedencias que nunca me ha querido dar a conocer.

–Pues bien, mi señor, a la altura en que nos hallamos puedo confiarle mi receta. Se reduce simplemente a mezclar moca, *bourbon* y río Núñez en partes iguales.

Pocos instantes después, tres humeantes y aromáticas tazas ponían punto final a un sustancial almuerzo, sazonado por el buen humor de los comensales; luego, cada cual volvió a su punto de observación.

El país destacaba por su prodigiosa fertilidad. Senderos tortuosos y estrechos desaparecían bajo bóvedas de verdor. Se pasaba por encima de campos cultivados de tabaco, maíz y centeno en plena madurez, y recreaban la vista vastos arrozales con sus tallos rectos y sus flores de color purpúreo. Se distinguían carneros y cabras encerrados en grandes jaulas colocadas en alto, sobre pilotes, para preservarlas de la voracidad de los leopardos. Una vegetación espléndida cubría aquel suelo pródigo. En muchas aldeas se reproducían escenas de gritos y asombro a la vista del *Victoria,* y el doctor Fergusson se mantenía prudentemente fuera del alcance de las flechas. Los habitantes, agrupados alrededor de sus chozas contiguas, perseguían largo tiempo a los viajeros con vanas imprecaciones.

Al mediodía, el doctor, consultando el mapa, estimó que se hallaba sobre el país de Uzaramo. La campiña se presentaba erizada de cocoteros, papayos y algodoneros, sobre los cuales el *Victoria* parecía reírse. Tratándose de África, a Joe aquella vegetación le parecía muy natural. Kennedy veía liebres y codornices que le pedían por favor una perdigonada; pero no quiso complacerlas, pues, siendo imposible recogerlas, no hubiera hecho más que gastar pólvora en salvas.

Los aeronautas navegaban a una velocidad de doce millas por hora, y pronto se hallaron a 380° 20' de longitud sobre la aldea de Tounda.

–Allí es –dijo el doctor– donde Burton y Speke sufrieron calenturas violentas y por un instante creyeron su expedición comprometida. A pesar de que todavía no se hallaban demasiado alejados de la costa, ya se hacían sentir rudamente las fatigas y las privaciones.

En efecto, en aquella comarca reina una malaria perpetua, cuyo ataque el doctor sólo pudo evitar elevando el globo por encima de las miasmas de aquella tierra húmeda, cuyas emanaciones absorbía el ardiente sol.

De vez en cuando, divisaban una caravana que descansaba en un *kraal,* aguardando el fresco de la noche para proseguir su camino. Un *kraal* es un vasto espacio rodeado de espinos, una especie de vallado o seto vivo donde los traficantes se ponen al abrigo de los animales dañinos y de las tribus merodeadoras de la comarca. Se veía a los indígenas correr y dispersarse al ver al *Victoria*. Kennedy quería contemplarlos de cerca, pero Samuel no dejó de oponerse a esa idea constantemente.

–Los jefes –dijo– van armados con mosquetes, y nuestro globo es un blanco fácil para alojar en él una bala.

–Y un balazo, ¿echaría abajo el globo? –preguntó Joe.

–Inmediatamente, no; pero el agujero se haría grande muy pronto, y por él se escaparía todo el gas.

–Mantengámonos, pues, a una distancia respetable de esos tunantes. ¿Qué pensarán de nosotros, viéndonos volar por el aire? Estoy seguro de que desean adorarnos.

–Que nos adoren, pero de lejos –respondió el doctor–. No los quiero ver de cerca. Mirad, el país toma otro aspecto. Las aldeas son más escasas; los inangles han desaparecido; a esta latitud, la vegetación se detiene. El terreno se vuelve montañoso y es preludio de montes cercanos.

–En efecto –dijo Kennedy–, me parece que por aquel lado distingo algunas prominencias.

–Hacia el oeste... Son las primeras cordilleras del Urizara; el monte Duthumi, sin duda, detrás del cual espero que podamos refugiarnos para pasar la noche. Voy a activar la llama del soplete, pues debemos mantenernos a una altura de entre quinientos y seiscientos pies.

–Es una magnífica idea, señor, la que ha tenido –dijo Joe–, la maniobra no es difícil ni fatigosa: se da vuelta a una llave y no hay necesidad de más.

–Aquí estamos mejor –afirmó el cazador, cuando el globo hubo subido; el reflejo de los rayos del sol en la arena roja resultaba insoportable.

–¡Qué árboles tan magníficos! –exclamó Joe–. Aunque son una cosa muy natural, son hermosísimos. Con menos de una docena se podría hacer un bosque.

–Son baobabs –respondió el doctor Fergusson–. Mirad, allí hay uno cuyo tronco tendrá cien pies de circunferencia. Fue acaso al pie de este mismo árbol donde en 1845 pereció el francés Maizan, pues nos hallamos sobre la aldea de Deje-la-Mhora, donde se aventuró a entrar solo y fue apresado por el jefe de la comarca. Lo amarraron al pie de un baobab, y aquel negro feroz, mientras sonaba el canto de guerra, le cortó lentamente las articulaciones una tras otra; al llegar a la garganta, se detuvo para afilar su cuchillo embotado y arrancó la cabeza del desventurado mártir antes de que estuviese enteramente cortada. El pobre francés tenía veintiséis años.

–¿Y Francia no ha vengado un crimen semejante? –preguntó Kennedy.

–Francia reclamó, y el said de Zanzíbar hizo cuanto pudo para dar caza al asesino, pero todas sus pesquisas fueron inútiles.

–Suplico que no nos detengamos en el camino –dijo Joe–; subamos, subamos, señor, hágame caso.

–Encantado, Joe, pues el monte Duthumi se alza ante nosotros. Si mis cálculos son exactos, antes de las siete de la tarde lo habremos pasado.

–¿No viajaremos de noche? –preguntó el cazador.

–No, mientras podamos evitarlo. Con precauciones y vigilancia, no habría peligro; pero no basta atravesar África, es preciso verla.

–Hasta ahora no tenemos motivo de queja, señor. ¡El país más cultivado y fértil del mundo, en lugar de un desierto! ¡Como para creer a los geógrafos!

–Aguarda, Joe, aguarda; veremos más adelante.

Hacia las seis y media de la tarde, el *Victoria* se encontró frente al monte Duthumi; para salvarlo, tuvo que elevarse a más de tres mil pies. Para eso, el doctor no tuvo más que elevar 180° la temperatura. Bien puede decirse que maniobraba el globo con habilidad. Kennedy le indicaba los obstáculos que tenía que salvar, y el *Victoria* volaba por los aires rozando la montaña.

A las ocho descendía la vertiente opuesta, cuya pendiente era más suave. Echaron las anclas fuera de la barquilla, y una de ellas, encontrando las ramas de un enorme nopal, se agarró firmemente a ellas. Joe se deslizó por la cuerda y la sujetó con la mayor solidez. Luego le tendieron la escala de seda, y se encaramó por ella con gran agilidad. El aerostato, al abrigo de los vientos del este, permanecía casi inmóvil.

Los viajeros prepararon la cena y, excitados por su paseo aéreo, abrieron una amplia brecha en sus provisiones.

–¿Cuánto camino hemos recorrido hoy? –preguntó Kennedy, engullendo inquietantes bocados.

El doctor fijó su posición por medio de observaciones lunares y consultó el excelente mapa que le servía de guía, el cual pertenecía al atlas *Der Neuster Entedekungen in Africa,* publicado en Ghota por su sabio amigo Petermann; él mismo se lo había enviado. Aquel atlas debía servir para todo el viaje del doctor, pues contenía el itinerario de Burton y Speke a los Grandes Lagos, Sudán según el doctor Barth, el bajo Senegal según Guillaume Lejean, y el delta del Níger por el doctor Baikie.

Fergusson se había provisto también de una obra que en un solo volumen reunía todas las nociones adquiridas sobre el Nilo. Se titulaba: *The sources of the Nil, being a general survey of the basin of that river and of its heab stream with the history of the Nilotic discovery by Charles Beke, th. D.*

Poseía igualmente los excelentes mapas publicados en los Boletines de la Sociedad Geográfica de Londres, y no podía escapársele ningún punto de las comarcas descubiertas.

Consultando el mapa, vio que su rumbo latitudinal era de veinte o ciento veinte millas oeste.

Kennedy observó que el camino se dirigía hacia el mediodía. Pero esta dirección satisfacía al doctor, que quería reconocer, en la medida de lo posible, las huellas de sus predecesores.

Se resolvió dividir la noche en tres partes, para turnarse en la vigilancia. El doctor comenzaba su guardia a las nueve, Kennedy lo haría a las doce, y Joe, a las tres.

Así pues, Kennedy y Joe, envueltos en sus mantas, se tendieron bajo la tienda y durmieron a pierna suelta mientras el doctor Fergusson velaba.

XIII

Cambio de tiempo. – La fiebre de Kennedy. – La medicina del doctor. – Viaje por tierra. – La cuenca de Imengé. – El monte Rubeho. –A seis mil pies. – Un alto en el camino del día

La noche transcurrió en calma. Sin embargo, el sábado por la mañana, Kennedy sintió cansancio y escalofríos al despertarse. El tiempo cambiaba; el cielo, cubierto de densas nubes, parecía prepararse para un nuevo diluvio. Un triste país, Zungomero, donde llueve continuamente, excepto tal vez unos quince días en el mes de enero.

Una violenta lluvia no tardó en envolver a los viajeros; debajo de ellos, los caminos cortados por *nullabs*, especie de torrentes momentáneos, se volvían impracticables, además de estar cubiertos de matorrales espinosos y llanas gigantescas. Se percibían claramente esas emanaciones de hidrógeno sulfurado de las que habla el capitán Burton.

–Según él –dijo el doctor–, y tiene razón, se diría que hay un cadáver oculto detrás de cada matorral.

–Es un maldito país –respondió Joe–, y me parece que el señor Kennedy se encuentra mal por haber pasado en él la noche.

–En efecto, tengo una fiebre bastante alta –dijo el señor Kennedy.

–Nada tiene de particular, mi querido Dick; nos hallamos en una de las regiones más insalubres de África. Pero no permaneceremos en ella mucho tiempo. En marcha.

Gracias a una diestra maniobra de Joe, el ancla se desenganchó, y, por medio de la escala, el hábil gimnasta volvió a subir a la barquilla. El doctor dilató considerablemente el gas y el *Victoria* remontó el vuelo, impelido por un viento bastante fuerte.

Aparecía alguna que otra choza en medio de aquella niebla pestilente. El país cambiaba de aspecto. En África ocurre con frecuencia que una región mefítica y de poca extensión confina comarcas absolutamente salubres.

Kennedy sufría visiblemente; la calentura abatía su vigorosa naturaleza.

–Sería mala cosa caer enfermo –dijo, envolviéndose en su manta y echándose bajo la tienda.

–Un poco de paciencia, mi querido Dick –respondió el doctor Fergusson–, y pronto recobrarás completamente la salud.

–¡Ojalá, Samuel! Si en tu botiquín de viaje tienes alguna droga para curarme, adminístramela sin perder tiempo. La tragaré a ojos cerrados.

–Tengo un medicamento mejor que todas las drogas, querido Dick, y, naturalmente, voy a darte un antifebril que no costará nada.

–¿Y cómo lo harás?

–Muy sencillo. Subiré encima de estas nubes que nos envuelven y me alejaré de esta atmósfera pestilente. Diez minutos te pido para dilatar el hidrógeno.

No había transcurrido ese tiempo cuando los viajeros estaban ya fuera de la zona húmeda.

–Aguarda un poco, Dick, y notarás la influencia del aire puro y del sol.

–¡Vaya un remedio! –dijo Joe–. ¡Es mágico!

–¡No! ¡Es totalmente natural!

–Eso no lo pongo en duda.

–Envié a Dick a respirar un aire bueno, como se hace todos los días en Europa, del mismo modo que en la Martinica lo enviaría a los Pitons para librarlo de la fiebre amarilla.

–La verdad es que este globo es un paraíso –dijo Kennedy, ya más aliviado.

–O por lo menos conduce a él –respondió Joe con gravedad.

Era un espectáculo curioso el que ofrecían las nubes aglomeradas en aquel momento debajo de la barquilla. Rodaban unas sobre otras, y se confundían en un resplandor magnífico reflejando los rayos del sol. El *Victoria* llegó a una altura de cuatro mil pies. El termómetro indicaba algún descenso en la temperatura. Ya no se veía la tierra. A unas cincuenta millas al oeste, el monte Rubeho levantaba su cabeza centelleante. Formaba el límite del país de Ugogo, a 360° 20' de longitud. El viento soplaba a una velocidad de veinticinco millas por hora, pero los viajeros no se percataban de su rapidez, ni siquiera tenían sensación de movimiento.

Tres horas después, la predicción del doctor se cumplía. Kennedy no experimentaba ningún escalofrío y almorzó con apetito.

–¡Y que aún haya quien tome sulfato de quinina! –dijo con satisfacción.

–Decididamente –exclamó Joe–, aquí es donde me retiraré cuando sea viejo.

Hacia las diez de la mañana, la atmósfera se despejó. Se hizo un agujero en las nubes, la tierra reapareció y el *Victoria* se acercó a ella insensiblemente. El doctor Fergusson buscaba una corriente que lo llevase al noroeste, y la encontró a seiscientos pies del suelo. El terreno se volvía accidentado, incluso montañoso. Al este, el distrito de Zungomero se borraba con los últimos cocoteros de aquella latitud.

Luego, las crestas de una montaña se presentaron más acentuadas. Algunos picos se levantaban en distintos puntos del horizonte. Era preciso vigilar constantemente los conos agudos, que parecían surgir cuando menos te lo esperabas.

–Nos hallamos entre los rompientes –dijo Kennedy.

–Puedes estar tranquilo, querido Dick, no tropezamos.

–¡Hermosa manera de viajar! –replicó Joe.

En efecto, el doctor guiaba el globo con una destreza maravillosa.

–Si tuviésemos que andar por este terreno encharcado –dijo–, nos arrastraríamos por un lodo insalubre. Desde nuestra salida de Zanzíbar hasta llegar donde estamos, la mitad de nuestras bestias de carga habrían muerto de fatiga, y nosotros pareceríamos espectros y llevaríamos la desesperación en el alma. Estaríamos en incesante lucha con nuestros guías y expuestos a su brutalidad desenfrenada. Durante el día nos agobiaría un calor húmedo, insoportable, sofocante. Durante la noche, experimentaríamos un frío con frecuencia intolerable, y acabarían con nuestra paciencia las picaduras de ciertas moscas, cuyo aguijón atraviesa la tela más gruesa y es capaz de volver loco a cualquiera. ¡Ya no digo nada de las bestias salvajes y de las tribus feroces!

–¡Dios nos libre de las unas y de las otras! –se limitó a replicar Joe.

–No exagero nada –prosiguió el doctor Fergusson–, pues no se pueden leer las narraciones de los viajeros que han tenido la audacia de penetrar en estas comarcas sin que se le llenen a uno los ojos de lágrimas.

Hacia las once pasaban la cuenca de Imengé; las tribus esparcidas por aquellas colinas amenazaban en vano con sus armas al *Victoria,* que llegaba, por fin, a las últimas ondulaciones montuosas que preceden al Rubeho y forman la tercera y más elevada cordillera de las montañas de Usagara.

Los viajeros distinguían perfectamente la orografía del país. Aquellas tres ramificaciones, de las que el Duthumi forma el primer eslabón, están separadas unas de otras por vastas llanuras longitudinales; las elevadas lomas se componen de conos redondeados, entre los cuales las gargantas están sembradas de pedruscos erráticos y guijarros. El declive más acusado de aquellas montañas se halla frente a la costa de Zanzíbar; las pendientes occidentales no son más que llanuras inclinadas. Las depresiones del terreno están cubiertas de una tierra negra y fértil donde la vegetación es vigorosa. Varios riachuelos se infiltran hacia el este y afluyen al Kingani, entre gigantescos ramos de sicómoros, tamarindos, guayabas y palmeras.

–¡Atentos! –dijo el doctor Fergusson–. Nos acercamos al Rubeho, cuyo nombre significa en la lengua del país «paso de los vientos». Haremos bien en doblar a cierta altura las agudas cumbres. Si mi mapa es exacto, subiremos hasta una altura de más de cinco mil pies.

–¿Alcanzaremos con frecuencia esas zonas superiores?

–Rara vez; la altura de las montañas de África es menor, según parece, que la de las de Europa y Asia. Pero, de todos modos, el *Victoria* las salvará sin dificultad alguna.

En poco tiempo, el gas se dilató, bajo la acción del calor, y el globo tomó una marcha ascensional muy pronunciada. La dilatación del hidrógeno no ofrecía ningún peligro, y la vasta capacidad del aerostato no estaba llena más que en sus tres cuartas partes. El barómetro, mediante una depresión de unas ocho pulgadas, indicó una elevación de seis mil pies.

–¿Podríamos estar subiendo así mucho tiempo? –preguntó Joe.

–La atmósfera terrestre –respondió el doctor– tiene una altura de seis mil toesas. Con un globo muy grande, iríamos lejos. Eso es lo que hicieron los señores Brioschi y Gay-Lussac, pero empezó a manarles sangre de la boca y los oídos. Les faltaba aire respirable. Hace unos años, dos audaces franceses, los señores Barrai y Bixio, también se lanzaron a las altas regiones, pero su globo se rasgó…

–¿Y cayeron? –preguntó al momento Kennedy.

–Sin duda, pero como deben caer los sabios, sin hacerse daño.

–¡Pues bien, señores –dijo Joe–, son ustedes libres de caer cuantas veces lo deseen! Pero yo, que no soy más que un ignorante, prefiero permanecer en un justo término medio, ni demasiado alto, ni demasiado bajo. No hay que ser ambicioso.

A seis mil pies, la densidad del aire ha disminuido ya sensiblemente; el sonido se mueve con dificultad y la voz se oye mucho menos. Los objetos se ven confusamente. La mirada no percibe más que grandes moles bastante indeterminadas; los hombres y los animales se vuelven invisibles; los caminos parecen curvas, y los lagos, estanques.

El doctor y sus compañeros se sentían raros; una corriente atmosférica de gran velocidad los arrastraba más allá de las montañas áridas, cuyas cimas coronadas de nieve deslumbraban; su aspecto convulsionado demostraba algún trabajo neptuniano de los primeros días del mundo.

El sol brillaba en su cénit, y los rayos caían a plomo sobre aquellas desiertas cimas. El doctor esbozó un dibujo exacto de las montañas, formadas por cuatro cumbres situadas casi en línea recta, de las cuales la más septentrional es la más alargada.

El *Victoria* no tardó en descender por la vertiente opuesta del Rubeho, costeando una llanura poblada de árboles de un verde muy sombrío. A esta llanura sucedieron crestas y barrancos colocados en una especie de desierto que precedía al país de Ugogo. Más abajo se presentaban llanuras amarillentas, tostadas, agrietadas, salpicadas a trechos de plantas salinas y de matorrales espinosos.

Algunos bosquecillos, que más adelante se convirtieron en verdaderas selvas, embellecieron el horizonte. El doctor se aproximó a tierra, echaron las anclas, y una de ellas quedó agarrada a las ramas de un corpulento sicómoro.

Joe, deslizándose rápidamente, sujetó el ancla con precaución; el doctor dejó el soplete en funcionamiento para conservar en el aerostato cierta fuerza ascensional que lo mantuvo en el aire. El viento se había calmado casi súbitamente.

–Ahora, querido Dick –dijo Fergusson–, coge dos escopetas, una para ti y otra para Joe, y procurad entre los dos traer unos buenos filetes de antílope para la comida de hoy.

–¡De caza! –exclamó Kennedy.

Echó la escala y bajó. Joe brincó de una a otra rama y aguardó a Kennedy, desperezándose. El doctor, aliviado del peso de sus dos compañeros, pudo apagar el soplete.

–No eche a volar, señor –exclamó Joe.

–Tranquilo, muchacho, estoy sólidamente anclado. Voy a poner en orden mis apuntes. Cazad bien y sed prudentes. Yo, desde aquí, observaré el terreno; a la menor sospecha que conciba, dispararé la carabina. El tiro será la señal de reunión.

–De acuerdo –respondió el cazador.

XIV

El bosque de gomeros. – El antílope azul – La señal de reunión. – Un asalto inesperado. – El Kanyemé. – Una noche en el aire. – El Mabunguru. – Jihoue-la-Mkoa. – Provisión de agua. – Llegada a Kazeb

El país, árido, seco, formado de una tierra arcillosa que el calor agrietaba, parecía desierto.

De vez en cuando se encontraban algunos vestigios de caravanas, osamentas blanquecinas de hombres y animales, medio roídas y mezcladas con el polvo.

Dick y Joe, después de una media hora de marcha, se internaron en un bosque de gomeros, al acecho y con el dedo en el gatillo de la escopeta. No sabían con quién tendrían que habérselas. Joe, sin ser un tirador de primera, manejaba bien un arma de fuego.

–Caminar sienta bien, señor Dick, aunque el terreno que pisamos no es muy cómodo –apuntó Joe, tropezando con los fragmentos de cuarzo de que estaba sembrado el suelo.

Kennedy le indicó con un gesto a su compañero que se callase y se detuviese. Faltaban perros, y la agilidad de

Joe, por mucha que fuese, no equivalía al olfato de un pachón o de un podenco.

En el lecho de un torrente, en el que quedaban algunas aguas estancadas, saciaba su sed un grupo de unos diez antílopes. Aquellos graciosos animales, olfateando un peligro, parecían inquietos; entre sorbo y sorbo de agua, levantaban la cabeza con azoramiento, husmeando con sus hocicos las emanaciones de los cazadores.

Kennedy rodeó unos matorrales, en tanto que Joe permanecía inmóvil. Llegó a tiro de los antílopes y disparó su escopeta. El grupo desapareció rápidamente, quedando sólo un antílope macho que cayó como herido por un rayo. Kennedy se aproximó a su víctima.

Era un magnífico ejemplar de un azul claro, casi ceniciento, con el vientre y la parte anterior de las patas de una blancura deslumbrante.

–¡Buen tiro! –exclamó el cazador–. Es una especie de antílope muy rara, y espero poder preparar su piel para conservarla.

–¿Qué dice, señor Dick?

–Lo que oyes. ¡Mira qué pelaje tan espléndido!

–Pero el doctor Fergusson no admitirá un exceso de peso.

–¡Tienes razón, Joe! Pero es no aprovechar nada de una pieza tan magnífica.

–¿Nada? No, señor Dick; vamos a sacar del animal todas las ventajas nutritivas que posee, y, con su permiso, lo haré ahora mismo pedazos tan bien como pudiera hacerlo el presidente de la ilustre corporación de carniceros de Londres.

–Pues ya puedes empezar, camarada; aunque debes saber que, a fuer de cazador, me desenvuelvo tan bien desollando una res como matándola.

–Estoy seguro de ello, señor Dick, como lo estoy también de que, en menos que canta un gallo, con tres piedras armará una parrilla. Leña seca no falta, y sólo le pido unos minutos para utilizar sus ascuas.

–La operación no es muy larga –replicó Kennedy.

Y procedió de inmediato a la construcción de la parrilla, de la que unos instantes después salían numerosas llamas.

Joe sacó del cuerpo del antílope una docena de chuletas y trozos de lomo, que se convirtieron muy pronto en un asado delicioso.

–Nuestro querido Samuel –dijo el cazador– se va a chupar los dedos de gusto.

–¿Sabe lo que estoy pensando, señor Dick?

–¿En qué has de pensar más que en lo que estás haciendo?

–Pues, no, señor. Pienso en la cara que pondríamos si no encontráramos el globo.

–¡Vaya una ocurrencia! ¿Acaso el doctor podría abandonarnos?

–Pero ¿y si se desenganchara el ancla?

–Imposible. Y aunque se desenganchara, Samuel sabría bajar con el globo.

–Pero ¿y si el viento se lo llevase?

–Mala cosa, claro; pero no hagas tantas suposiciones que nada tienen de agradable.

–No hay nada imposible en este mundo, señor; por tanto, es preciso preverlo todo…

En aquel mismo momento se oyó un tiro.

–¡Oh! –gritó Joe.

–¡Mi carabina! Conozco su sonido.

–¡Una señal!

–¡Un peligro nos amenaza!

–¡A él tal vez! –replicó Joe.

–¡En marcha!

Los cazadores recogieron en un momento la carne que habían asado y empezaron a desandar el camino, guiándose por las ramas que Kennedy había esparcido con esa intención. La espesura de la arboleda les impedía ver el *Victoria,* del cual no podían estar lejos.

Se oyó un segundo disparo.

–La cosa apremia –dijo Joe.

–¡Otro tiro!

–Tiene pinta de que se está defendiendo de algo.

–¡Corramos!

Y echaron a correr con todo el vigor de sus piernas. Al salir del bosque vieron el *Victoria*, con el doctor en la barquilla.

–¿Qué pasa? –preguntó Kennedy.

–¡Dios del cielo! –exclamó Joe.

–¿Qué ves?

–¡Mire! ¡Una multitud de negros asaltan el globo!

En efecto, a dos millas de donde ellos estaban, unos treinta individuos se agolpaban, gesticulando, gritando y brincando, al pie del sicómoro. Algunos, encaramándose por el árbol, subían hasta las ramas más altas. El peligro parecía inminente.

–¡Mi señor está perdido! –exclamó Joe.

–¡Calma, Joe, y apunta bien! En nuestras manos tenemos la vida de cuatro de esos monigotes. ¡Adelante!

Habían avanzado una milla con suma rapidez, cuando partió de la barquilla otro tiro que derribó a uno de aquellos demonios que se encaramaba por la cuerda del ancla. Un cuerpo sin vida cayó de rama en rama y quedó colgado a veinte pies del suelo, con las piernas y los brazos extendidos.

–¿Por dónde diablos se sostiene ese bárbaro? –exclamó Joe.

–¿Qué nos importa? –respondió Kennedy–. ¡Corramos! ¡Corramos!

–¡Ah, señor Kennedy! –exclamó Joe, sin poder contener la risa–. ¡Por el rabo! ¡Es un mono! ¡Un asalto de monos!

–Mejor, más vale que sean monos que hombres –replicó Kennedy, que se abalanzó hacia el grupo vociferante.

Era una manada de cinocéfalos bastante temibles, feroces y brutales, con un hocico de perro que les daba un aspecto repugnante. Sin embargo, unos cuantos tiros bastaron para obligarlos a abandonar el campo de batalla, donde dejaron no pocos cadáveres.

Kennedy se encaramó por la escala. Joe subió al sicómoro, desenganchó el ancla y subió a la barquilla sin dificultad. Minutos después, el *Victoria* volvió a remontarse y se dirigía hacia el este a impulsos de un viento moderado.

–¡Vaya un asalto! –exclamó Joe.

–Creíamos que estabas rodeado de indígenas.

–Afortunadamente, no eran más que monos –respondió el doctor.

–De lejos, la diferencia no es grande, querido Samuel.

–Ni de cerca tampoco –replicó Joe.

–De cualquier modo –repuso Fergusson–, este ataque de monos podía haber tenido funestas consecuencias. Si con sus repetidos tirones llegan a desenganchar el ancla, no sé adónde me hubiera llevado el viento.

–¿No se lo decía yo, señor Kennedy?

–Tenías razón, Joe; pero, aun teniéndola, en aquel momento estabas asando unas chuletas de antílope cuya visión me abría el apetito.

–Lo creo –respondió el doctor–. La carne de antílope es exquisita.

–Ahora la probaremos, señor; la mesa está puesta.

–Es cierto –dijo el cazador– que estas lonchas de venado echan un humillo montaraz nada desdeñable.

–¡Ya lo creo! –respondió Joe con la boca llena–. Yo me comprometería a no comer más que antílope todos los días de mi vida, con tal de que no me faltase un buen vaso de grog para digerirlo más fácilmente.

Joe preparó la codiciada pócima y los tres la paladearon con recogimiento.

–La cosa marcha –dijo.

–A pedir de boca –respondió Kennedy.

–¿Qué tal, señor Dick? ¿Siente habernos acompañado?

–¿Quién hubiera sido capaz de impedírmelo? –respondió el cazador resueltamente.

Eran las cuatro de la tarde. El *Victoria* encontró una corriente más rápida. El terreno se elevaba insensiblemente, y muy pronto la columna barométrica indicó una altura de mil quinientos pies sobre el nivel del mar. El doctor se vio entonces obligado a sostener el aerostato mediante una dilatación de gas bastante fuerte, y el soplete funcionaba de forma incesante.

Hacia las siete, el *Victoria* planeaba sobre la cuenca de Kanyemé. El doctor reconoció al momento aquel vasto desmonte de seis millas de extensión, con sus aldeas ocultas entre baobabs y güiras. Allí se encuentra la residencia de uno de los sultanes del país de Ugogo, donde la civilización está menos atrasada y rara vez se comercia con carne humana; sin embargo, hombres y animales viven juntos en chozas redondas sin armazón de madera, que parecen haces de heno.

Después de Kanyemé, el terreno se vuelve árido y pedregoso; pero a una hora de distancia, cerca de Mdaburu, hay un valle fértil donde la vegetación recobra todo su vigor. El viento cesó al anochecer, y la atmósfera pareció adormentarse. El doctor buscó en vano una corriente a diferentes alturas; al constatar la calma de la naturaleza, resolvió pasar la noche en el aire y, para mayor seguridad, se elevó unos mil pies. El *Victoria* permanecía inmóvil, y la noche, magníficamente estrellada, cayó en silencio.

Dick y Joe se tumbaron en su apacible cama y se sumieron en un profundo sueño durante la guardia del doctor, que fue reemplazado por el escocés a medianoche.

–Si se produce cualquier incidente –le dijo a Dick–, despiértame y, sobre todo, no pierdas de vista el barómetro. El barómetro es nuestra brújula.

La noche fue fría; llegó a haber veintisiete grados de diferencia con la temperatura del día. Con las tinieblas había empezado el concierto nocturno de los animales, a quienes la sed y el hambre obligaban a abandonar sus guaridas. Se oyó la voz de soprano de las ranas, acompañada de los aullidos de los chacales, mientras que los imponentes graves de los leones sostenían los acordes de aquella orquesta viviente.

Por la mañana, al volver a su puesto, el doctor Fergusson consultó la brújula, y observó que durante la noche había variado la dirección del viento. Hacía cosa de dos horas que el *Victoria* derivaba unas treinta millas hacia el noreste. Pasaba por encima de Mabunguru, país pedregoso, sembrado de bloques de sienita bellamente pulida y de gibosos montículos; masas cónicas, análogas a los peñascos de Karnak, erizaban el terreno cual dólmenes druídicos; numerosas osamentas de búfalos y elefantes salpicaban el suelo de blanco, y, exceptuando la parte del este, en que se levantaban profundos bosques bajo los cuales se ocultaban algunas aldeas, había pocos árboles.

Hacia las siete, una roca esférica, que tendría dos millas de extensión, apareció como inmensa concha de galápago.

–Vamos bien encaminados –dijo el doctor Fergusson–. Allí está Jihoue-la-Mkoa, donde nos detendremos. Quiero renovar la provisión de agua necesaria para alimentar el soplete. Busquemos un sitio al que agarrarnos.

–Pocos árboles hay –respondió el cazador.

–Probemos. Joe, echa las anclas.

El globo, perdiendo poco a poco su fuerza ascensional, se acercó a tierra; las anclas corrieron hasta que una de ellas hincó una uña en la hendidura de una roca, y el *Victoria* quedó sujeto.

No se crea que el doctor, durante las paradas, pudo apagar completamente el soplete. El equilibrio del globo había sido calculado al nivel del mar, y como el terreno se elevaba sin cesar, al hallarse a una altura de seiscientos o setecientos pies, el globo habría tenido una tendencia a descender más abajo que el propio suelo; por eso era preciso sostenerlo mediante una dilatación del gas. Sólo en el caso de que, en ausencia total de viento, el doctor hubiera dejado la barquilla descansar en el suelo, el aerostato, libre de un peso considerable, se habría mantenido en el aire sin ayuda del soplete.

Los mapas indicaban vastas ciénagas en la vertiente occidental de Jihoue-la-Mkoa. Joe se dirigió allí solo con un barril que podría contener unos diez galones; encontró sin trabajo el punto indicado, no lejos de un poblado desierto, hizo su provisión de agua y en menos de tres cuartos de hora estuvo ya de vuelta. No había visto nada de particular, aparte de enormes trampas para cazar elefantes; incluso estuvo a punto de caer en una de ellas, en la que yacía un esqueleto medio roído.

Trajo de su excursión una especie de nísperos que los monos comían ávidamente. El doctor reconoció el fruto del *mbenbú*, árbol que abunda en la parte occidental de Jihoue-la-Mkoa. Fergusson aguardaba a Joe con cierta impaciencia, porque, en aquella tierra inhóspita, detenerse, aunque fuera brevemente, le inspiraba siempre zozobra.

El agua fue embarcada sin dificultad, pues la barquilla descendió casi al nivel del suelo; Joe, tras desenganchar el ancla, subió con presteza junto a su señor. En cuanto éste reavivó la llama, el *Victoria* reemprendió su ruta por los aires.

Se hallaba entonces a unas cien millas de Kazeh, importante establecimiento del interior de África, donde, gracias a una corriente del sureste, podían prometerse los viajeros llegar durante aquel día. Avanzaban a una velocidad de catorce millas por hora. La conducción del aerostato se hizo entonces bastante difícil; no era posible elevarse a gran altura sin dilatar excesivamente el gas, porque el terreno se hallaba ya a una altura media de tres mil pies. El doctor prefería, en la medida de lo posible, no forzar su dilatación, por lo que siguió muy hábilmente las sinuosidades de una pendiente bastante empinada, y pasó casi rozando las aldeas de Thembo y de Tura-Wels. Esta última forma parte del Unyamwezy, magnífica comarca donde los árboles alcanzan las más colosales dimensiones, especialmente los cactus, que son gigantescos.

Hacia las dos, con un tiempo magnífico, bajo un sol ardiente que devoraba la menor corriente de aire, el *Victoria* planeaba sobre la ciudad de Kazeh, situada a trescientas cincuenta millas de la costa.

–Partimos de Zanzíbar a las nueve de la mañana –dijo el doctor Fergusson, consultando sus notas–, y en dos días de travesía hemos recorrido más de quinientas millas geográficas. ¡Los capitanes Burton y Speke invirtieron cuatro meses y medio en hacer el mismo camino!

XV

Kazeb. – El mercado bullicioso. – Aparición del Victoria. *Los wagangas. – Los hijos de la Luna. – Paseo del doctor. Población. – El* tembé *real. – Las mujeres del sultán. – Una borrachera real. – Joe, adorado. – Cómo se baila en la Luna. Peripecia. – Dos lunas en el firmamento. – Inestabilidad de las grandezas divinas*

Hablando con propiedad, Kazeh, punto importante del África central, no es una ciudad; a decir verdad, en el interior no hay ciudades. Kazeh no es más que un conjunto de seis vastas excavaciones, repleto de barracas y chozas con patios y huertecillos cuidadosamente cultivados; allí crecen cebollas, patatas, berenjenas, calabazas y setas de un sabor delicioso.

El Unyamwezy es la tierra de la Luna por excelencia, el fértil y espléndido jardín de África. En el centro se encuentra el distrito de Unyanembé, deliciosa comarca donde viven perezosamente algunas familias de omaníes, que son árabes de origen muy puro.

Durante mucho tiempo se dedicaron al comercio en el interior de África y en Arabia; traficaban en gomas, marfil, telas de algodón y esclavos; sus caravanas surcaban aquellas regiones ecuatoriales, y aún van a buscar a la costa objetos de lujo y de placer para mercaderes ricos, los cuales, rodeados de mujeres y criados, llevan en aquella encantadora comarca la existencia menos agitada y más horizontal posible, siempre tumbados, riendo, fumando o durmiendo.

Alrededor de esas excavaciones, numerosas barracas de indígenas, grandes extensiones para los mercados, campos de cannabis y de datura, hermosos árboles y frescas sombras: eso es Kazeh.

Es el punto de encuentro de las caravanas: las del sur, con sus esclavos y cargamentos de marfil, y las del oeste, que exportan algodón y abalorios a las tribus de los Grandes Lagos.

Así es que en los mercados reina una agitación perpetua, una algarabía indescriptible donde se mezclan gritos de vendedores ambulantes mestizos, ruido de tambores y cornetas, relinchos de mulos, rebuznos de asnos, cantos de mujeres, gritos de chiquillos y golpes de vara del *imadar,* que en aquella sinfonía pastoral es quien marca el compás.

Allí se exhiben desordenadamente, o, por mejor decir, con un desorden encantador, telas vistosas, sartas de abalorios, objetos de marfil, dientes de rinoceronte y de tiburón, algodón, miel, tabaco; allí se llevan a cabo las más extravagantes transacciones mercantiles, en las que cada objeto sólo tiene valor en función de los deseos que provoca.

De repente, como por encanto, aquella agitación, aquel movimiento y aquel ruido cesaron. El *Victoria* acababa de aparecer en el aire; planeaba majestuosamente y descendía poco a poco, sin desviarse de la vertical. Hombres, mujeres, niños, esclavos, mercaderes, árabes y negros, todos desaparecieron, agazapándose más que deprisa en los *tembés* y las chozas.

–Querido Samuel –dijo Kennedy–, si seguimos causando el mismo efecto en todas partes, mucho trabajo nos habrá de costar establecer con estas gentes relaciones mercantiles.

–Sin embargo –dijo Joe–, podríamos realizar una operación comercial muy sencilla. Consistiría en bajar tranquilamente y cargar con las mercancías de más valor, sin cuidarnos de entrar en tratos con los vendedores. Nos haríamos ricos.

–¡Sí! –replicó el doctor–. Pero esos indígenas, pasado el primer sobresalto, no tardarán en volver, movidos por su superstición o su curiosidad.

–¿Usted cree, señor?

–Pronto lo veremos. Por si acaso, será una medida prudente no acercarse demasiado a ellos. El *Victoria* no es un globo blindado ni acorazado: no está a salvo de balas y flechas.

–¿Piensas, querido Samuel, entrar en tratos con esos africanos?

–¿Por qué no, si se puede? –respondió el doctor–. En Kazeh debe de haber mercaderes árabes más instruidos y menos salvajes. Recuerdo que Burton y Speke no tenían bastante boca para alabar la hospitalidad de los habitantes de este pueblo. Podemos, pues, intentarlo.

El *Victoria,* tras haberse acercado poco a poco a tierra, enganchó una de sus anclas en la copa de un árbol, cerca de la plaza del mercado.

En aquel momento, toda la población salía de sus madrigueras, asomando la cabeza con circunspección. Varios wagangas, a quienes se reconocía por sus insignias de conchas cónicas, se acercaron resueltamente a los viajeros. Eran los magos del lugar. Llevaban colgando de la cintura calabacitas negras untadas con grasa y varios objetos de magia de una suciedad verdaderamente doctoral.

Poco a poco, la muchedumbre siguió su ejemplo; salieron de todas partes niños y mujeres, y hubo ruido de tambores, y palmoteos, y millares de manos levantadas hacia el cielo.

–Ésa es su manera de orar –dijo el doctor Fergusson–. Si no me equivoco, estamos llamados a representar un importante papel.

–Pues bien, señor, represéntelo.

–Tal vez tú, mi buen Joe, te conviertas en un dios.

–No lo sentiría, señor; no me disgusta el olor del incienso.

En aquel mismo momento, uno de los magos, un *myanga,* hizo un ademán, y el clamor se transformó en un profundo silencio. El hombre les dirigió algunas palabras a los viajeros, pero en una lengua desconocida.

El doctor Fergusson, que no había entendido absolutamente nada, dijo lo primero que se le ocurrió en árabe, lengua en la que obtuvo inmediata y pronta respuesta.

El orador pronunció, con gran don de la palabra, una arenga muy florida que se escuchó con religiosa atención. El doctor no tardó en comprender que el *Victoria* había sido tomado por la Luna en persona, amable dios que se había dignado acercarse a la ciudad con sus tres hijos, honra incomparable que permanecería eternamente grabada en la memoria de aquella tierra tan amada del Sol.

El doctor respondió, con gran dignidad, que la Luna realizaba cada mil años una gira por todas las provincias para que sus adoradores la viesen más de cerca, y les suplicó que le diesen a conocer sus necesidades y deseos sin miedo de abusar de su divina presencia. El mago dijo entonces que el sultán, el *mwani,* enfermo desde hacía muchos años, imploraba la ayuda del cielo, y que él invitaba a los hijos de la Luna a que fuesen a visitarlo.

El doctor hizo partícipes a sus compañeros de la invitación.

–¿Y serás capaz de ir a visitar a ese rey negro? –preguntó el cazador.

–¡Sin duda! ¿Qué inconveniente hay? Me parece que los ánimos están dispuestos a nuestro favor; la atmósfera está tranquila, no se mueve ni la hoja de un árbol. Por el *Victoria*, nada tenemos que temer.

–¿Y qué harás?

–No te preocupes, querido Dick; con un poco de medicina saldré del paso. –Luego, dirigiéndose al público, añadió–: La Luna, compadeciéndose del soberano a quien tan acendrado cariño profesan los hijos del Unyamwezy, nos ha confiado su curación. ¡Prepárese, pues, a recibirnos!

Los gritos, los cantos y las demostraciones se multiplicaron, y todo aquel hormiguero de cabezas negras se puso de nuevo en movimiento.

–Ahora, amigos, hay que prepararse para cualquier eventualidad. En un momento dado, podemos vernos obligados a partir rápidamente. Así pues, Dick se quedará en la barquilla y, por medio del soplete, mantendrá una fuerza ascensional suficiente. El ancla está sólidamente sujeta; no hay nada que temer. Yo bajaré a tierra. Joe me acompañará, pero se quedará al pie de la escala.

–¡¿Cómo?! –exclamó Kennedy–. ¿Vas a ir solo a casa de ese salvaje?

–¡Señor! –lo secundó Joe–. Entonces, ¿no quiere que lo acompañe hasta la conclusión de la aventura?

–No, iré solo. Estas buenas gentes creen que ha venido a visitarlos su gran diosa la Luna, así que la superstición nos protege. Nada temáis, y permaneced cada cual en el puesto asignado.

–Si eso es lo que quieres… –respondió el cazador.

–Vigila la dilatación del gas.

–Puedes marcharte tranquilo.

Los gritos de los indígenas iban en aumento; reclamaban la intervención del cielo.

–¡Escuche! –dijo Joe–. Percibo una actitud un tanto imperiosa hacia la bondadosa Luna y sus divinos hijos.

El doctor, provisto de su botiquín de viaje, bajó a tierra precedido de Joe. Éste, grave y digno como exigían las circunstancias, se sentó junto a la escala con las piernas cruzadas a la usanza árabe, y parte de la multitud formó un círculo respetuoso a su alrededor.

Entretanto, el doctor Fergusson, conducido al son de numerosos instrumentos y escoltado por un grupo que ejecutaba danzas religiosas, marchó lentamente hacia el *tembé* real, situado en las afueras de la ciudad. Eran las tres, y el sol, haciéndose sin duda cargo de la solemnidad del acto, resplandecía.

El doctor andaba con dignidad; los wagangas lo rodeaban y contenían a la multitud que se agolpaba a su paso. Al poco se unió a la comitiva el hijo natural del sultán, un jovencito de buena figura que, según la costumbre del país, era el único heredero de los bienes paternos, con exclusión de los hijos legítimos. El príncipe se postró con reverencia ante el hijo de la Luna, el cual, con un ademán solemne, lo hizo levantarse.

Después de tres cuartos de hora de marcha por senderos sombríos, entre el lujo de una vegetación tropical, la entusiasmada procesión llegó al palacio del sultán, una especie de edificio cuadrado, llamado *ititenya*, situado en la ladera de una colina. El techo de bálago, apoyado en postes de madera que querían parecer esculpidos, formaba una suerte de alero. Adornaban las paredes largas líneas de arcilla rojiza que intentaban reproducir figuras de hombres y de serpientes, pareciéndose más al natural éstas que aquéllos. No había ventanas; sólo una puerta de muy poca consideración. Sin embargo, el aire circulaba interiormente con la mayor libertad, gracias a la abertura que dejaba la techumbre al no descansar directamente sobre las paredes del edificio.

El doctor Fergusson fue recibido con grandes honores por los guardias y los favoritos, pertenecientes a la hermosa raza de los wanyamwezis, un ejemplo puro de las poblaciones de África central. Eran hombres fuertes y robustos, sanos y bien formados. Caían sobre sus hombros los cabellos divididos en mechones minuciosamente trenzados, y desde las sienes hasta la boca surcaban sus mejillas numerosas incisiones negras o azules. Sus orejas, horriblemente grandes, estaban adornadas con discos de madera y placas de copal, y cubrían su cuerpo con telas pintadas de colores brillantes. Los soldados iban armados con azagayas, arcos, flechas envenenadas con zumo de euforbio, cuchillos y largos sables llamados *simes*, dentados como sierras, amén de con un sinfín de hachas.

El doctor entró en el palacio, donde, a pesar de la enfermedad del sultán, el estrépito, que era ya terrible, creció. En el dintel de la puerta vio rabos de liebre y crines de cebra colgados a modo de talismán. Fue recibido por el tropel de esposas de su majestad al armonioso son del *upatu*, especie de címbalo hecho con el fondo de una cacerola de cobre, y el estruendo del *kilindo*, un tambor de cinco pies de altura construido con el tronco ahuecado de un árbol, que dos virtuosos tocaban a puñetazos.

La mayor parte de las mujeres parecían muy guapas, y fumaban, riendo, *thang* y tabaco en grandes pipas negras; revelaban muy buenas formas bajo las largas túnicas dispuestas con gracia y ceñidas al talle con su *kilt* de fibras de calabaza entretejidas.

Seis de ellas formaban un grupo separado de las demás a causa del cruel suplicio a que se las tenía destinadas, pese a lo cual demostraban la misma alegría que el resto. A la muerte del sultán debían ser enterradas vivas junto al cadáver de éste, para proporcionarle alguna distracción en su eterna soledad.

El doctor Fergusson, tras haber abarcado todo el conjunto de una sola ojeada, se acercó a la cama de madera del soberano. Allí vio a un hombre de unos cuarenta años, completamente embrutecido por orgías de toda clase y por el cual no se podía hacer nada. Su enfermedad, que se prolongaba desde hacía años, no era más que una borrachera crónica y continua. El real borracho casi había perdido el conocimiento, y ni todo el amoniaco del mundo lo habría hecho volver en sí.

Durante la solemne visita, los favoritos y las mujeres se inclinaban flexionando las rodillas.

El doctor, por medio de algunas gotas de un poderoso estimulante, consiguió reanimar instantáneamente aquel cuerpo embrutecido. El sultán hizo un movimiento, y ese síntoma, en un hombre casi cadáver que no daba signos de vida desde hacía horas, fue acogido con gritos en honor del médico.

Éste, cansado ya de tanta farsa, se abrió paso entre sus demasiado entusiastas adoradores y salió del palacio para dirigirse al *Victoria*. Eran las seis de la tarde.

Durante su ausencia, Joe aguardaba tranquilamente al pie de la escala, siendo objeto de la mayor veneración. Como verdadero hijo de la Luna, él se dejaba adorar. Para ser una divinidad, su actitud era la de un buen hombre, nada soberbio e incluso de trato familiar con las jóvenes africanas, que no se cansaban de contemplarlo. Él les dirigía las más amables frases.

–Adorad, señoritas, adorad –les decía–. ¡Aunque hijo de diosa, no soy más que un pobre diablo!

Le presentaron ofrendas propiciatorias, que normalmente se depositaban en los *mzimu* o chozas-fetiches, y que consistían en espigas de cebada y en *pombé*.

Joe se creyó en la obligación de probar aquella especie de cerveza fuerte, pero su paladar, aunque acostumbrado a la ginebra y al whisky, no pudo resistirla. Hizo una mueca horrible, que sus adoradores tomaron por una amable sonrisa.

A continuación, las jóvenes, al tiempo que comenzaban a cantar a coro una melopea, ejecutaron a su alrededor una danza muy grave.

–¡Conque sabéis bailar! –exclamó el muchacho–. Pues yo no he de quedarme corto con vosotras. Os enseñaré un baile de mi país.

Entonces empezó una llamativa giga, estirándose, encogiéndose, retorciéndose, bailando apoyado en los pies, en las rodillas, en las manos, girando de mil maneras, a cuál más extravagante, adoptando actitudes increíbles, haciendo gestos imposibles; en definitiva, dando a aquellas gentes una extraña idea de la manera que tienen los dioses de bailar en la Luna.

Y todos aquellos africanos, imitadores como monos, quisieron reproducir sus maneras, sus cabriolas, sus movimientos; no se perdían un gesto, no olvidaban una postura, y aquello se convirtió en un delirio, una tremolina, una tempestad de carne y huesos de la que resulta imposible dar la más pequeña idea. En lo mejor de la fiesta, Joe vio acercarse al doctor.

Éste regresaba precipitadamente, en medio de una chusma aülladora y desordenada. Los magos y los jefes parecían muy enojados. Rodeaban al doctor, lo empujaban y lo amenazaban. ¡Extraño giro! ¿Qué había sucedido? ¿Había sucumbido torpemente el sultán entre las manos de su médico celestial?

Kennedy, desde la barquilla, vio el peligro sin comprender la causa. El globo, imperiosamente exigido por la dilatación del gas, tensaba la cuerda que lo sujetaba, impaciente por elevarse.

El doctor llegó al pie de la escala. Un temor supersticioso contenía aún a la multitud y le impedía actuar con violencia contra su persona. El doctor subió rápidamente los escalones y Joe lo siguió con agilidad.

–No hay que perder un instante –le dijo su señor–. ¡No intentes desenganchar el ancla! ¡Cortaremos la cuerda! ¡Sígueme!

–Pero ¿qué pasa? –preguntó Joe, entrando en la barquilla.

–¿Qué ha sucedido? –dijo Kennedy, con la carabina en la mano.

–Mirad –respondió el doctor, señalando el horizonte.

–¿Y bien? –preguntó el cazador.

–¿Y bien? ¡La Luna!

La Luna, roja y espléndida, destacaba como un globo de fuego sobre un fondo azul. ¡Era ella! ¡Ella y el *Victoria*!

¡O había dos lunas, o los extranjeros eran unos impostores, unos intrigantes, unos falsos dioses!

Tales habían sido las reflexiones naturales de la muchedumbre. De ahí, por tanto, el giro que habían dado los acontecimientos.

Joe soltó una carcajada. La población de Kazeh, comprendiendo que se les escapaba la presa, lanzó prolongados aullidos; arcos y mosquetes apuntaron hacia el globo.

Sin embargo, uno de los magos hizo un signo y todos bajaron las armas; el mago se encaramó al árbol con intención de coger la cuerda del ancla y obligar a la máquina a bajar.

Joe cogió un hacha.

–¿Corto? –dijo.

–Aguarda –respondió el doctor.

–Pero ese negro…

–Tal vez podamos salvar el ancla, y me conviene no perderla. Para cortar siempre habrá tiempo.

El mago, ya en el árbol, rompió las ramas con sus maniobras y desenganchó el ancla; ésta, violentamente arrastrada por el aerostato, agarró entre las piernas al pobre mago, el cual, montado en aquel hipogrifo inesperado, partió hacia las regiones del aire.

Inmenso fue el asombro de la multitud al ver lanzarse al espacio a uno de sus wagangas.

–¡Bravo! –exclamó Joe, en tanto que el *Victoria*, gracias a su poder ascensional, subía con gran rapidez.

–Se agarra bien –dijo Kennedy–; un paseíto no le vendrá mal.

–¿Lo soltaremos de golpe? –preguntó Joe.

–¡No! –replicó el doctor–. Lo dejaremos en tierra tranquilamente, y creo que después de esta aventura su poder de mago crecerá singularmente en el ánimo de sus contemporáneos.

–Capaces son de convertirlo en dios –exclamó Joe.

El *Victoria* había alcanzado una altura de aproximadamente mil pies. El negro se agarraba a la cuerda con una energía increíble. Permanecía en silencio y con la mirada fija. Había en su terror algo de asombro. Un ligero viento del oeste empujaba el globo más allá de la ciudad.

Media hora después, el doctor, viendo el terreno desierto, moderó la llama del soplete y se acercó al suelo. Al llegar a veinte pies de ella, el negro tomó rápidamente la iniciativa: soltó la cuerda, cayó de pie y echó a correr hacia Kazeh mientras el *Victoria,* súbitamente libre de aquel lastre, subía otra vez a gran altura.

XVI

Signos de tempestad. – El país de la Luna. – El porvenir del continente africano. – La máquina de la última hora. – Vista del país al ponerse el sol. – Flora y fauna. – La tempestad. – La zona de fuego. – El cielo estrellado

–He aquí las consecuencias –dijo Joe– de hacerse pasar por hijos de la Luna sin su permiso. Este satélite ha querido jugarnos una mala pasada. ¿Acaso, señor, ha comprometido su reputación con su medicina?

–En resumidas cuentas –intervino el cazador–, ¿quién era el sultán de Kazeh?

–Un borracho medio muerto –respondió el doctor–, cuya pérdida será poco sentida. Pero la moraleja de todo lo que ha pasado es que los honores son efímeros y no conviene aficionarse a ellos demasiado.

–Es una lástima –replicó Joe–. La cosa me iba a pedir de boca. ¡Ser adorado! ¡Hacer el dios a mi arbitrio! Pero ¿qué le vamos a hacer? Ha aparecido la Luna, y muy roja, lo cual demuestra claramente que estaba enfadada.

Durante estos razonamientos y algunos más, en los que Joe examinó al astro de la noche bajo un punto de vista enteramente nuevo, en el cielo, por la parte del norte, se acumulaban densas nubes, nubes siniestras y pesadas. Un viento bastante fuerte, que soplaba a trescientos pies del suelo, impelía al *Victoria* hacia el norte-noreste. Encima del globo, la bóveda azulada estaba límpida, pero resultaba abrumadora.

Hacia las ocho de la noche, los viajeros se encontraron a 320° 40' de longitud y 40° 17' de latitud. Las corrientes atmosféricas, bajo la influencia de una tormenta próxima, los empujaban a una velocidad de treinta y cinco millas por hora. Pasaban rápidamente bajo sus pies las llanuras onduladas y fértiles de Mfuto. Los aeronautas admiraron aquel espectáculo.

–Nos hallamos en pleno país de la Luna –dijo el doctor Fergusson–. Sin duda, ha conservado este nombre que le dio la antigüedad, porque en él siempre se ha adorado a la Luna. Es verdaderamente una comarca magnífica, y difícilmente se encontraría en el mundo otra vegetación más bella.

–Si se la encontrase cerca de Londres –respondió Joe–, no sería natural, pero sí muy agradable. ¿Por qué tales bellezas están reservadas a países tan bárbaros?

–¿Quién sabe –replicó el doctor– si no se convertirá algún día esta comarca en el centro de la civilización? Tal vez se establezcan aquí los pueblos del futuro, cuando, extenuadas, las regiones de Europa no puedan ya nutrir a sus habitantes.

–¿Tú crees? –preguntó Kennedy.

–Sin duda, mi querido Dick. Observa la marcha de los acontecimientos; considera las migraciones sucesivas de los pueblos y llegarás a la misma conclusión que yo. ¿No es verdad que Asia es la primera nodriza del mundo? Por espacio tal vez de cuatro mil años, trabaja, es fecundada, produce, y después, cuando no se ven más que piedras donde antes brotaban las doradas mieses de Homero, sus hijos abandonan aquel seno agotado y marchito. Entonces se dirigen a Europa, joven y vigorosa, que los está alimentando desde hace ya dos mil años. Pero su fertilidad se agota; sus facultades productoras disminuyen de día en día; esas enfermedades nuevas que atacan cada año los productos de la tierra, esas malas cosechas, esos recursos insuficientes, todo ello es indicio cierto de una vitalidad que se altera, de una extenuación próxima. Así es que ya vemos a los pueblos precipitarse a los turgentes pechos de América, como a un manantial que no es inagotable, pero que aún no está agotado. A su vez, el nuevo continente se hará viejo: sus bosques vírgenes desaparecerán bajo el hacha de la industria; su suelo se debilitará por haber producido en exceso lo que en exceso se le ha pedido; allí donde anualmente se recogían dos cosechas, apenas saldrá una de esas tierras al límite de sus fuerzas. Entonces África ofrecerá a las nuevas razas los tesoros acumulados por espacio de siglos en su seno. Estos climas fatales para los extranjeros se sanearán por medio de la desecación y las canalizaciones, que reunirán en un lecho común las aguas dispersas para formar una arteria navegable. Y este país sobre el cual planeamos, más fértil, más rico, más lleno de vida que los otros, se convertirá en un gran reino donde se producirán descubrimientos más asombrosos aún que el vapor y la electricidad.

—¡Ah, señor! —exclamó Joe—. Quisiera ver todo eso.

–Te has levantado demasiado temprano, muchacho.

–Además –dijo Kennedy–, tal vez sea una época muy desdichada aquella en la que la industria lo absorba todo en su provecho. A fuerza de inventar máquinas, los hombres acabarán devorados por ellas. Yo siempre he imaginado que el último día del mundo será aquel en que alguna inmensa caldera calentada a miles de millones de atmósferas haga estallar nuestro planeta.

–Y yo añado –dijo Joe– que no serán los americanos los que menos contribuyan a la construcción de esa caldera.

–¡En efecto –respondió el doctor–, son grandes caldereros! Pero, prescindiendo ahora de semejantes discusiones, limitémonos a admirar esta tierra de la Luna, ya que nos hallamos en disposición de verla.

El sol, filtrando sus últimos rayos por el cúmulo de nubes amontonadas, adornaba con una cresta de oro los menores accidentes del terreno: árboles gigantescos, hierbas arborescentes, musgos a ras del suelo, todo recibía su parte de aquel luminoso efluvio. El terreno, ligeramente ondeado, formaba de vez en cuando pequeñas colinas cónicas. Ninguna montaña limitaba el horizonte. Inmensas empalizadas cubiertas de maleza, impenetrables setos y junglas espinosas delimitaban los claros donde se levantaban numerosas aldeas, que los gigantescos euforbios cercaban de fortificaciones naturales, entrelazándose con las ramas coraliformes de los arbustos.

Luego, el Malagarasi, principal afluente del lago Tanganica, empezó a serpentear bajo el follaje. En su seno recogía numerosos riachuelos, derivados de los torrentes que se formaban en la época de las crecidas y de los estanques abiertos en la capa arcillosa del terreno. Aquel panorama, para los que observaban a vista de pájaro, era una red de cascadas tendida sobre toda la superficie occidental del país.

Animales provistos de gibas monstruosas pacían en las fértiles praderas y desaparecían bajo las altas hierbas. Los bosques, que exhalaban magníficas esencias, se ofrecían a la vista como inmensos ramilletes; pero, en éstos, leones, leopardos, hienas y tigres se refugiaban de los últimos calores del día. De vez en cuando, un elefante hacía ondear la cima de las selvas, y se oía el crujido de los árboles que cedían a sus ebúrneos colmillos.

–¡Qué país de caza! –exclamó Kennedy, entusiasmado–. Una bala disparada al azar, en medio del bosque, tropezaría siempre con una res digna de ella. ¿No podríamos cazar un poco?

–No, querido Dick, se acerca la noche, una noche amenazante, escoltada por una tormenta. Y las tormentas son terribles en esta comarca, cuyo suelo está dispuesto como una inmensa batería eléctrica.

–Tiene razón, señor –dijo Joe–; el calor se ha vuelto sofocante y el viento ha cesado por completo. Este bochorno me dice que se prepara algo.

–La atmósfera está sobrecargada de electricidad –respondió el doctor–. Todo ser viviente es sensible a este estado del aire que precede a la lucha de los elementos, y confieso que nunca había experimentado tanto como ahora su influencia.

–¿No convendría, pues, descender? –preguntó el cazador.

–Al contrario, Dick, preferiría subir; pero temo ser arrastrado más allá de donde vamos durante estos cruzamientos de corrientes atmosféricas.

–¿Quieres, pues, abandonar el rumbo que seguimos desde la costa?

–Si puedo –respondió Fergusson–, me dirigiré más directamente hacia el norte durante siete u ocho grados, y procuraré subir hacia las presuntas latitudes de las fuentes del Nilo. Quizás encontremos algún rastro de la expedición del capitán Speke, o incluso de la caravana del señor Von Heuglin. Si mis cálculos son exactos, nos hallamos a 320° 40' de longitud, y quisiera subir directamente hasta más allá del ecuador.

–¡Mira! –exclamó Kennedy, interrumpiendo a su compañero–. ¡Mira esos hipopótamos que se deslizan fuera de los estanques, esas masas de carne sanguinolenta y esos cocodrilos que aspiran el aire con estrépito!

–¡Parece que se ahogan! –dijo Joe–. ¡Ah! ¡Qué manera de viajar tan deliciosa la nuestra, que nos permite despreciar a toda esa chusma dañina! ¡Señor Samuel! ¡Señor Kennedy! ¡Miren esas manadas de animales que marchan en columna cerrada! No bajan de doscientos; son lobos.

–No, Joe, son perros salvajes; una famosa raza que no teme luchar contra el león. Su encuentro es para los viajeros el peligro más terrible. El que tropieza con ellos es inmediatamente despedazado.

–Pues no será Joe quien se encargue de ponerles bozal –respondió el buen criado–. Por lo demás, si tal es su naturaleza, no se les puede reprochar.

Poco a poco, bajo la influencia de la tempestad se imponía el silencio; parecía que el aire condensado resultaba impropio para transmitir los sonidos; la atmósfera estaba como acolchada y, al igual que una sala forrada de gruesos tapices, perdía toda sonoridad. El pájaro remero, la grulla coronada, los arrendajos rojos y azules, el sinsonte y la moscareta se ocultaban entre las ramas de los grandes árboles. Toda la naturaleza presentaba los signos de un cataclismo próximo.

A las nueve de la noche, el *Victoria* permanecía inmóvil sobre Msené, un gran grupo de aldeas difíciles de distinguir en la penumbra. Algunas veces, la reverberación de un rayo extraviado en el agua dormida indicaba hoyos regularmente distribuidos, y, gracias a un último resplandor crepuscular, pudo la mirada captar la forma tranquila y sombría de las palmeras, los tamarindos, los sicómoros y los euforbios gigantescos.

–¡Me ahogo! –dijo el escocés, aspirando a pleno pulmón la mayor cantidad posible de aquel aire enrarecido–. ¡No nos movemos! ¿Vamos a bajar?

–Pero ¿y la tormenta? –objetó el doctor, bastante inquieto.

–Si temes ser arrastrado por el viento, me parece que no puedes hacer otra cosa.

–Tal vez la tormenta no estalle esta noche –repuso Joe–. Las nubes están muy altas.

–Una razón más que me impide traspasarlas. Sería necesario subir a mucha altura, perder la tierra de vista y estar toda la noche sin saber si avanzamos ni hacia dónde nos dirigimos.

–Pues decídete, Samuel, porque la cosa urge.

–Ha sido una fatalidad que cesase el viento –repuso Joe–. Nos habría alejado de la tormenta.

–En efecto, amigos, es lamentable, ya que las nubes suponen un peligro para nosotros. Contienen corrientes opuestas que pueden envolvernos en sus torbellinos y rayos capaces de incendiarnos. Además, la fuerza de las ráfagas puede precipitarnos al suelo si echamos el ancla en la copa de un árbol.

–¿Qué hacemos, pues?

–Es preciso mantener el *Victoria* en una zona media entre los peligros de la tierra y los del cielo. Tenemos suficiente agua para el soplete, y conservamos intactas las doscientas libras de lastre. En caso necesario, las utilizaré.

–Haremos la guardia contigo –dijo el cazador.

–No, amigos. Poned las provisiones a cubierto y acostaos; yo os despertaré si hay alguna novedad.

–Pero, señor, ¿por qué no se echa también un poco, puesto que nada nos amenaza aún?

–No, muchacho, prefiero vigilar. Estamos inmóviles, y, si no varían las circunstancias, mañana amaneceremos exactamente en el mismo sitio.

–Buenas noches, señor.

–Buenas noches, si es posible.

Kennedy y Joe se acostaron, y el doctor permaneció solo en la inmensidad.

La cúpula de nubes bajaba insensiblemente y la oscuridad se hacía profunda. Aquella negra bóveda se condensaba alrededor del globo terrestre como si intentara aplastarlo.

De repente, un potente relámpago, rápido e incisivo, rasgó las tinieblas; aún no se había cerrado la grieta cuando un espantoso trueno conmovió las profundidades del cielo.

–¡Alerta! –gritó Fergusson.

Los dos compañeros del doctor, a quienes había despertado el estampido del trueno, estaban ya a sus órdenes.

–¿Vamos a bajar? –preguntó Kennedy.

–¡No! El globo se haría pedazos. ¡Subamos antes de que esas nubes se conviertan en agua y se desencadene el viento!

Acto seguido, activó la llama del soplete en las espirales del serpentín.

Las tempestades de los trópicos se sucedían con una rapidez comparable a su violencia. Un segundo relámpago desgarró la nube, y otros muchos le sucedieron inmediatamente. Cruzaban el cielo destellos eléctricos que chisporroteaban bajo las gruesas gotas de lluvia.

–Hemos tardado demasiado –dijo el doctor–. ¡Ahora tenemos que atravesar una zona de fuego con nuestro globo lleno de aire inflamable!

–¡A tierra! ¡A tierra! –repetía sin cesar Kennedy.

–El peligro de ser fulminados por un rayo sería casi el mismo, y las ramas de los árboles no tardarían en rasgar el globo.

–¡Subimos, señor Samuel!

–¡No tan deprisa como yo quisiera!

Durante las borrascas ecuatoriales es muy común, en aquella parte de África, contar de treinta a treinta y cinco relámpagos por minuto. El cielo se convierte materialmente en una inmensa fragua, y los truenos se suceden sin interrupción.

En aquella atmósfera inflamada, el viento se desencadenaba con una violencia aterradora y retorcía las nubes incandescentes; parecía que el soplo de un ventilador inmenso activase aquella hoguera.

El doctor Fergusson mantenía el soplete a pleno rendimiento; el globo se dilataba y subía, mientras Kennedy, de rodillas en el centro de la barquilla, sujetaba las cortinas de la tienda. El globo se arremolinaba hasta el punto de producir vértigo, y los viajeros experimentaban peligrosas oscilaciones. Se formaban grandes huecos en la envoltura del aerostato, y el viento se introducía en ellos con fuerza, golpeando el tafetán. Una especie de granizada, precedida de un rumor tumultuoso, surcaba la atmósfera y crepitaba sobre el *Victoria*. El globo, sin embargo, seguía su curso ascensional; los relámpagos trazaban en su circunferencia tangentes inflamadas que le daban la apariencia de una esfera de fuego.

–¡Confiémonos a Dios! –dijo el doctor Fergusson–. Estamos en sus manos; sólo él puede salvarnos. Preparémonos para cualquier cosa, incluso un incendio. Nuestra caída puede ser gradual y no súbita.

La voz del doctor llegaba apenas a oídos de sus compañeros, pero éstos podían ver su semblante tranquilo en medio de los surcos que abrían los relámpagos. Observaba los fenómenos de fosforescencia producidos por el fuego de San Telmo que ondeaba en la red del aerostato.

Éste giraba, se arremolinaba, pero no dejaba de subir, y al cabo de un cuarto de hora había traspasado la zona de las nubes tempestuosas. Las emanaciones eléctricas se extendían debajo de él como una gigantesca corona de fuegos artificiales suspendida de su barquilla.

Aquél era uno de los más bellos espectáculos que la naturaleza puede ofrecer al hombre. Abajo, la tempestad. Arriba, el cielo estrellado, tranquilo, mudo, impasible, con la luna proyectando sus pacíficos rayos sobre las nubes enfurecidas.

El doctor Fergusson consultó el barómetro. Marcaba doce mil pies de elevación. Eran las once de la noche.

–¡Gracias a Dios, el peligro ha pasado! –dijo–. Ahora basta con mantenernos a esta altura.

–¡De buena nos hemos librado! –respondió Kennedy.

–Bien –replicó Joe–, estas cosas animan el viaje. No me pesa haber visto una tempestad desde cierta altura. ¡Es un espectáculo grandioso!

XVII

Las montañas de la Luna. – Un océano de verdor. – Se echa el ancla. – El elefante remolcador. – Fuego nutrido. – Muerte del paquidermo. – El horno de campaña. – Comida sobre la hierba. – Una noche en tierra

Hacia las seis de la mañana del lunes, el sol se elevó sobre el horizonte, las nubes se disiparon y un agradable vientecillo refrescó el ambiente durante la alborada.

La tierra, intensamente perfumada, reapareció ante los viajeros. El globo, girando alrededor de sí mismo en medio de las corrientes antagonistas, había derivado muy poco, y el doctor, dejando que el gas se contrajera, descendió con objeto de tomar una dirección más septentrional. Sus tentativas fueron durante mucho tiempo infructuosas. El viento lo empujó hacia el oeste, hasta avistar las célebres montañas de la Luna, que forman un semicírculo alrededor de un extremo del lago Tanganica.

La cordillera, poco accidentada, destacaba en el azulado horizonte; parecía una fortificación natural, inaccesible a los exploradores del centro de África. Algunos conos aislados ostentaban el sello de las nieves perpetuas.

–Nos encontramos en un país inexplorado –dijo el doctor–. El capitán Burton avanzó mucho hacia el oeste, pero no pudo llegar a estas célebres montañas; incluso negó su existencia, defendida por su compañero Speke, pretendiendo que eran fruto de su imaginación.

Para nosotros, amigos, ya no hay duda posible.

–¿Las traspasaremos? –preguntó Kennedy.

–No lo quiera Dios. Espero hallar un viento favorable que me devuelva hacia el ecuador; si es necesario, me detendré, igual que un barco echa el ancla para evitar vientos que le harían perder el rumbo.

Pero las previsiones del doctor no tardaron en cumplirse. Después de haber tanteado diferentes alturas, el *Victoria* fue empujado hacia el nordeste a una velocidad moderada.

–Avanzamos en la dirección correcta –dijo, consultando la brújula–, y escasamente a doscientos pies de tierra. Tales circunstancias nos favorecen para explorar estas nuevas regiones. El capitán Speke, cuando iba en busca del lago Ukereue, remontó más al este, en línea recta con Kazeh.

–¿Iremos mucho tiempo así? –preguntó Kennedy.

–Tal vez. Nuestro objetivo es reconocer el nacimiento del Nilo, y aún nos quedan por recorrer seiscientas millas antes de llegar al límite extremo que han alcanzado los exploradores procedentes del norte.

–¿Y no pondremos pie en tierra para estirar un poco las piernas? –preguntó Joe.

–Por supuesto, tenemos que conseguir víveres. Tú, mi buen Dick, nos aprovisionarás de carne fresca.

–Cuando quieras, querido Samuel.

–También tendremos que reponer la reserva de agua. ¿Quién nos asegura que no seremos arrastrados hacia comarcas áridas? Todas las precauciones son pocas.

A mediodía, el *Victoria* se hallaba a 290° 15' de longitud y 30° 15' de latitud. Había pasado la aldea de Uyofu, último límite septentrional del Unyamwezy, a la altura del lago Ukereue, que los viajeros no tenían aún al alcance de sus miradas.

Los pueblos que viven cerca del ecuador parecen algo más civilizados, y están gobernados por monarcas absolutos cuyo despotismo no conoce límites. Su aglomeración más compacta constituye la provincia de Karagua.

Quedó resuelto entre los tres viajeros echar pie a tierra en cuanto encontrasen un sitio favorable. Debían hacer un alto prolongado para inspeccionar cuidadosamente el aerostato. Se moderó la llama del soplete y se echaron fuera de la quilla las anclas, que corrían rozando las altas hierbas de una inmensa pradera; desde cierta altura, parecía cubierta de césped corto, pero éste tenía en realidad de siete a ocho pies de largo.

El *Victoria* acariciaba aquellas hierbas sin curvarlas, como si fuera una mariposa gigantesca. La vista no tropezaba con obstáculo alguno. Parecía un océano de verdor sin ningún rompiente.

–No sé cuándo pararemos de correr –dijo Kennedy–, pues no distingo un solo árbol al cual podamos acercarnos. Me parece que tendré que renunciar a la caza.

–Ten paciencia, querido Dick, paciencia. Te sería imposible cazar en medio de estas hierbas, que son más altas que tú, pero acabaremos por encontrar un lugar propicio.

Realmente, era un paseo delicioso, un auténtico crucero por aquel mar tan verde, casi transparente, con suaves ondulaciones provocadas por el soplo del viento. La barquilla justificaba su nombre, pues parecía realmente que hendía las olas, levantando de vez en cuando bandadas de pájaros de espléndidos colores que escapaban emitiendo alegres gritos.

Las anclas se sumergían en aquel lago de flores y trazaban un surco que se cerraba tras ellas, como la estela de un barco.

De pronto, el globo recibió una fuerte sacudida. Sin duda, el ancla había hincado sus uñas en la hendidura de una roca oculta bajo la gigantesca alfombra de césped.

–Estamos anclados –dijo Joe.

–Pues bien, echa la escala –replicó el cazador.

No bien hubo pronunciado estas palabras, un grito agudo retumbó en el aire, y de la boca de los tres viajeros escaparon las siguientes frases, entrecortadas por exclamaciones:

–¿Qué es eso?

–¡Un grito singular!

–¡Y seguimos avanzando!

–Se habrá desprendido el ancla.

–¡No! ¡Está asegurada! –exclamó Joe, tirando de la cuerda.

–¡Sin duda con el ancla arrastramos la roca!

Las hierbas se removieron a bastante distancia, y encima de ellas apareció una forma alargada y sinuosa.

–¡Una serpiente! –exclamó Joe.

–¡Una serpiente! –repitió Kennedy, al tiempo que cargaba su carabina.

–¡No! –replicó el doctor–. Es la trompa de un elefante.

–¡Un elefante, Samuel!

Y Kennedy apuntó con la escopeta.

–Espera, Dick, espera.

–No, no tire, señor; el animal nos remolca.

–Y en buena dirección, Joe, en muy buena dirección.

El elefante, que avanzaba con cierta rapidez, no tardó en llegar a un raso, donde se le pudo ver entero. Por su gigantesco tamaño, el doctor reconoció a un macho de una magnífica especie. Los brazos del ancla habían quedado trabados entre sus dos blancos colmillos, admirablemente curvados, cuya longitud no bajaba de ocho pies.

El animal forcejeaba en vano para desprenderse con la trompa de la cuerda que lo sujetaba a la barquilla.

–¡Adelante, valiente! –exclamó Joe en el colmo de la alegría, animándolo con entusiasmo–. ¡He aquí una nueva manera de viajar! Mejor tira este animal que un buen caballo.

–Pero ¿adónde nos lleva? –preguntó Kennedy, que agitaba con impaciencia la carabina como si le quemase las manos.

–Nos lleva a donde queremos ir, querido Dick. Ten un poco de paciencia.

–*Wig a more! Wig a more!*, como dicen los campesinos escoceses –gritaba el alegre Joe–. ¡Adelante, adelante!

El animal empezó a galopar muy deprisa. Agitaba la trompa de derecha a izquierda, y con sus bruscos movimientos sacudía violentamente la barquilla. El doctor, hacha en mano, estaba preparado para cortar la cuerda en caso necesario.

–Pero no nos separaremos del ancla hasta el último momento –dijo.

Aquella carrera a remolque del elefante duró cerca de hora y media. El animal, al parecer, no sentía la menor fatiga. Esos enormes paquidermos pueden estar mucho tiempo galopando, y de un día para otro se les encuentra a distancias enormes, como las ballenas, con las que coinciden en velocidad y dimensiones.

–Si bien se mira –dijo Joe–, hemos hincado el arpón en una ballena y no hacemos más que remedar la maniobra de los balleneros durante la pesca.

Sin embargo, un cambio en la naturaleza del terreno obligó al doctor a modificar su medio de locomoción.

Al norte de la pradera, a unas tres millas, se veía un espeso bosque, por lo que era necesario separar el globo de su improvisado conductor.

Kennedy decidió encargarse de detener al elefante en su carrera; apuntó, pero estaba mal colocado para alcanzar bien al animal. Una primera bala, dirigida al cráneo, quedó tan chafada como si hubiese dado contra una plancha de hierro fundido, sin causar la menor impresión a la enorme bestia; ésta, al estampido del arma, no hizo más que acelerar el paso, alcanzando la velocidad de un caballo lanzado al galope.

–¡Diablos! –dijo Kennedy.

–¡Vaya una cabeza dura! –exclamó Joe.

–Lo intentaremos con unas balas cónicas –repuso Dick, cargando la carabina con cuidado.

Cuando el escocés abrió fuego, el animal lanzó un grito terrible y siguió galopando como si tal cosa.

–Señor Dick –dijo Joe, cogiendo una escopeta–, si no lo ayudo, esto va a ser el cuento de nunca acabar.

Y dos balas entraron en los costados del elefante.

El animal se detuvo, levantó la trompa y emprendió de nuevo la marcha a toda velocidad hacia el bosque. Sacudía su colosal cabeza, y la sangre empezaba a brotar copiosamente de sus heridas.

–Sigamos abriendo fuego, señor Dick.

–¡Y que sea muy nutrido! –añadió el doctor–. Tenemos el bosque a menos de veinte toesas.

Sonaron otros diez disparos. El elefante dio un salto tan espantoso que la barquilla y el globo crujieron como si se hubiesen partido, y al doctor se le cayó el hacha de las manos.

La pérdida del hacha, que fue a parar al suelo, complicaba la situación de una manera terrible, pues el cable del ancla, reciamente asegurado, no podía ni ser desatado ni cortado por los cuchillos de los viajeros. El globo se aproximaba rápidamente al bosque cuando el animal, en el momento de levantar la cabeza, recibió un balazo en un ojo. Entonces se detuvo, vaciló, sus rodillas se doblaron y presentó su pecho al cazador.

–Una bala en el corazón –dijo éste, descargando una vez más la carabina.

El elefante lanzó un grito de dolor y de agonía; se incorporó momentáneamente, haciendo ondear la trompa, y cayó desplomado sobre uno de sus colmillos, que se rajó de arriba abajo. Estaba muerto.

–¡Se ha partido un colmillo! –exclamó Kennedy–. En Inglaterra, el marfil se paga a treinta y cinco guineas las cien libras.

–¿Tanto? –dijo Joe, bajando a tierra por la cuerda del ancla.

–¿De qué sirve echar cuentas, querido Dick? –respondió el doctor Fergusson–. ¿Acaso traficamos nosotros con marfil? ¿Hemos venido aquí para hacer fortuna?

Joe contempló el ancla, sólidamente agarrada al colmillo que había quedado ileso. Samuel y Dick también bajaron, mientras el aerostato, medio deshinchado, se balanceaba sobre el cuerpo del animal.

–¡Magnífica pieza! –exclamó Kennedy–. ¡Qué mole! ¡En la India nunca había visto un elefante de este tamaño!

–Claro que no, querido Dick; los elefantes del centro de África son los más corpulentos. Los Anderson y los Cumming los han perseguido con tal encarnizamiento por las inmediaciones de El Cabo que emigran hacia el ecuador, donde los encontraremos con frecuencia en nutridas manadas.

–Entretanto –intervino Joe–, creo que podremos saborear un poco de éste. Me comprometo a ofrecerles una suculenta comida a expensas de este gran animal. El señor Kennedy irá a cazar durante una o dos horas; el señor Samuel inspeccionará el *Victoria,* y yo desempeñaré mis funciones de cocinero.

–Muy bien ordenado –respondió el doctor–. Tienes carta blanca para obrar culinariamente como mejor te parezca.

–Y yo –dijo el cazador– haré uso de las dos horas de libertad que Joe se ha dignado otorgarme.

–Sí, amigo; pero no cometas ninguna imprudencia. No te alejes.

–Puedes estar tranquilo.

Y Dick, armado con su fusil, se internó en el bosque.

Entonces Joe empezó a desempeñar sus funciones. Primero cavó un hoyo de dos pies de profundidad y lo llenó de ramas secas, que cubrían el suelo, procedentes de los boquetes hechos en el bosque por los elefantes, cuyas huellas podían apreciarse con facilidad. Una vez que estuvo lleno el agujero, levantó encima una pila de leña de dos pies y le prendió fuego.

A continuación, se dirigió a los inanimados restos del elefante, que había caído a unas diez toesas del bosque; cortó diestramente la trompa, que medía aproximadamente dos pies de ancho en su base, escogió la parte más delicada y a ella unió una de las esponjosas pezuñas del animal, porque, en efecto, estas partes son el mejor bocado, como la giba del bisonte, las patas del oso y la cabeza del jabalí.

Cuando la hoguera se hubo consumido del todo, interior y exteriormente, el agujero, limpio de cenizas y brasas, ofreció una temperatura muy elevada. Los trozos del elefante, envueltos en hojas aromáticas, fueron depositados en el fondo de aquel horno improvisado y cubiertos de ceniza caliente, sobre la cual Joe encendió una nueva hoguera. Cuando se hubo consumido la leña, la carne estaba a punto para ser comida.

Entonces, Joe sacó la apetitosa carne del horno, la colocó sobre hojas verdes y la dispuso en medio de una magnífica alfombra de hierba, añadiendo galletas, aguardiente, café y un agua fresca y cristalina que cogió de un arroyo inmediato.

Daba gusto ver aquel festín tan bien presentado, y Joe, sin ser demasiado vanidoso, era de la opinión de que más gusto daría comerlo.

–¡Un viaje sin fatigas ni peligros! –repetía–. ¡Una comida a tiempo! ¡Una hamaca perpetua! ¿Qué más se puede pedir? ¡Y el bueno del señor Kennedy que no quería venir!

Por su parte, el doctor Fergusson realizaba una inspección minuciosa del aerostato, el cual no había sufrido en la tormenta avería alguna. El tafetán y la gutapercha habían resistido a las mil maravillas. Teniendo en cuenta la altura actual del terreno y calculando la fuerza ascensional del globo, el doctor vio con satisfacción que había la misma cantidad de hidrógeno y que, hasta entonces, la envoltura se mantenía perfectamente impermeable.

No hacía más que cinco días que los viajeros habían salido de Zanzíbar. La provisión de *pemmican* estaba incólume; la de galletas y carne en conserva bastaba para un largo viaje; por consiguiente, lo único que había que renovar era la reserva de agua.

Los tubos y el serpentín se hallaban en perfecto estado. Gracias a sus articulaciones de caucho, se habían prestado dócilmente a todas las oscilaciones del aerostato.

Terminado su examen, el doctor puso en orden sus apuntes. Trazó un croquis muy exacto del terreno que los rodeaba, con la pradera que se extendía hasta perderse de vista, el bosque y el globo inmóvil sobre el cuerpo del monstruoso elefante.

Pasadas las dos horas que tenía a su disposición, Kennedy volvió con una sarta de rollizas perdices y un muslo de oryx, un animal perteneciente a la especie más ágil de antílopes. Joe se encargó de guisar aquellas nuevas provisiones.

–La mesa está puesta –anunció luego con cierta solemnidad.

Y los tres viajeros no tuvieron más que sentarse sobre la alfombra de verdor. Las pezuñas y la trompa del elefante fueron declaradas exquisitas por unanimidad; se bebió a la salud de Inglaterra, como de costumbre, y deliciosos habanos perfumaron por primera vez aquella encantadora comarca.

Kennedy comía, bebía y hablaba por los codos; estaba un poquito achispado, y propuso seriamente a su amigo el doctor establecerse en aquel bosque, construir en él unas cabañas y comenzar la dinastía de los Robinsones africanos.

La idea no tuvo más recorrido, si bien Joe se propuso a sí mismo para desempeñar el papel de Viernes.

La campiña parecía tan tranquila, tan desierta, que el doctor resolvió pasar la noche en tierra. Joe formó un círculo de hogueras, barricadas indispensables contra las bestias feroces. Las hienas, los pumas y los chacales, atraídos por el olor de la carne del elefante, vagaban por los alrededores. Kennedy tuvo que efectuar algunos disparos para ahuyentar a visitantes demasiado audaces; pero, finalmente, la noche transcurrió sin incidentes desagradables.

XVIII

El Karagua. – El lago Ukereue. – Una noche en una isla. – El ecuador. – Travesía del lago. – Las cascadas. – Vista del país. – Las fuentes del Nilo. – La isla de Benga. – La firma de Andrea Debono. – El pabellón con las armas de Inglaterra

A las cinco de la mañana siguiente, empezaron los preparativos para la marcha. Joe, con el hacha que había tenido la fortuna de encontrar, rompió los colmillos del elefante. El *Victoria*, recobrando su libertad, arrastró a los viajeros hacia el nordeste a una velocidad de dieciocho millas.

Durante la noche anterior, el doctor había calculado cuidadosamente su posición guiándose por la altura de las estrellas. Se hallaba a 20° 4' de latitud por debajo del ecuador, o sea, a ciento sesenta millas geográficas. Atravesó numerosas aldeas sin hacer ningún caso de los gritos que provocaba su aparición; tomó nota de la conformación de los lugares basándose en observaciones sumarias; salvó las cuestas del Rubembé, casi tan empinadas como las cimas del Usagara, y más adelante, en Tenga, encontró las primeras lomas de las cordilleras de Karagwah, que, en su opinión, derivan necesariamente de las montañas de la Luna. La antigua leyenda que convertía aquellas sierras en la cuna del Nilo se acercaba a la verdad, puesto que confinan con el lago Ukereue, presunto receptáculo de las aguas del gran río.

Desde Kafuro, gran distrito de los mercaderes del país, distinguió por fin en el horizonte aquel lago tan buscado que el capitán Speke entrevió el 3 de agosto de 1858.

El doctor Samuel Fergusson se sentía enormemente emocionado. Estaba casi llegando a uno de los principales puntos de su exploración y, sin soltar un momento el anteojo, observaba el menor accidente de aquella comarca misteriosa, estudiándola con todo detalle.

Debajo de él se extendía una tierra generalmente estéril, que no presentaba más que algunas laderas cultivadas; el terreno, sembrado de conos de mediana altura, se hacía llano en las inmediaciones del lago; campos sembrados de cebada reemplazaban a arrozales, y allí crecían el llantén de donde se saca el vino del país y el *mwani,* planta silvestre sucedánea del café. Un conjunto de unas cincuenta chozas circulares cubiertas de bálago en flor constituía la capital de Karagwah.

Se percibían sin dificultad las expresiones atónitas de una raza bastante bella, de tez morena amarillenta. Mujeres de una corpulencia inverosímil se arrastraban por las plantaciones, y el doctor asombró a sus compañeros diciéndoles que aquella obesidad, allí muy apreciada, se obtenía por medio de un régimen obligatorio de leche cuajada.

A mediodía, el *Victoria* se hallaba a 10° 45' de latitud austral, y a la una de la tarde el viento lo empujaba hacia el lago.

Aquel lago debe al capitán Speke el nombre de Nyanza *Victoria*. En aquel punto tenía unas noventa millas de ancho. En su extremo meridional, el capitán encontró un grupo de islas al que llamó archipiélago de Bengala. Llegó hasta Muanza, el este, donde fue bien recibido por el sultán. Hizo la triangulación de aquella parte del lago, pero no pudo conseguir una barca para atravesarlo, ni tampoco para visitar la gran isla de Ukereue, que es muy populosa, está gobernada por tres sultanes y, al bajar la marea, no forma más que una península.

El *Victoria* abordaba el lago más al norte, lo cual apesadumbraba al doctor, que hubiera querido determinar sus contornos inferiores. Las orillas, erizadas de matorrales espinosos e inextricable maleza, desaparecían literalmente bajo miríadas de mosquitos de un color pardusco.

Aquel país debía de ser inhabitable y estar deshabitado. Se veían manadas de hipopótamos revolcándose en los cañares o sumergiéndose en las blanquecinas aguas del lago.

Éste, visto desde lo alto, ofrecía hacia el oeste un horizonte tan ancho que parecía un mar. La distancia impide establecer comunicaciones entre una y otra orilla; además, las tempestades son allí fuertes y frecuentes, pues los vientos no encuentran obstáculo alguno en aquella cuenca elevada y descubierta.

Trabajo le costó al doctor dirigir el globo. Temía ser arrastrado hacia el este, pero, por fortuna, una corriente lo llevó directamente al norte y, a las seis de la tarde, el *Victoria* se situó sobre una pequeña isla desierta, a 00° 3' de latitud y 320° 52' de longitud, y a veinte millas de la costa.

Los viajeros lograron anclar en un árbol; al anochecer, el viento se calmó y pudieron quedarse allí tranquilamente. Era impensable tomar tierra, porque allí, lo mismo que en las orillas del Nyanza, las legiones de mosquitos cubrían el suelo como una densa nube. Joe volvió del árbol acribillado; pero, como le parecía muy natural que los mosquitos picasen, no se desazonó ni poco ni mucho.

El doctor, sin embargo, menos optimista, soltó toda la cuerda que le fue posible para librarse de aquellos despiadados insectos que ascendían con un murmullo inquietante.

El doctor estableció la altura del lago sobre el nivel del mar, tal como lo había determinado el capitán Speke, es decir, tres mil setecientos cincuenta pies.

–¡Conque estamos en una isla! –dijo Joe, que se desollaba rascándose.

–Una isla que podríamos recorrer en menos que canta un gallo –respondió el cazador– y donde, salvo esos amables insectos, no se ve un solo ser vivo.

–Las islas de que está el lago salpicado –respondió el doctor Fergusson– no son, en realidad, más que crestas de colinas sumergidas, y no hemos tenido poca fortuna en encontrar en ellas un abrigo, porque las orillas del lago están pobladas de tribus feroces. Dormid, pues, ya que el cielo nos prepara una noche tranquila.

–¿Y no harás tú otro tanto, Samuel?

–No, yo no podría cerrar los ojos. Mis pensamientos me lo impedirían. Mañana, si el viento es favorable, marcharemos directamente hacia el norte y tal vez descubramos las fuentes del Nilo, ese secreto hasta ahora impenetrable. Tan cerca de las fuentes del gran río me sería imposible conciliar el sueño.

Kennedy y Joe, a quienes no turbaban hasta tal extremo las preocupaciones científicas, no tardaron en dormirse profundamente bajo la vigilancia del doctor Fergusson.

El miércoles 23 de abril, a las cuatro de la mañana, el *Victoria* zarpaba. El cielo estaba ceniciento; la noche abandonaba con dificultad las aguas del lago, envueltas totalmente en una densa niebla que un viento violento enseguida disipó. El *Victoria* se balanceó por espacio de algunos minutos y por fin remontó directamente hacia el norte.

El doctor Fergusson palmoteó con alegría.

–¡Estamos en el buen camino! –exclamó–. ¡Si hoy no vemos el Nilo, no lo veremos nunca! ¡Amigos, pasamos el ecuador, entramos en nuestro hemisferio!

–¡Oh! –exclamó Joe–. ¿Usted cree, señor, que el ecuador pasa por aquí?

–¡Justo por aquí, muchacho!

–Pues bien, con su permiso, me parece conveniente que sin pérdida de tiempo lo rociemos con un buen trago.

–¡Estupendo, venga un trago de grog! –respondió el doctor Fergusson, riendo–. Tienes una manera nada tonta de entender la cosmografía.

Y así se celebró el paso de la línea a bordo del *Victoria*.

Éste avanzaba rápidamente. Se vislumbraba al oeste la costa baja y poco accidentada, y al fondo las mesetas más elevadas del Uganda y el Usoga. La velocidad del viento era excesiva: casi treinta millas por hora.

Las aguas del Nyanza, agitadas con fuerza, espumeaban como las olas del mar. El mar de fondo que se percibía le indicó al doctor que el lago era muy profundo. Durante aquella rápida travesía apenas vieron una o dos embarcaciones toscas.

–Este lago –dijo el doctor– es evidentemente, por su posición elevada, el depósito natural de los ríos de la parte oriental de África, dándole el cielo en lluvia lo que le quita en vapor a sus afluentes. Me parece indudable que el Nilo nace aquí.

–Lo veremos –replicó Kennedy.

Hacia las nueve avistaron la costa oeste, que parecía desierta y poblada de árboles. El viento aumentó un poco hacia el este, y se pudo distinguir la otra orilla del lago. Ésta se curvaba de manera que terminaba en un ángulo muy abierto, a 20° 40' de latitud septentrional. Altas montañas erguían sus áridos picos en aquel extremo del Nyanza, pero entre ellas una garganta profunda y sinuosa daba paso a un río que hervía con violencia.

El doctor Fergusson, al tiempo que maniobraba el aerostato, examinaba el terreno con ávida mirada.

–¡Mirad! –exclamó–. ¡Mirad, amigos míos! ¡Las narraciones de los árabes eran del todo exactas! Hablaban de un río por el cual desagua hacia el norte el lago Ukereue, y ese río existe, y nosotros seguimos su curso, y fluye con una rapidez comparable a nuestra propia velocidad. ¡Y esa gota de agua que discurre bajo nuestros pies va indudablemente a confundirse con las olas del Mediterráneo! ¡Es el Nilo!

–¡Es el Nilo! –repitió Kennedy, que se dejaba contagiar por el entusiasmo de Samuel Fergusson.

–¡Viva el Nilo! –dijo Joe, que, cuando estaba alegre, vitoreaba gustoso cualquier cosa.

Enormes rocas obstaculizaban en diversos puntos el curso de aquel misterioso río. El agua espumeaba; formaba rápidos y cataratas que confirmaban al doctor en sus previsiones. De las montañas circundantes partían numerosos torrentes; se podían contar a centenares. De la tierra se veían brotar delgados hilos de agua, dispersos, que se cruzaban, se confundían, rivalizaban en velocidad y se precipitaban en aquel riachuelo que, después de absorberlos, se convertía en un caudaloso río.

–He aquí el Nilo –repitió el doctor con convicción–. El origen de su nombre ha apasionado a los sabios no menos que el origen de sus aguas. Se lo ha hecho derivar del griego, del copto, del sánscrito; después de todo, es lo de menos, ya que finalmente ha tenido que revelar el secreto de su procedencia.

–Pero ¿cómo podremos estar seguros –preguntó el cazador– de que este río es el mismo que exploraron los viajeros del norte anteriormente?

–Tendremos pruebas seguras, irrecusables, infalibles –respondió Fergusson–, si el viento sigue siéndonos propicio, aunque sólo sea por una hora.

Las montañas se separaban, dando paso a numerosas aldeas y a campos cultivados de sésamo, dourrab y caña de azúcar. Las tribus de aquellas comarcas se mostraban agitadas y hostiles. Presintiendo extranjeros, y no dioses, parecían más propensas a la cólera que a la adoración. Se diría que el hecho de dirigirse a las fuentes del Nilo significara usurparles algo. El *Victoria* tuvo que mantenerse fuera del alcance de los mosquetes.

–Difícil será abordar aquí –dijo el escocés.

–¡Peor para esos indígenas! –replicó Joe–. Los privaremos del encanto de nuestra conversación.

–Y, sin embargo, es preciso que yo baje –respondió el doctor Fergusson–, aunque no sea más que un cuarto de hora. De otro modo, no puedo comprobar los resultados de nuestra exploración.

–¿Es, pues, indispensable, Samuel?

–Tan indispensable que bajaremos aunque tengamos que andar a tiros.

–No lo sentiría –respondió Kennedy, acariciando su carabina.

–Dispuesto estoy a bordo, señor –dijo Joe, aprestándose al combate.

–No será la primera vez –respondió el doctor– que la ciencia haya tenido que empuñar las armas. A ellas se vio obligado a recurrir en las montañas de España un sabio francés cuando medía el meridiano terrestre.

–Mantén la calma, Samuel, y confía en tus dos guardaespaldas.

–¿Bajamos ya, señor?

–Todavía no. Vamos a elevarnos un poco para conocer con exactitud la configuración del terreno.

El hidrógeno se dilató y, en menos de diez minutos, el *Victoria* planeaba a una altura de dos mil quinientos pies del suelo.

Desde allí se distinguía una inextricable red de arroyos que el río acogía en su lecho. La mayor parte venían del oeste, atravesando fértiles campos y numerosas colinas.

–Nos hallamos a menos de noventa millas de Gondokoro –dijo el doctor, señalando el mapa–, y a menos de cinco del punto alcanzado por los exploradores procedentes del norte. Acerquémonos a tierra con precaución.

El *Victoria* descendió más de dos mil pies.

–Ahora, amigos, preparaos para cualquier cosa.

–Lo estamos –respondieron Dick y Joe.

–¡Bien!

Muy pronto, el *Victoria* avanzó siguiendo el lecho del río y apenas a cien pies de éste. En aquel punto, el Nilo medía cincuenta toesas, y en las aldeas de las orillas los indígenas se agitaban tumultuosamente. Al llegar al segundo grado, el río forma una cascada vertical de unos diez pies de altura; por consiguiente, infranqueable.

–Aquí tenemos la cascada indicada por Debono –exclamó el doctor.

El cauce del río se ensanchaba y estaba sembrado de numerosos islotes que Samuel Fergusson devoraba con la mirada; parecía buscar un punto de referencia que no encontraba.

Unos negros se habían acercado en una barca hasta quedar situados debajo del globo. Kennedy los saludó con un disparo, y, aunque no hirió a ninguno, todos huyeron precipitadamente a la orilla.

–¡Buen viaje! –les deseó Joe–. Si yo fuera quien estuviese en su pellejo, no volvería; un monstruo que lanza rayos a voluntad me daría mucho miedo.

De pronto, el doctor Fergusson cogió su anteojo y examinó la isla que había en medio del río.

–¡Cuatro árboles! –exclamó–. ¡Mirad allá abajo!

En efecto, en su extremo se alzaban cuatro árboles aislados.

–¡Es la isla de Benga! –añadió.

–¿Y qué? –preguntó Dick.

–Allí bajaremos, si Dios quiere.

–¡Pero parece habitada, señor Samuel!

–Joe tiene razón; si no me equivoco, hay un grupo de unos veinte indígenas.

–Los asustaremos para que huyan –replicó Fergusson–. No será empresa difícil.

–De acuerdo –asintió el cazador.

El sol estaba en el cénit. El *Victoria* se acercó a la isla. Los negros, pertenecientes a la tribu de Makado, prorrumpieron en gritos desaforados. Uno de ellos agitaba su sombrero de corteza. Kennedy apuntó hacia el sombrero, disparó y lo hizo pedazos.

Hubo una desbandada general. Los indígenas se echaron al río precipitadamente y lo atravesaron a nado. Enseguida partió de las dos orillas una granizada de balas y una lluvia de flechas, pero sin peligro para el aerostato, cuya ancla había hincado sus uñas en la hendidura de una roca. Joe se deslizó por la cuerda.

–¡La escala! –gritó el doctor–. Sígueme, Kennedy, vamos. ¡Rápido!

–¿Qué vas a hacer?

–Bajemos, necesito un testigo.

–Heme aquí.

–Joe, alerta.

–Respondo de todo, señor. Esté tranquilo.

–¡Ven, Dick! –dijo el doctor al llegar a tierra.

Y llevó a su compañero hacia un grupo de rocas que se levantaban en la punta de la isla. Una vez allí, se pasó un rato buscando, escudriñó entre la maleza y se llenó las manos de sangre.

De repente, agarró con fuerza el brazo del cazador.

–Mira –le dijo.

–¡Letras! –exclamó Kennedy.

En efecto, aparecían dos letras grabadas con toda claridad en la roca. Se leía perfectamente: «A. D.».

–A. D. –especificó el doctor Fergusson–. ¡Andrea Debono! ¡La firma del viajero que más se ha acercado a las fuentes del Nilo!

–El hecho es irrebatible, Samuel.

–¿Estás convencido ahora?

–¡No cabe duda, es el Nilo!

El doctor miró por última vez aquellas preciosas iniciales, cuya forma y dimensiones copió exactamente.

–Y ahora –dijo–, al globo.

–Rápido, porque veo algunos indígenas que se preparan para cruzar el río.

–¡Ya poco nos importa! Que el viento nos empuje hacia el norte durante algunas horas: llegaremos a Gondokoro y estrecharemos la mano de nuestros compatriotas.

Diez minutos después, el *Victoria* se elevaba majestuosamente y el doctor Fergusson, en señal de triunfo, desplegaba el pabellón con las armas de Inglaterra.

XXIX

El Nilo. – La montaña temblorosa. – Recuerdos de casa. – Las narraciones de los árabes. – Los nyam-nyam. – Reflexiones sensatas de Joe. – El Victoria *da bordadas. – Las ascensiones aerostáticas. – Madame Blanchard*

–¿Cuál es nuestra dirección? –preguntó Kennedy a su amigo, que estaba consultando la brújula.

–Norte-noroeste.

–¡Entonces no es norte!

–No, Dick, y creo que nos resultará difícil llegar a Gondokoro. Lo siento, pero, en fin, hemos enlazado las exploraciones del este con las del norte y, por consiguiente, no podemos quejarnos.

El *Victoria* se alejaba poco a poco del Nilo.

–Quiero echar un último vistazo –dijo el doctor– a esta altitud infranqueable que nunca han podido traspasar los más intrépidos viajeros. Ahí están esas intratables tribus que mencionan Petherick, D'Arnaud, Miani y el joven viajero Lejean, a quien se deben los mejores trabajos sobre el Alto Nilo.

–¿Quiere eso decir –preguntó Kennedy– que nuestros descubrimientos concuerdan con los presentimientos de la ciencia?

–Completamente. Las fuentes del Nilo Blanco, del Bahr-el-Abiad, están sumergidas en un lago que parece un mar; allí es donde nace el río. Sin lugar a dudas, la poesía saldrá perdiendo, pues gustaba atribuirle a este rey de los ríos un origen celestial. Los antiguos lo llamaron océano, y algunos creyeron que procedía directamente del sol. Pero es preciso ceder y aceptar de vez en cuando lo que la ciencia nos enseña. Quizá no haya sabios siempre, pero siempre habrá poetas.

–Aún se distinguen cataratas –dijo Joe.

–Son las cataratas de Makedo, a tres grados de latitud. ¡No hay nada más exacto! ¡Qué lástima que no hayamos podido seguir por espacio de algunas horas el curso del Nilo!

–Y allá abajo, delante de nosotros –dijo el cazador–, distingo la cima de una montaña.

–Es el monte Logwek, la montaña temblorosa de los árabes. Toda esta comarca ha sido explorada por Debono, que la recorría bajo el nombre de Letif Effendi. Las tribus próximas al Nilo son enemigas unas de otras y tienden a exterminarse mutuamente. Imaginaos cuántos peligros habrá tenido que afrontar Debono.

El viento conducía al *Victoria* hacia el noroeste. Para evitar el monte Logwek, fue preciso buscar una corriente más inclinada.

–Amigos –dijo el doctor a sus dos compañeros–, ahora empezaremos verdaderamente nuestra travesía africana. Hasta hoy apenas hemos hecho más que seguir las huellas de nuestros predecesores. En lo sucesivo nos lanzaremos a lo desconocido. ¿Nos faltará valor?

–No –respondieron a un mismo tiempo Dick y Joe.

–¡Adelante, pues, y que el cielo nos proteja!

A las diez de la noche, sobrevolando hondonadas, bosques y aldeas dispersas, los viajeros llegaban a la vertiente de la montaña temblorosa, pasando por entre sus inhabitadas colinas.

Aquel memorable día 23 de abril, en quince horas de marcha habían recorrido, a impulsos de un viento fuerte, una distancia de más de trescientas quince millas.

Sin embargo, esta última parte del viaje les había dejado una impresión triste. Reinaba en la barquilla un silencio total. ¿Estaba el doctor Fergusson reflexionando respecto a sus descubrimientos? ¿Pensaban sus dos compañeros en aquella travesía por regiones desconocidas? Algo de eso había, sin duda, mezclado con los más vivos recuerdos de Inglaterra y de los amigos lejanos.

Joe era el único que daba muestras de una despreocupada filosofía, pues le parecía muy natural que la patria no estuviese allí estando en realidad en otra parte; no obstante, respetó el silencio de Samuel Fergusson y de Dick Kennedy.

A las diez de la noche, el *Victoria* «fondeó» en un punto de la temblorosa montaña; los expedicionarios cenaron debidamente y se durmieron; como siempre, uno de ellos montó guardia.

Al día siguiente se despertaron más serenos. Hacía un tiempo magnífico y el viento era favorable; un almuerzo condimentado con los chistes de Joe acabó de devolver el buen humor a todos.

La comarca que entonces recorrían limita con las montañas de la Luna y las del Darfur, y es casi tan extensa como toda Europa.

–Atravesamos, sin duda –dijo el doctor–, la tierra que se ha dado en llamar reino de Usoga. Algunos geógrafos afirman que en el centro de África hay una vasta depresión, un inmenso lago central. Veremos si tal teoría tiene algún viso de verdad.

–Pero ¿cómo se ha podido hacer una suposición semejante? –preguntó Kennedy.

–Por las narraciones de los árabes. Los árabes son muy aficionados a los cuentos, tal vez demasiado. Algunos viajeros, al llegar a Kazeh o a los Grandes Lagos, vieron esclavos procedentes de las comarcas centrales y les pidieron noticias de su país. De este modo, reunieron un legajo de documentos que les sirvieron de base para elaborar teorías. En el fondo de todo eso siempre hay algo cierto, pues ya hemos visto que no se equivocaban respecto al nacimiento del Nilo.

–En efecto, no se equivocaban –respondió Kennedy.

–Basándose en esos documentos se han trazado mapas, entre ellos el que tengo a la vista para que me sirva de guía y que me propongo rectificar en caso necesario.

–¿Toda esta región está habitada? –preguntó Joe.

–Sin duda, y mal habitada, por cierto –respondió el doctor.

–Me lo imaginaba.

–Estas tribus dispersas se hallan agrupadas bajo la denominación genérica de nyam-nyam, y este nombre no es más que una onomatopeya tomada del ruido que produce la masticación.

–¡Perfectamente expresado! –dijo Joe–. ¡Nyam! ¡Nyam!

–Si tú, Joe, fueses la causa inmediata de esta onomatopeya, no te parecería tan perfecta.

–¿Qué quiere decir, señor?

–Que estos pueblos tienen fama de antropófagos.

–¿De veras?

–¡Y tan de veras! Se dijo también que estos indígenas estaban provistos de rabo, como la mayor parte de los cuadrúpedos; pero luego se reconoció que tal apéndice pertenecía a la piel de animal con que se vestían.

–¡Lástima! Un buen rabo va muy bien para espantar a los mosquitos.

–Es posible, Joe, pero debemos relegar eso del rabo a la categoría de las fábulas, como las cabezas de perro que el viajero Brun-Rollet atribuía a ciertos pueblos.

–¿Cabezas de perro? Para aullar y hasta para ser antropófago no me parece del todo mal.

–Lo que desgraciadamente no admite duda es la ferocidad de estos pueblos, muy ávidos de carne humana.

–Sentiría que probaran la mía –dijo Joe.

–¿De veras? –preguntó el cazador.

–Como lo oye, señor Dick. Si estoy predestinado a que me coman en un momento de hambre, que sea en su provecho y en el de mi señor. Pero ¡servir de pasto a esos salvajes! ¡Me moriría de vergüenza!

–De acuerdo, Joe –dijo Kennedy–, contamos contigo si se da el caso.

–A su disposición, señores.

–Adivino la treta –replicó el doctor–; lo que Joe quiere es que lo tratemos a cuerpo de rey y lo engordemos.

–¡Tal vez! –respondió Joe–. ¡Los hombres somos tan egoístas!

Por la tarde, una niebla caliente que rezumaba del sol cubrió el cielo; apenas permitía distinguir los objetos, por lo que, temiendo chocar contra algún pico imprevisto, el doctor, a eso de las cinco, dispuso que se echase el ancla. No sobrevino ningún accidente durante la noche, pero la profunda oscuridad reclamó una vigilancia extrema.

Al amanecer del día siguiente, el monzón sopló con gran violencia; el viento penetraba con ímpetu en las cavidades del globo y agitaba violentamente el apéndice por el que entraban los tubos de dilatación. Fue necesario sujetar los tubos con cuerdas, operación que Joe practicó muy hábilmente.

Al mismo tiempo, se aseguró de que el orificio del globo permanecía herméticamente cerrado.

–La importancia que eso tiene para nosotros –dijo el doctor Fergusson– es doble. En primer lugar, evitamos la pérdida de un gas precioso y, en segundo lugar, no dejamos a nuestro alrededor un reguero inflamable, al cual tarde o temprano prenderíamos fuego.

–Lo cual no sería nada bueno –dijo Joe.

–Si tal sucediese, ¿caeríamos despeñados? –preguntó Dick.

–¡No! El gas ardería gradualmente y nosotros bajaríamos poco a poco. De este accidente fue víctima madame Blanchard, aeronauta francesa que prendió fuego a su globo disparando cohetes desde la barquilla. No cayó de golpe, y seguramente no habría muerto si no hubiese tenido la desgracia de que su barquilla chocase contra una chimenea, desde la cual cayó al suelo.

–Esperemos que no –dijo el cazador–. Hasta ahora nuestra travesía no me parece peligrosa, y no veo razón que nos impida llegar a nuestra meta.

–Ni yo tampoco, querido Dick. Los accidentes han sido casi siempre causados por la imprudencia de los aeronautas o por la mala construcción de sus aparatos, y, aun así, contándose por millares las ascensiones aerostáticas, no se consignan más que veinte accidentes que hayan ocasionado la muerte. En general, el momento de tomar tierra y el de empezar la ascensión son los más peligrosos, y durante ellos no debemos omitir precaución alguna.

–Ha llegado la hora de almorzar –dijo Joe–. Tendremos que contentarnos con carne en conserva y café, hasta que al señor Kennedy se le presente la ocasión de agasajarnos con una buena ración de venado.

XX

La botella celeste. – La higuera-palmera. – Los mammouth trees. *– El árbol de la guerra. – El tiro alado. – Combate entre dos tribus. – Carnicería. – Intervención divina*

El viento arreció horriblemente y perdió su regularidad. El *Victoria* bordeaba incesantemente, mirando tan pronto al norte como al sur, sin poder tomar ningún rumbo determinado.

–Nos movemos mucho y avanzamos poco –dijo Kennedy, observando las frecuentes oscilaciones de la aguja imantada.

–El *Victoria* se mueve a una velocidad que no baja de treinta leguas por hora –dijo Samuel Fergusson–. Asomaos y veréis cuán rápidamente desaparece el campo bajo nuestros pies. ¡Mirad! Aquel bosque parece que se precipita contra nosotros.

–El bosque se ha convertido ya en un raso –respondió el cazador.

–Y el raso en una aldea –añadió Joe unos instantes después–. ¡Qué caras de embobados, esos negros!

–Es natural –respondió el doctor–. En Francia, los campesinos, al aparecer los primeros globos, los hicieron fuego, pues los tomaron por monstruos aéreos; por consiguiente, bien se le puede dejar a un negro de Sudán manifestar su asombro.

–Señor, con su permiso, voy a echarles una botella vacía –dijo Joe, mientras el *Victoria* pasaba a unos cien pies de una aldea–. Si la botella llega entera, la adorarán; si se hace pedazos, cada uno de ellos se convertirá en un talismán prodigioso.

Y, sin más, tiró una botella, que al llegar al suelo se hizo añicos, como era natural, y los indígenas se metieron a toda prisa en sus chozas lanzando horribles gritos.

Un poco más adelante Kennedy exclamó:

–¡Mirad qué árbol más extraño! Por arriba es de una especie, y por abajo, de otra.

–¡Ésta sí que es buena! –dijo Joe–. En este país nacen los árboles unos sobre otros.

–Es pura y simplemente un tronco de higuera –explicó el doctor–, sobre el cual ha caído un poco de tierra vegetal. El viento ha llevado hasta allí una semilla de palmera, y ésta ha crecido igual que en pleno campo.

–Es un buen procedimiento –dijo Joe–, que pienso introducir en Inglaterra. Con él mejorarán mucho los parques de Londres y se multiplicarán considerablemente los árboles frutales. Los huertos se extenderán a lo alto, lo que será una gran ventaja para los propietarios de pequeños terrenos.

En aquel momento fue preciso elevar el *Victoria* para salvar un bosque de seculares banianos de más de trescientos pies de altura.

–¡Magníficos árboles! –exclamó Kennedy–. No he visto nada tan hermoso como el aspecto de esos venerables bosques. Míralos, Samuel.

–La altura de esos banianos es verdaderamente maravillosa, querido Dick; y, sin embargo, no tendría nada de excepcional en los bosques del Nuevo Mundo.

–¡Cómo! ¿Hay árboles aún más altos?

–Sin duda los hay entre los conocidos como *mammouth trees.* En California se encontró un cedro de cuatrocientos pies de altura, es decir, más alto que la torre del Parlamento y que la gran pirámide de Egipto. La base tenía ciento veinte pies de circunferencia, y por las capas concéntricas de su madera pudo calcularse que tenía más de cuatro mil años.

–Así pues, no era extraño que estuviese tan crecidito. En cuatro mil años da tiempo a dar un buen estirón.

En el tiempo que hablaban, el bosque había dado paso a un grupo de chozas dispuestas circularmente alrededor de una plaza. En su centro se levantaba un único árbol que hizo exclamar a Joe:

–Pues si éste lleva cuatro mil años dando semejantes flores, no me parece algo digno de elogio.

Y señalaba un sicómoro gigantesco, cuyo tronco desaparecía enteramente bajo un montón de huesos humanos. Las flores a que se refería Joe eran cabezas recién cortadas, clavadas en la corteza con puñales.

–¡El árbol de guerra de los caníbales! –dijo el doctor–. Los indios arrancan el cuero cabelludo, y los africanos toda la cabeza.

–Claro, esas cosas dependen de la moda de cada país –dijo Joe.

La aldea de las cabezas sangrientas desapareció en el horizonte, y se presentó entonces otro espectáculo no menos repugnante: cadáveres medio devorados, esqueletos carcomidos y miembros humanos desparramados, dejados para pasto de hienas y chacales.

–Son, sin duda, cuerpos de criminales. Al igual que en Abisinia, los dejan a merced de los animales carnívoros, que los devoran después de haberlos despedazado.

–No es mucho más cruel que la horca –dijo el escocés–. Tan sólo más asqueroso.

–En las regiones del sur de África –repuso el doctor–, se encierra a los criminales en su propia choza, con su ganado y algunas veces con toda su familia, y les prenden fuego.

–Eso es, sin duda, una crueldad, pero convengo con Kennedy en que la horca no es menos bárbara.

Joe, con la excelente vista de que tan buen uso sabía hacer, distinguió en el horizonte algunas bandadas de aves de rapiña.

–Son águilas –exclamó Kennedy, tras haberlas reconocido con su anteojo–. Unos magníficos pájaros, cuyo vuelo es tan rápido como el nuestro.

–¡Líbrenos el cielo de sus ataques! –dijo el doctor–. Para los que viajamos por el aire, son más terribles que las fieras y las tribus salvajes.

–¡Bah! –respondió el cazador–. Con unos cuantos tiros las ahuyentaríamos.

–Prefiero, querido Dick, no tener que recurrir a tu habilidad; el tafetán del globo no resistiría sus picotazos. Afortunadamente, me parece que nuestra máquina, lejos de atraerlas, las asusta.

–Se me ocurre una cosa –intervino Joe–. Hoy estoy en vena, y a cada instante brota de mi cerebro una nueva idea. Si pudiésemos formar un tiro de águilas vivas y engancharlas al globo, nos arrastrarían por los aires.

–El método ha sido propuesto en serio –respondió el doctor–, pero me parece poco practicable con animales tan ariscos por naturaleza.

–Las adiestraríamos –repuso Joe–. En lugar de ponerles bocado, las guiaríamos por medio de unas anteojeras que les tapasen los ojos. Tapando uno de los dos, según cuál fuese éste, irían a derecha o a izquierda, y tapando los dos se detendrían.

–Permíteme, Joe, preferir un viento favorable a tus águilas de tiro; su manutención resulta más barata, y es más seguro.

–Se lo permito, señor, pero no echo la idea en saco roto.

Era mediodía. Desde hacía un rato, el *Victoria* avanzaba a una velocidad más moderada; la tierra ya no huía a sus pies; simplemente, pasaba.

De pronto llegaron a oídos de los viajeros gritos y silbidos que los hicieron asomarse; ante ellos surgió un espectáculo apasionante.

Dos tribus se batían encarnizadamente, envolviéndose en nubes de flechas. Cegados por el furor de la pelea, los combatientes no se percataron de la llegada del *Victoria*. Eran unos trescientos; entre ellos, había algunos que, revolcándose en la sangre de los heridos, ofrecían un cuadro de lo más nauseabundo.

Al ver el globo, hicieron cesar un momento las hostilidades. Luego multiplicaron sus aullidos y dispararon algunas flechas contra la barquilla. Una de ellas pasó tan cerca que Joe la cogió al vuelo con la mano.

–¡Pongámonos fuera de su alcance! –exclamó el doctor Fergusson–. No podemos permitirnos ninguna imprudencia.

Después de la tregua, empezó de nuevo la matanza con azagayas y hachas; en cuanto un enemigo caía, era instantáneamente decapitado por su adversario. Las mujeres tomaban parte en la refriega, recogiendo las ensangrentadas cabezas y apilándolas a ambos extremos del campo de batalla. A veces se peleaban para quedarse con los asquerosos trofeos.

–¡Repugnante escena! –exclamó Kennedy con profundo asco.

–¡Menuda pandilla! –dijo Joe–. Y, sin embargo, si llevaran uniforme, serían como todos los guerreros del mundo.

–¡Qué ganas tengo de intervenir en el combate! –repuso el cazador, apuntando con su carabina.

–¡No! –respondió al momento el doctor–. ¡No nos metamos en camisa de once varas! ¿Sabes acaso cuál de los dos bandos tiene razón para asumir el papel de la Providencia? Huyamos pronto de tan repugnante espectáculo. Si los grandes capitales pudieran dominar así el escenario de sus hazañas, acabarían tal vez por perder la afición a la sangre y las conquistas.

El jefe de una de las tribus se distinguía por una constitución atlética, unida a una fuerza hercúlea. Con una mano clavaba la lanza en las compactas filas de sus enemigos, y con la otra descargaba el hacha. En un momento dado, tiró su ensangrentada azagaya, se lanzó sobre un herido y le cortó un brazo de un tajo; cogió el miembro aún palpitante y empezó a devorarlo.

–¡Qué horrible bestia! –dijo Kennedy–. ¡No puedo seguir conteniéndome!

Y el guerrero, herido de un balazo en la frente, cayó de espaldas.

Al verlo caer, se apoderó de sus guerreros un profundo estupor. Aquella muerte sobrenatural los dejó helados y reanimó el ardor de sus adversarios, que los obligaron a abandonar el campo de batalla.

–Busquemos más arriba una corriente que nos aleje de aquí –dijo el doctor–. Este espectáculo me resulta vomitivo.

Sin embargo, por mucha que fuese la prisa que se dio en partir, tuvo que ver cómo la tribu *Victori*osa se precipitaba sobre los muertos y heridos, y se disputaba aquella carne aún caliente, que devoraba con la mayor ansia.

–¡Qué asco! –dijo Joe–. ¡Es nauseabundo!

El *Victoria* se elevaba a medida que se iba dilatando. Los aullidos de la horda ebria de sangre lo siguieron algún tiempo; finalmente, fue impelido hacia el sur y se apartó de aquella escena de carnicería y antropofagia.

El terreno presentaba accidentes variados, y lo surcaban numerosos cursos de agua que fluían hacia el este; sin duda, eran tributarios de esos afluentes del lago Nu o del río de las Gacelas, del cual Lejean dio detalles realmente curiosos.

Llegada la noche, el *Victoria* echó el ancla a 270 de longitud y 40° 20' de latitud septentrional, después de una travesía de ciento cincuenta millas.

XXI

Rumores extraños. – Un ataque nocturno. – Kennedy y Joe en el árbol – Dos disparos. – ¡A mí! ¡A mí! – Respuesta en francés. – La mañana. – El misionero. – El plan de salvación

Oscurecía con gran rapidez. El doctor, sin poder reconocer el terreno, había enganchado el globo a un árbol muy alto, del cual distinguía a duras penas confusas formas.

Empezó su guardia a las nueve, como tenía por costumbre, y Dick lo relevó a las doce.

–¡Vigilancia, Dick, mucha vigilancia! –recomendó el doctor.

–¿Hay alguna novedad?

–No, pero no puedo asegurar completamente adónde nos ha traído el viento, y creo haber oído debajo de nosotros vagos rumores. Un exceso de prudencia no resultará perjudicial.

–Habrás oído los gritos de algunas fieras.

–No, me ha parecido otra cosa… En fin, veremos; a la menor alarma, no dejes de despertarnos.

–Duerme tranquilo.

El doctor, después de haber escuchado de nuevo con la mayor atención, sin oír nada de particular, se echó sobre su manta y no tardó en dormirse.

El cielo estaba cubierto de densas nubes, pero ni un soplo de aire turbaba la tranquilidad de la atmósfera. El *Victoria,* sujeto con una sola ancla, no experimentaba oscilación alguna.

Kennedy, acodado en la barquilla de manera que le permitiese vigilar el soplete, consideraba aquella oscura calma. Interrogaba el horizonte, y, como suele sucederles a quienes poseen un espíritu inquieto o previsor, de vez en cuando su mirada creía distinguir vagos resplandores.

Hasta hubo un momento en que creyó percibir uno muy claramente a doscientos pasos de distancia, pero no fue más que un destello, tras el cual no volvió a ver nada.

Era, sin duda, una de esas sensaciones luminosas que el aparato de la visión se forja en las oscuridades profundas.

Kennedy se tranquilizó y volvió a abismarse en su contemplación indecisa, cuando hendió los aires un agudo silbido.

¿Era el grito de un animal, de algún pájaro nocturno? ¿Salía de labios humanos?

Kennedy, comprendiendo la gravedad de la situación, estuvo a punto de despertar a sus compañeros, pero como, fueren hombres o animales, no estaban a su alcance, se limitó a comprobar que sus armas estuviesen cargadas y, con un anteojo de noche, abismó su mirada en el espacio.

Creyó vislumbrar debajo de la barquilla ciertas formas vagas que se deslizaban cuidadosamente hacia el árbol y, al pálido resplandor de un rayo de luna que se filtró como un relámpago entre dos nubes, reconoció claramente a un grupo de individuos que se agitaban en la sombra.

Recordó entonces la aventura de los cinocéfalos y tocó con la mano el hombro del doctor.

El doctor se despertó inmediatamente.

–Silencio –dijo Kennedy–, hablemos en voz baja.

–¿Ocurre algo?

–Sí, despertemos a Joe.

En cuanto Joe se levantó, el cazador contó lo que había visto.

–¿Otra vez los malditos monos? –dijo Joe.

–Es posible, pero debemos tomar precauciones.

–Joe y yo –dijo Kennedy– bajaremos al árbol por la escala.

–Y, entretanto –respondió el doctor–, yo tomaré mis medidas para poder ascender rápidamente.

–De acuerdo.

–Bajemos –dijo Joe.

–No hagáis uso de las armas más que en último extremo; es inútil revelar nuestra presencia en estos parajes.

Dick y Joe contestaron con un ademán. Se deslizaron sin ruido hacia el árbol y se colocaron en la horquilla formada por las dos gruesas ramas donde el ancla había clavado sus uñas.

Llevaban unos minutos escuchando, sin moverse y casi sin respirar, entre el follaje, cuando se produjo una suerte de roce en la corteza y Joe asió la mano del escocés.

–¿Oye?

–Sí, se acerca.

–¿Será una serpiente? El silbido que ha oído…

–¡No! Tenía algo de humano.

–Prefiero que sean salvajes. Los reptiles me repugnan.

–El ruido aumenta –repuso Kennedy poco después.

–¡Sí! Algo sube, alguno trepa.

–Vigila este lado; yo me encargo del otro.

–Bien.

Estaban aislados en la cima de una robusta rama que arrancaba verticalmente del centro del baobab, que parecía él solo todo un bosque. La oscuridad, aumentada por el espeso follaje, era profunda; sin embargo, Joe, indicando a Kennedy la parte inferior del árbol, le dijo al oído:

–Negros.

Algunas palabras pronunciadas en voz baja llegaron a los dos viajeros.

Joe se preparó para disparar.

–Espera –dijo Kennedy.

Unos salvajes, en efecto, se habían encaramado por el baobab; brotaban de todas partes, subiendo por las ramas como reptiles, con lentitud, pero con aplomo; los denunciaban las emanaciones de sus cuerpos, frotados con una grasa infecta.

No tardaron en aparecer dos cabezas ante Kennedy y Joe, justo a la altura de la rama que ocupaban.

–¡Atención! –dijo Kennedy–. ¡Fuego!

La doble detonación retumbó como un trueno y se extinguió entre gritos de dolor. En un momento, toda la horda había desaparecido.

Sin embargo, en medio de los aullidos había sonado un grito extraño, inesperado, imposible. De una boca humana salieron estas palabras pronunciadas en francés: «¡A mí! ¡A mí!».

Kennedy y Joe, atónitos, volvieron a la barquilla a toda prisa.

–¿Habéis oído? –les preguntó el doctor.

–¡Perfectamente!

–¡Un francés en manos de esos bárbaros!

–¿Un viajero?

–¡Un misionero, tal vez!

–¡Pobrecillo! –exclamó el cazador–. ¡Lo están martirizando!

En vano, el doctor procuraba ocultar su emoción.

–No hay duda –dijo–. Un francés desdichado ha caído en manos de esos salvajes. Pero nosotros no partiremos sin haber hecho todo lo posible por salvarlo. Al oír nuestros disparos, habrá pensado en una ayuda inesperada, en una intervención providencial. No defraudaremos su última esperanza. ¿No estáis de acuerdo?

–No podría ser de otro modo, Samuel, y estamos dispuestos a obedecerte.

–En tal caso, idearemos un plan y apenas amanezca intentaremos liberarlo.

–Pero ¿cómo lo separaremos de esos miserables negros? –preguntó Kennedy.

–Es evidente –dijo el doctor–, por la manera que han tenido de huir, que no conocen las armas de fuego. Así pues, debemos aprovecharnos de su terror; pero es preciso aguardar la madrugada para obrar, y urdir nuestro plan de salvamento según la disposición de los lugares.

–El desdichado no debe de estar lejos –dijo Joe–, porque...

–¡A mí! ¡A mí! –repitió la voz, más debilitada.

–¡Los muy bárbaros! –exclamó Joe, conmovido–. ¿Y si lo matan esta noche?

–¿Oyes, Samuel? –repuso Kennedy, cogiendo la mano del doctor–. ¿Y si lo matan esta noche?

–No es probable, amigos; los pueblos salvajes dan muerte a sus prisioneros durante el día; necesitan la luz del sol.

–¿Y si aprovechara las tinieblas de la noche –dijo el escocés– para llegar hasta ese desdichado?

–¡Lo acompaño, señor Dick!

–¡Deteneos, amigos, deteneos! Vuestra resolución honra vuestro corazón y vuestro valor, pero nos pondría en peligro a todos y acabaría de agravar la situación de aquel a quien queremos salvar.

–¿Por qué? –replicó Kennedy–. Los salvajes están amedrentados y dispersos. No volverán.

–Dick, te lo suplico, obedéceme; mi objetivo es que todos salgamos de aquí sanos y salvos. Si por casualidad te dejases sorprender, estaría todo perdido.

–Pero, ese desgraciado, ¿qué aguarda, qué espera? ¡Ninguna voz responde a su voz…! ¡Nadie lo socorre…! ¡Debe de creer que sus sentidos le han jugado una mala pasada, que no ha oído nada…!

–Se le puede tranquilizar –dijo el doctor Fergusson.

Y en pie, en medio de la oscuridad, formando con las manos una bocina, gritó con fuerza en la lengua del extranjero.

–¡Quienquiera que sea, tenga confianza! ¡Tres amigos velan por usted!

Le respondió un aullido terrible, que sin duda ahogó la respuesta del prisionero.

–¡Lo degüellan…, lo van a degollar! –exclamó Kennedy–. ¡Nuestra intervención no habrá servido más que para acelerar la hora del suplicio! ¡Es preciso actuar!

–Pero ¿cómo, Dick? ¿Qué pretendes hacer en medio de esta oscuridad?

–¡Oh…, si fuese de día! –exclamó Joe.

–¿Y qué harías si fuese de día? –preguntó el doctor, en un tono muy particular.

–Nada más sencillo, Samuel –respondió el cazador–. Bajaría a tierra y dispersaría a tiros a esa chusma.

–¿Y tú, Joe? –preguntó Fergusson.

–Yo, señor, obraría más prudentemente, haciendo llegar un aviso al prisionero para que huyera en una dirección convenida.

–¿Y cómo harías llegar el aviso?

–Por medio de esta flecha que he cogido al vuelo, a la cual ataría una nota, o simplemente hablándole en voz alta, puesto que los negros no comprenden nuestro idioma.

–Vuestros planes, amigos míos, son impracticables. La mayor dificultad para ese desgraciado sería escaparse, admitiendo que llegase a burlar la vigilancia de sus verdugos. En cuanto a ti, Dick, con mucha audacia y valiéndote del terror ocasionado por nuestras armas de fuego, tal vez tuvieras éxito; pero, si tu proyecto fracasase, estarías perdido y tendríamos que salvar a dos personas en lugar de a una. ¡No! Es preciso que todas las bazas estén a nuestro favor y actuar de otra manera.

–Pero inmediatamente –replicó el cazador.

–¡Tal vez! –respondió Samuel, insistiendo en esa palabra.

–Señor, ¿sería capaz de disipar estas tinieblas?

–¿Quién sabe, Joe?

–¡Ah! Si hiciera una cosa semejante, lo proclamaría el hombre más sabio del mundo.

El doctor permaneció algunos instantes en silencio, cavilando. Sus dos compañeros lo miraban con ansiedad, sobreexcitados por aquella situación extraordinaria. Fergusson no tardó en volver a tomar la palabra.

–He aquí mi plan –dijo–. Nos quedan doscientas libras de lastre, puesto que los sacos que hemos traído aún están intactos. Supongamos que el prisionero, extenuado evidentemente por los padecimientos, pesa tanto como cualquiera de nosotros; todavía nos quedarán unas sesenta libras para arrojar con objeto de subir más rápidamente.

–¿Cómo piensas, pues, maniobrar? –preguntó Kennedy.

–Voy a decírtelo, Dick. Sin duda, admitirás que, si recojo al prisionero y me desprendo de una cantidad de lastre igual a su peso, no habré turbado en lo más mínimo el equilibrio del globo; pero entonces, si quiero emprender una ascensión rápida para ponerme fuera del alcance de esa tribu de negros, tendré que recurrir a medios más enérgicos que el soplete. Pues bien, tirando el lastre excedente en el momento preciso, estoy seguro de subir con mucha rapidez.

–Es evidente.

–Sí, pero hay un pequeño inconveniente. Después, para bajar, tendré que perder una cantidad de gas proporcional al exceso de lastre del que me haya desprendido. Ese gas no tiene precio, pero no se puede lamentar su pérdida cuando se trata de la salvación de un ser humano.

–Tienes razón, Samuel, debemos sacrificarlo todo por salvarlo.

–Actuemos, pues, y tengamos los sacos preparados en la barquilla, de modo que podamos arrojarlos todos a un mismo tiempo.

–Pero esta oscuridad…

–Oculta nuestros preparativos y no se disipará hasta que estén terminados. Procurad tener todas las armas al alcance de la mano. Tal vez sea preciso hacer fuego, para lo cual disponemos de una bala en la carabina, cuatro en las dos escopetas y doce en los dos revólveres; en total, diecisiete, que pueden dispararse en un cuarto de minuto. Aunque quizá no tengamos que armar tanto escándalo. ¿Preparados?

–Preparados –respondió Joe.

En efecto, los sacos estaban a punto, y las armas, cargadas.

–Bien –dijo el doctor–. Estad muy alerta. Joe queda encargado de arrojar el lastre, y Dick de apoderarse del prisionero; pero que no se haga nada hasta que yo dé la orden. Joe, ve ahora a desenganchar el ancla y vuelve enseguida a la barquilla.

Joe se deslizó por el cable y reapareció a los pocos instantes. El *Victoria*, en libertad, flotaba en el aire, casi inmóvil.

Durante este tiempo, el doctor se aseguró de que había una cantidad suficiente de gas en la caja de mezcla para alimentar, en caso necesario, el soplete sin necesidad de recurrir durante algún tiempo a la acción de la pila de Bunsen. Quitó los dos hilos conductores perfectamente aislados que servían para descomponer el agua; luego, tras registrar su bolsa de viaje, sacó de ella dos pedazos de carbón terminados en punta y los fijó en el extremo de cada hilo.

Sus dos amigos lo miraban sin comprender lo que hacía, pero callaban. Cuando el doctor hubo terminado su trabajo, se colocó en pie en medio de la barquilla, cogió un carbón en cada mano y acercó una punta a la otra.

De repente, se hizo entre las dos puntas de carbón un resplandor intenso y deslumbrante que no podía resistir el ojo humano; un haz inmenso de luz eléctrica disipó la oscuridad de la noche.

–¡Oh, señor! –exclamó Joe.

–¡Silencio! –ordenó el doctor.

XXII

El haz de luz. – El misionero. – Rapto en un rayo de luz. – El sacerdote lazarista. – Poca esperanza. – Cuidados del doctor. – Una vida de abnegación. – Paso de un volcán

Fergusson dirigió a varios puntos del espacio su poderoso rayo de luz y lo detuvo en un lugar de donde provenían gritos de asombro; sus compañeros lanzaron hacia allí una mirada llena de ansiedad.

El baobab sobre el cual el *Victoria* se mantenía casi inmóvil se hallaba en el centro de un raso. Entre campos de sésamo y de caña de azúcar, había unas cincuenta chozas, bajas y cónicas, alrededor de las cuales hormigueaba una numerosa tribu.

A cien pies debajo del globo descollaba un poste, junto al cual yacía una criatura humana, un joven de apenas treinta años, con largos cabellos negros, medio desnudo, flaco, ensangrentado, cubierto de heridas y con la cabeza inclinada sobre el pecho, como Cristo crucificado. Algunos cabellos más cortos en la coronita indicaban aún la existencia de una tonsura casi desaparecida.

–¡Un misionero! ¡Un sacerdote! –exclamó Joe.

–¡Pobre desdichado! –respondió el cazador.

–¡Lo salvaremos, Dick! –dijo el doctor–. ¡Lo salvaremos!

Aquella caterva de negros, al ver el globo, semejante a una enorme cometa con una cola de deslumbradora luz, experimentó, como era natural, un sobresalto indescriptible. Al oír sus gritos, el prisionero levantó la cabeza. Brilló rápidamente en sus ojos la luz de la esperanza, y, sin comprender lo que pasaba, tendió los brazos hacia sus inesperados libertadores.

–¡Vive, vive! –exclamó Fergusson–. ¡Alabado sea el Señor! ¡Esos salvajes son presos de un miedo terrible! ¡Lo salvaremos! ¿Estáis preparados, amigos?

–Sí, Samuel.

–Joe, apaga el soplete.

Enseguida ejecutó la orden del doctor. Un vientecillo casi imperceptible empujaba suavemente al *Victoria* por encima del prisionero, al mismo tiempo que, con la contracción del gas, descendía insensiblemente. Quedó flotando en medio de las luminosas ondas por espacio de diez minutos. Fergusson envolvió a la muchedumbre en el haz centelleante que proyectaba a trechos manchas de luz, muy rápidas y vivas. La tribu, bajo el dominio de un indescriptible terror, desapareció poco a poco en el fondo de las chozas, sin quedar ningún negro alrededor del poste. El doctor había acertado al contar con la aparición fantástica del *Victoria*, que proyectaba rayos de sol en aquella intensa oscuridad.

La barquilla se acercó a tierra. Algunos negros, sin embargo, más audaces que los otros y comprendiendo que se les escapaba su víctima, aparecieron de nuevo lanzando espantosos gritos. Kennedy cogió su escopeta, pero el doctor no quiso que la disparase.

El sacerdote, de rodillas, sin fuerzas ya para tenerse en pie, ni siquiera estaba atado al poste, pues su debilidad hacía innecesarias las cuerdas. En el momento en que la barquilla llegó cerca del suelo, el cazador, soltando su arma, tomó al sacerdote en brazos y lo subió al globo; al mismo tiempo, Joe arrojaba, todas a la vez, las doscientas libras de lastre.

El doctor contaba con subir rápidamente, pero, contra todas sus previsiones, el globo, después de haberse elevado unos cuatro pies, permaneció inmóvil.

–¿Quién nos sujeta? –exclamó con acento de terror.

Algunos salvajes se acercaban entre feroces aullidos.

–¡Oh! –exclamó Joe, asomándose–. ¡Uno de esos malditos negros se ha colgado de la barquilla!

–¡Dick! ¡Dick! –exclamó el doctor–. ¡La caja del agua!

Dick comprendió la intención de su amigo y, levantando una de las cajas de agua, que pesaba más de cien libras, la arrojó por la borda.

El *Victoria*, descargado de aquel lastre, subió bruscamente trescientos pies en medio de los rugidos de la tribu, cuyo prisionero se evadía envuelto en una luz resplandeciente.

–¡Bravo! –gritaron los dos compañeros del doctor.

De repente, el globo dio un nuevo salto, que le hizo alcanzar una altura de más de mil pies.

–¿Qué sucede? –preguntó Kennedy, a punto de perder el equilibrio.

–¡Nada! Es ese pícaro, que se ha desasido de la barquilla –respondió tranquilamente Samuel Fergusson.

Y Joe, asomándose rápidamente, pudo distinguir al salvaje girar en el espacio con los brazos extendidos y estrellarse al llegar a tierra. El doctor separó entonces los dos hilos eléctricos, y todo fue una profunda oscuridad. Era la una de la noche.

El francés, que se había desmayado, abrió por fin los ojos.

–Está usted a salvo –le dijo el doctor.

–¡A salvo! –repitió él en inglés, con una melancólica sonrisa–. ¡A salvo de una muerte cruel! Les doy las gracias, hermanos, pero tengo los días contados, contadas las horas. Me queda muy poco tiempo de vida.

Y el misionero, exhausto, cayó en una especie de sopor.

–Se muere –exclamó Dick.

–No, no –respondió Fergusson, inclinándose sobre él–, pero está muy débil. Acostémoslo bajo la tienda.

Y, con gran suavidad, tendieron sobre las mantas aquel pobre cuerpo demacrado, cubierto de cicatrices y heridas de las que aún brotaba sangre, aquel cuerpo en que el hierro y el fuego habían dejado muchas y muy dolorosas huellas. El doctor convirtió un pañuelo en hilas, que aplicó sobre las llagas después de haberlas lavado con la delicadeza de un médico experto; luego tomó de su botiquín un estimulante y vertió algunas gotas en los labios del sacerdote.

Éste abrió con dificultad la boca y apenas tuvo fuerzas para decir:

–¡Gracias! ¡Gracias!

El doctor comprendió que el enfermo necesitaba descansar, por lo que corrió las cortinas de la tienda y volvió a tomar la dirección del globo.

Teniendo en cuenta el peso del nuevo huésped, el globo había sido liberado de casi ciento ochenta libras de lastre y, por consiguiente, se mantenía sin ayuda del soplete. Al rayar el día, una corriente lo impelió con suavidad hacia el oeste-noroeste. Fergusson fue a examinar al sacerdote aletargado.

–¡Ojalá podamos conservar la vida de este compañero que el cielo nos ha enviado! –exclamó el cazador–. ¿Tienes alguna esperanza?

–Sí, Dick. A base de cuidados y con este aire tan puro...

–¡Cuánto ha sufrido el infeliz! –dijo Joe, muy conmovido–. ¿Saben que ha acometido empresas más atrevidas que las nuestras, viniendo solo a visitar estos pueblos?

–¿Quién lo duda? –repuso el cazador.

Durante todo el día, no quiso el doctor que se interrumpiese el sueño del enfermo, a pesar de que era un largo sopor, entrecortado por quejidos que no dejaban de inspirar a Fergusson serias inquietudes.

Al llegar la noche, el *Victoria* permanecía estable en medio de la oscuridad, y, en tanto que Joe y Kennedy se relevaban junto al enfermo, Fergusson velaba por la seguridad de todos.

Al día siguiente por la mañana, el *Victoria* había derivado algo hacia el oeste. El día se anunciaba puro y magnífico. El enfermo pudo llamar a sus nuevos amigos con una voz más clara. Éstos levantaron las cortinas de la tienda, y el sacerdote aspiró con placer el aire fresco de la mañana.

–¿Cómo se encuentra? –le preguntó Fergusson.

–Mejor, creo –respondió él–. ¡Pero, mis buenos amigos, no los he visto más que como las imágenes que aparecen en un sueño! ¡Apenas soy consciente de lo que ha pasado! Díganme sus nombres, para que no los olvide en mis últimas oraciones.

–Somos viajeros ingleses –respondió Samuel–. Intentamos atravesar África en globo, y durante nuestra travesía hemos tenido la suerte de salvarlo.

–La ciencia tiene sus héroes –dijo el misionero.

–Pero la religión tiene sus mártires –respondió el escocés.

–¿Es usted misionero? –preguntó el doctor.

–Soy un sacerdote de la misión de los lazaristas. El cielo los ha enviado, ¡alabado sea el Señor! ¡El sacrificio de mi vida estaba hecho! Pero ustedes vienen de Europa. ¡Háblenme de Europa, háblenme de Francia! Desde hace cinco años, no he recibido ni una sola noticia.

–¡Cinco años solo entre esos salvajes! –exclamó Kennedy.

–Son almas que hay que rescatar –dijo el joven sacerdote–. Hermanos ignorantes y bárbaros a quienes sólo la religión puede civilizar e instruir.

Samuel Fergusson, para complacer al misionero, le habló mucho de Francia.

Éste lo escuchaba con atención, y las lágrimas humedecían sus ojos. El desdichado joven estrechaba sucesivamente las manos de Kennedy y las de Joe entre las suyas, ardientes a causa de la fiebre. El doctor le preparó algunas tazas de té, que bebió con fruición; entonces se sintió con fuerzas para incorporarse un poco y sonreír, viéndose mecido en un cielo tan puro.

–Son audaces viajeros –dijo–, y el éxito coronará su atrevida empresa; volverán a ver a sus parientes y amigos, regresarán a su patria…

Pero la debilidad del joven sacerdote aumentó tanto que fue preciso acostarlo de nuevo. Una postración que duró algunas horas le tuvo como muerto entre las manos de Fergusson, el cual se sentía profundamente conmovido. Veía que aquella existencia se extinguía. ¿Tan pronto iba a perder a la víctima que habían arrancado del suplicio? Curó de nuevo las horribles úlceras del mártir y sacrificó la mayor parte de su provisión de agua para refrescar sus ardientes miembros. Le dedicó la atención más tierna e inteligente. El enfermo renacía poco a poco entre sus brazos, y recobraba el sentimiento, ya que no la vida.

Al doctor le sorprendió la historia entre sus palabras entrecortadas.

–Hable su lengua materna –le había dicho–. Lo fatigará menos, y yo la comprendo perfectamente.

El misionero era un humilde joven bretón, nacido en la aldea de Aradón, en pleno Morbihan. Emprendió por vocación la carrera eclesiástica, pero a esa vida de abnegación quiso añadir una vida de peligro, para lo cual ingresó en la orden de misioneros fundada por el glorioso san Vicente de Paúl. A los veinte años pasó de su país a las playas inhóspitas de África. Y desde allí, poco a poco, superando obstáculos, desafiando privaciones, andando y orando, avanzó hasta el seno de las tribus que pueblan los afluentes del Nilo superior. Por espacio de dos años fue rechazada su religión, desconocido su celo, despreciada su caridad. Cayó prisionero de una de las más crueles tribus de Nyambara, que lo trató de una manera horrible. Él, sin embargo, seguía enseñando, instruyendo, orando. Derrotada aquella tribu en uno de sus frecuentes combates con otras igualmente crueles, al misionero se le dio por muerto y abandonado. Entonces, en lugar de volver sobres sus pasos, continuó su peregrinación evangélica. Durante una temporada lo tomaron por loco, y aquélla fue la etapa más tranquila de su vida. Se familiarizó con los idiomas de aquellas comarcas y siguió catequizando. Recorrió esas bárbaras regiones durante dos años más, empujado por esa fuerza sobrehumana que viene de Dios. Un año hacía que su celo evangélico lo había llevado a una tribu de nyam-nyam llamada barafri, que es una de las más salvajes. Le habían achacado la inesperada muerte de su jefe, acaecida hacía unos días, por lo que decidieron inmolarlo. Cuarenta horas hacía que duraba su suplicio, que, como el doctor había supuesto, debía terminar con la muerte al día siguiente, a las doce. Cuando oyó las detonaciones de las armas de fuego, sintió reaccionar en él el instinto de conservación y gritó: «¡A mí! ¡A mí!». Y creyó soñar cuando una voz venida de lo alto le dirigió palabras de consuelo.

–¡No me da miedo morir! –añadió–. Mi vida es de Dios, y Dios dispone de ella.

–Espere –le respondió el doctor–, estamos a su lado y lo salvaremos de la muerte igual que lo hemos liberado del suplicio.

–No le pido tanto al cielo –respondió el sacerdote, resignado–. ¡Bendito sea Dios por haberme concedido, antes de morir, la dicha de apretar manos amigas y oír la lengua de mi país!

El misionero se sintió desfallecer nuevamente, y el día transcurrió entre la esperanza y la zozobra. Kennedy estaba muy conmovido, y Joe volvía la cabeza para ocultar sus lágrimas.

El *Victoria* avanzaba poco, y el viento parecía acunar su preciosa carga.

A la caída de la tarde, Joe distinguió hacia el oeste un resplandor inmenso. Bajo latitudes más elevadas se hubiera tomado aquel resplandor por una aurora boreal. El cielo parecía una hoguera. El doctor examinó con atención el fenómeno.

–No puede ser más que un volcán en erupción –dijo.

–Pues el viento nos lleva hacia él –replicó Kennedy.

–Tranquilízate. Pasaremos a una altura considerable.

Tres horas después, el *Victoria* se hallaba rodeado de montañas. Su posición exacta era 250° 15' de longitud y 40° 42' de latitud. Tenía delante un cráter que vomitaba torrentes de lava derretida y arrojaba a gran altura enormes peñascos. Había arroyos de fuego líquido que se despeñaban formando deslumbrantes cascadas. El espectáculo era magnífico, pero peligroso, porque el viento, con una fijeza constante, impelía el globo hacia aquella atmósfera incendiada.

Preciso era salvar aquel obstáculo, ante la imposibilidad de dejarlo a un lado. La espita del soplete fue abierta por completo, y el *Victoria* subió a una altura de seis mil pies, dejando entre el volcán y él un espacio de más de trescientas toesas.

Desde su lecho de dolor, el moribundo sacerdote pudo contemplar aquel cráter del que se escapaban con estrépito mil haces resplandecientes.

–¡Qué hermoso espectáculo! –dijo–. ¡Cuán infinito es el poder de Dios hasta en sus más terribles manifestaciones!

Aquella inmensa explosión de lava en ignición cubría las laderas de la montaña con un verdadero tapiz de llamas.

El hemisferio inferior del globo resplandecía en la noche, y un calor tórrido subía hasta la barquilla. El doctor Fergusson decidió que era preciso huir pronto de aquella peligrosa atmósfera.

Hacia las diez de la noche, la montaña no era más que un punto rojo en el horizonte y el *Victoria* proseguía tranquilamente su viaje por una zona menos elevada.

XXIII

Cólera de Joe. – La muerte de un justo. – Velatorio del cadáver. – Aridez. – El entierro. – Los trozos de cuarzo. Fascinación de Joe. – Un lastre precioso. – Localización de las montañas auríferas. – Principio de desesperación de Joe

La noche tendió sobre la tierra el más magnífico de sus mantos. El sacerdote se durmió, sumido en una postración pacífica.

–¡No volverá en sí! –dijo Joe–. ¡Pobre joven! ¡Treinta años apenas!

–¡Morirá en nuestros brazos! –dijo el doctor con desesperación–. Su respiración se debilita más y más, y nada puedo hacer para salvarlo.

–¡Malditos! –exclamó Joe, que sentía de vez en cuando arrebatos de cólera–. ¡Cuando pienso que el infeliz aún ha tenido palabras para compadecerlos, para excusarlos y para perdonarlos!

–El cielo le concede una hermosa noche, Joe, tal vez su última noche. Ya no sufrirá mucho; su muerte no será más que un pacífico sueño.

El moribundo pronunció algunas palabras entrecortadas y el doctor se acercó a él. La respiración del enfermo se hacía difícil; el joven pedía aire. Levantaron enteramente las cortinas, y él aspiró con deleite la ligera brisa de aquella noche clara; las estrellas le dirigían su temblorosa luz, y la luna lo envolvía en el blanco sudario de sus rayos.

–¡Amigos míos –dijo con voz débil–, me muero! ¡Que el Dios que recompensa los conduzca a puerto! ¡Que les pague por mí mi deuda de reconocimiento!

–No pierda la esperanza –le respondió Kennedy–. Lo que siente no es más que un abatimiento pasajero. ¡No va a morir! ¿Se puede morir en una noche de verano tan hermosa?

–¡La muerte está aquí! –respondió el misionero–. ¡Lo sé! ¡Déjenme mirarla a la cara! La muerte, principio de la eternidad, no es más que el fin de las tribulaciones de la tierra. ¡Pónganme de rodillas, hermanos, se lo suplico!

Kennedy lo levantó. Lástima daba ver aquellos miembros sin fuerza que se doblaban bajo su propio peso.

–¡Dios mío! ¡Dios mío! –exclamó el apóstol moribundo–. ¡Ten piedad de mí!

Su semblante resplandeció. Lejos de la tierra, cuyas alegrías no había conocido jamás, en medio de una noche que le enviaba sus más suaves claridades, en el camino del cielo hacia el cual se elevaba en una ascensión milagrosa, parecía ya revivir una nueva existencia.

Su último movimiento fue una bendición suprema a sus amigos de un día. Después cayó en brazos de Kennedy, cuyo semblante estaba inundado de lágrimas.

–¡Muerto! –exclamó el doctor, inclinándose sobre él–. ¡Muerto! –Y los tres amigos se arrodillaron a la vez para orar en voz baja–. Mañana por la mañana –dijo después Fergusson– le daremos sepultura en esta tierra de África regada con su sangre.

Durante el resto de la noche, el doctor, Kennedy y Joe velaron sucesivamente el cadáver, y ni una sola palabra turbó su religioso silencio. Los tres derramaban abundantes lágrimas.

Al día siguiente, el viento venía del sur, y el *Victoria* avanzaba lentamente sobre una vasta meseta montañosa, sembrada de cráteres apagados y yermas hondonadas, sin una gota de agua en sus áridas crestas. Montones de rocas, cantos rodados y margueras blanquecinas denotaban una esterilidad profunda.

Hacia mediodía, el doctor, para sepultar el cadáver, resolvió bajar a una hondonada, en medio de rocas plutónicas de formación primitiva. Tenía que buscar un refugio en las montañas circundantes para llegar a tierra, pues no había ni un solo árbol donde poder enganchar el ancla.

Sin embargo, tal como le había explicado a Kennedy, el lastre de que se desprendiera para salvar al sacerdote no le permitía ahora descender sin desprenderse de una cantidad proporcional de gas, por lo que tuvo que abrir la válvula del globo exterior. El hidrógeno salió, y el *Victoria* bajó tranquilamente hacia la hondonada.

Apenas la barquilla llegó al suelo, el doctor cerró la válvula. Joe saltó a tierra y, agarrándose con una mano a la barquilla, con la otra recogió los pedruscos necesarios para reemplazar su peso. Entonces, quedándose ya libre de las dos manos, pudo en muy poco tiempo meter en la barquilla más de quinientas libras de piedras, que permitieron al doctor y a Kennedy desembarcar a su vez, sin que la fuerza ascensional del globo fuese suficiente para levantarlo.

No se necesitaron para mantener el equilibrio del *Victoria* tantas piedras como pudiera presumirse, ya que las recogidas por Joe pesaban extraordinariamente, lo cual llamó la atención del doctor. El suelo estaba completamente sembrado de cuarzo y de rocas porfídicas.

«He aquí un singular descubrimiento», se dijo a sí mismo, mientras a pocos pasos de distancia Kennedy y Joe escogían un sitio a propósito para abrir la fosa.

Aquel barranco encajonado era como una especie de horno donde hacía un calor insoportable. Los abrasadores rayos del sol de mediodía caían a plomo.

Fue preciso limpiar el terreno de los fragmentos de roca que lo cubrían; luego cavaron un hoyo bastante profundo para poner el cadáver fuera del alcance de las fieras.

Allí depositaron los restos mortales del mártir, con gran respeto. Luego le echaron tierra encima y formaron con rocas una especie de tumba. El doctor, sin embargo, permanecía inmóvil y abismado en sus reflexiones. No oía la llamada de sus compañeros ni buscaba una sombra para guarecerse del calor del día.

–¿En qué piensas, Samuel? –le preguntó Kennedy.

–En un extraño contraste de la naturaleza, en un singular efecto del azar. ¿Sabéis en qué tierra ha encontrado su sepultura ese hombre abnegado y pobre por vocación?

–¿Qué quieres decir, Samuel? –preguntó el escocés.

–¡Ese sacerdote, que había hecho voto de pobreza, reposa ahora en una mina de oro!

–¡Una mina de oro! –exclamaron Kennedy y Joe.

–Una mina de oro –respondió tranquilamente el doctor–. Las piedras que pisáis como si careciesen de valor son mineral de una gran pureza.

–¡Imposible! ¡Imposible! –repitió Joe.

–Si escarbarais en estas hendiduras de esquisto arcilloso, no tardaríais mucho en encontrar pepitas importantes.

Joe se precipitó como un loco sobre aquellos fragmentos dispersos, y Kennedy no estuvo lejos de imitarlo.

–Cálmate, mi buen Joe –le dijo su señor.

–Señor, eso es muy fácil decirlo.

–¡Cómo! Un filósofo de tu temple…

–No, señor; no hay filosofía que valga.

–¡Veamos! Reflexiona un poco. ¿De qué nos serviría toda esta riqueza? No podemos llevárnosla.

–¿No podemos llevárnosla? ¿Por qué no?

–Pesa demasiado para nuestra barquilla. No quería hablarte de este descubrimiento por miedo a excitar tu codicia.

–¡Cómo! –dijo Joe–. ¡Abandonar estos tesoros! ¡Una fortuna que es nuestra, muy nuestra, y desperdiciarla!

–¡Cuidado, amigo! ¿Se habrá apoderado de ti la fiebre del oro? ¿Acaso ese muerto que acabamos de enterrar no te ha enseñado el valor de las cosas humanas?

–Es cierto –respondió Joe–. ¡Pero el oro es oro! ¿No me ayudará, señor Kennedy, a recoger unos cuantos millones?

–¿Qué haríamos con ellos, mi pobre Joe? –dijo el cazador, sin poder dejar de sonreír–. No hemos venido aquí a hacer fortuna y debemos volver sin ella.

–Los millones pesan mucho –repuso el doctor–, y no se meten en el bolsillo tan fácilmente.

–De todas formas –respondió Joe, acorralado en sus últimas trincheras–, ¿no podemos, en lugar de arena, cargar este mineral como lastre?

–Podría ser –dijo Fergusson–. Pero avinagrarás mucho el gesto cuando tengamos que desprendernos de algunos miles de libras.

–¡Miles de libras! –repuso Joe–. ¿Es posible que esto sea oro?

–Sí, amigo mío, es un depósito donde la naturaleza ha acumulado sus tesoros por espacio de siglos, y hay suficiente para enriquecer países enteros. Una Australia y una California reunidas en el fondo de un desierto.

–¿Y no se aprovechará nada?

–¡Tal vez! En cualquier caso, haré algo para consolarte.

–No será cosa fácil –replicó Joe, contrito y mustio.

–Tomaré la situación exacta de este sitio y te la daré. Al regresar a Inglaterra, tú la darás a conocer a tus conciudadanos, si crees que tanto oro puede hacerlos felices.

–Veo, señor, que tiene razón. Me resigno, ya que no puedo hacer otra cosa. Llenemos la barquilla de este precioso mineral, y lo que quede a la conclusión de nuestro viaje, eso ganaremos.

Y Joe puso manos a la obra con tanto afán que no tardó en reunir casi mil libras en fragmentos de cuarzo, dentro del cual se halla encerrado el oro como en una ganga de gran dureza.

El doctor sonreía y lo dejaba hacer mientras él realizaba su estima, de la cual resultó que la mina que servía de tumba al misionero se hallaba a 220° 23' de longitud y 40° 55' de latitud septentrional.

Después, dirigiendo una última mirada al montículo de tierra bajo el cual descansaba el cuerpo del pobre francés, volvió a la barquilla.

Hubiera querido poner una tosca y modesta cruz sobre aquella tumba abandonada en medio de los desiertos de África, pero no había en las cercanías ni un miserable arbusto.

–Dios la reconocerá –dijo.

Una preocupación bastante seria ocupaba también la mente de Fergusson. El doctor habría dado todo aquel oro por hallar un poco de agua con que reemplazar la que había echado con la caja cuando el negro se colgó de la barquilla. Pero eso era imposible en aquellos terrenos áridos, lo que lo tenía muy inquieto. Obligado a alimentar incesantemente el soplete, empezaba a escasear la destinada a beber, y se propuso no desperdiciar ninguna ocasión de renovar su reserva.

Al volver a la barquilla, la encontró casi enteramente ocupada por las piedras del ávido Joe. No dijo, sin embargo, una palabra. Kennedy ocupó también su sitio habitual, y Joe los siguió a ambos, no sin dirigir una mirada codiciosa a los tesoros que quedaban en el barranco.

El doctor encendió el soplete; el serpentín se calentó, la corriente de hidrógeno se estableció a los pocos minutos y el gas se dilató; sin embargo, el globo permaneció inmóvil.

Joe lo veía actuar con inquietud y no decía esta boca es mía.

–Joe –dijo el doctor.

No respondió.

–¿Me oyes, Joe?

Le dio a entender que oía, pero que no quería comprender.

–¿Quieres hacerme el favor –repuso Fergusson– de arrojar algunas piedras?

–Pero, señor, usted me ha permitido…

–Te he permitido reemplazar el lastre, eso es todo.

–Sin embargo…

–¿Acaso pretendes que nos quedemos eternamente en este desierto?

Joe dirigió una mirada de desesperación a Kennedy, pero éste se encogió de hombros, dándole a entender que era preciso resignarse.

–¿Y bien, Joe?

–¿Es que no funciona el soplete? –insistió el muchacho con obstinación.

–Está encendido, ¿no lo ves? Pero el globo no se elevará mientras no lo aligeres un poco.

Joe se rascó una oreja, cogió un pedazo de cuarzo, el menor de cuantos había, lo sopesó una y otra vez y, por fin, lo arrojó con la mayor repugnancia. Pesaría una tres o cuatro libras.

El *Victoria* permaneció inmóvil.

–¿Todavía no subimos?

–Todavía no –respondió el doctor–. Sigue echando lastre.

Kennedy se reía. El joven tiró unas diez libras más, pero el globo seguía sin moverse. Joe se puso pálido.

–Mi querido muchacho –dijo Fergusson–, Dick, tú y yo pesamos, si no me equivoco, unas cuatrocientas libras; es necesario, por consiguiente, que nos desprendamos de un peso igual al nuestro.

–¡Echar cuatrocientas libras! –exclamó Joe, aterrorizado.

–Y algo más, si hemos de subir, ¡ánimo!

El digno muchacho, exhalando profundos suspiros, empezó a echar lastre. De vez en cuando, se detenía.

–¡Subimos! –exclamaba.

–No subimos –le respondía invariablemente el doctor.

–Ya se mueve –decía unos instantes después.

–Sigue echando –repetía Fergusson.

–¡Sube! Estoy seguro de ello.

–Sigue echando –replicaba Kennedy.

Entonces, Joe, cogiendo con desesperación un último pedrusco, lo arrojó fuera de la barquilla. El *Victoria* se elevó unos cien pies y, con ayuda del soplete, no tardó en alejarse de las cumbres de las montañas circundantes.

–Ahora, Joe –dijo el doctor–, si conseguimos conservar esta provisión de lastre hasta la conclusión del viaje, te quedará una buena fortuna y serás rico el resto de tu vida.

Joe no respondió una palabra y se tumbó sobre su lecho mineral.

–Ya ves, mi querido Dick –prosiguió el doctor Fergusson–, el poder que ejerce ese metal en un buen sujeto como Joe. ¡Cuántas pasiones, cuán sórdidas avaricias, qué crímenes tan atroces engendraría el conocimiento de una mina semejante! Resulta realmente triste.

Por la noche, el *Victoria* había avanzado noventa millas al oeste y se encontraba a mil cuatrocientas millas de Zanzíbar en línea recta.

XXIV

El viento cesa. – Las inmediaciones del desierto. – El inventario de la provisión de agua. – Las noches del ecuador. Inquietudes de Samuel Fergusson. – La verdadera situación. Enérgicas respuestas de Kennedy y Joe. – Otra noche

El *Victoria*, sujeto a un árbol solitario y casi seco, pasó una noche tranquila. Los viajeros, abrumados por los tristes recuerdos de los últimos días, pudieron conciliar el sueño que tanto necesitaban.

Al amanecer, el cielo recobró su brillante limpidez y su calor. El globo se elevó por los aires y, tras varias tentativas infructuosas, encontró una corriente que, aunque poco rápida, lo impelió hacia el noroeste.

–No adelantamos nada –dijo el doctor–. Si no me equivoco, dentro de unos diez días habremos realizado la mitad de nuestro viaje; pero, al paso que vamos, necesitaremos meses para llevarlo a cabo. Y, teniendo en cuenta que empieza a escasear el agua, la cuestión resulta bastante preocupante.

–Encontraremos agua –respondió Dick–; es imposible que en un país tan extenso no haya algún río, algún arroyo o algún estanque.

–Eso espero.

–¿No será el cargamento de Joe el que retarda nuestra marcha?

Kennedy, al hablar así, quería ver la cara que ponía el muchacho y divertirse a su costa, como si a él no se le hubiesen ido también los ojos tras el oro, aunque, en su caso, había sabido ocultar a tiempo su codicia.

Joe le dirigió una mirada suplicante. El doctor no estaba de humor para chanzas, pensando únicamente con secreto terror en las inmensas soledades del Sahara, en el que las caravanas pasan semanas enteras sin encontrar un pozo donde apagar la sed devoradora. Examinaba con la mayor atención todas las depresiones de la tierra.

Estas precauciones y los últimos incidentes habían modificado de una manera sensible la disposición de ánimo de los tres viajeros. Hablaban menos y se quedaban más absortos en sus propios pensamientos.

El digno Joe no era el mismo hombre desde que su mirada se había sumergido en un océano de oro. Guardaba silencio y miraba con avidez las piedras amontonadas en la barquilla, que, aunque en aquel momento carecían de valor, lo adquirirían más adelante.

Además, el aspecto de aquella parte de África era inquietante. Empezaba el desierto. No se veía ni una aldea, ni siquiera un grupo insignificante de chozas. La vegetación languidecía.

Apenas se distinguían unas cuantas plantas sin fuerza para crecer, como en los terrenos llenos de brezos de Escocia, algunas arenas blanquecinas y piedras calcinadas, algunos lentiscos y matorrales espinosos. En medio de aquella extensión estéril, el rudimentario armazón del planeta aparecía en forma de agudas y afiladas aristas de roca. Aquellos síntomas de aridez daban mucho que pensar al doctor Fergusson.

No parecía que caravana alguna hubiese cruzado jamás aquella comarca desierta. No se vislumbraba ningún vestigio de campamento, ni blancas osamentas de hombres o animales. ¡Nada! Y todo indicaba que un arenal inmenso sucedería a aquella región desolada.

Sin embargo, no se podía retroceder. Había que seguir adelante, y el doctor no aspiraba a otra cosa. Hubiera deseado una tempestad que lo alejase de aquella región. ¡Y ni una nube en el cielo! Al final de la jornada, el *Victoria* apenas había avanzado treinta millas.

¡Si no hubiese escaseado el agua! ¡Pero no quedaban más que tres galones en total!

Fergusson separó uno destinado a apagar la ardiente sed que un calor de noventa grados Fahrenheit hacía insoportable. Quedaban, pues, dos galones para alimentar el soplete, los cuales no podían producir más que cuatrocientos ochenta pies cúbicos de gas, y como el soplete consumía unos nueve pies cúbicos por hora, sólo había gas suficiente para cincuenta y cuatro horas. El cálculo era rigurosamente matemático.

–¡Cincuenta y cuatro horas! –les dijo a sus compañeros–. Y como estoy totalmente resuelto a no viajar durante la noche para no exponerme a pasar por alto un arroyo, un manantial o un pantano, nos quedan tres días y medio de viaje, durante los cuales es preciso encontrar agua a toda costa. He creído, amigos míos, que es mi deber poner en vuestro conocimiento esta grave situación, pues no reservo más que un solo galón para apagar nuestra sed y forzoso será que nos sometamos a una ración severa.

–Como quieras –respondió el cazador–, pero aún no ha llegado el momento de entregarnos a la desesperación. ¿No has dicho que todavía nos queda agua para tres días?

–Sí, querido Dick.

–Pues bien, como nuestros lamentos serían inútiles, dentro de tres días tomaremos una decisión; entretanto, redoblemos la vigilancia.

En la cena de aquel mismo día se midió estrictamente el agua. Verdad es que se aumentó la cantidad de aguardiente en los grogs, pero había que desconfiar de aquel licor, más propio para aumentar la sed que para apagarla.

La barquilla descansó durante la noche sobre una inmensa meseta que presentaba una depresión considerable. Su altura era apenas de ochocientos pies sobre el nivel del mar. Tal circunstancia hizo concebir alguna esperanza al doctor, recordándole la presunción de los geógrafos acerca de la existencia de una vasta extensión de agua en el centro de África. Pero, aun en el supuesto de que el lago existiese, había que llegar a él, y no se producía modificación alguna en aquel cielo inmóvil.

A la noche, apacible y magníficamente estrellada, la sucedieron los ardientes rayos de sol de un día inmutable. La temperatura fue abrasadora desde que rayó el alba. A las cinco de la mañana, el doctor dio la señal de ponerse en marcha, y durante bastante tiempo el *Victoria* permaneció estancado en una atmósfera de plomo.

El doctor habría podido librarse de aquel calor intenso elevándose a zonas superiores, pero hubiera tenido que consumir una cantidad mayor de agua, lo que entonces era imposible. Se contentó, pues, con mantener el globo a cien pies del suelo; allí, una corriente harto débil lo empujaba lentamente hacia el horizonte occidental.

El almuerzo se compuso de un poco de cecina y de *pemmican*. Hacia mediodía, el *Victoria* apenas había recorrido unas cuantas millas.

–No podemos ir más deprisa –dijo el doctor–. Nosotros no mandamos, obedecemos.

–Querido Samuel –repuso el cazador–, he aquí una ocasión en que un propulsor vendría a pedir de boca.

–Sin duda, Dick; admitiendo, sin embargo, que no requiriese agua para ponerse en movimiento, pues de lo contrario la situación sería exactamente la misma. Además, hasta ahora no se ha inventado nada que sea practicable. Los globos todavía se hallan en el punto en que se hallaban los buques antes de la invención del vapor. Seis mil años se tardó en idear las ruedas y las hélices; tenemos, pues, para rato.

–¡Maldito calor! –exclamó Joe, que sudaba a mares.

–Si tuviésemos agua, este calor nos serviría de algo, porque dilata el hidrógeno del aerostato y se necesita una llama menos viva en el serpentín. Cierto es que, si tuviésemos agua, no tendríamos necesidad de economizarla. ¡Maldito sea el salvaje que nos ha costado la preciosa caja!

–¿Te arrepientes de lo que has hecho, Samuel?

–No, Dick, pues logramos que un pobre desgraciado escapara de una muerte horrible. Pero las cien libras de agua que arrojamos nos serían muy útiles, pues tendríamos doce o trece días de marcha asegurada, suficiente sin duda para atravesar el desierto.

–¿No estamos, por lo menos, a la mitad del viaje? –preguntó Joe.

–En distancia, sí; pero no en duración, si el viento nos abandona. Y el viento tiende a cesar completamente.

–Señor –repuso Joe–, no nos quejemos; hasta ahora nos las hemos arreglado perfectamente, y a mí, por más que me empeñe, me es imposible desesperarme. Encontraremos agua, se lo digo yo.

De milla en milla, el terreno se deprimía, y las ondulaciones de las montañas auríferas morían en la llanura, siendo las últimas prominencias de una naturaleza extenuada. Hierbas dispersas reemplazaban los hermosos árboles del este; algunas fajas de un verdor alterado luchaban contra la invasión de las arenas; y enormes rocas caídas de las lejanas cumbres, haciéndose pedazos al caer, se desparramaban en agudos guijarros, que pronto se convertirían en tosca arena, y más adelante, en impalpable polvo.

–He aquí África tal como tú te la imaginabas, Joe; tenía razón yo cuando te decía: ¡espera!

–¿Y qué, señor? –replicó Joe–. Esto, al menos, es lo natural. ¡Calor y arena! Absurdo sería buscar otra cosa en un país semejante. Yo –añadió, riendo– no confiaba en sus bosques y praderas, que me parecieron siempre un contrasentido. No valía la pena venir de tan lejos para encontrar la campiña de Inglaterra. Ahora es la primera vez que creo estar en África, y no siento conocerla de cerca.

Al anochecer, el doctor comprobó que el *Victoria,* durante aquel día bochornoso, no había recorrido ni veinte millas. Una oscuridad caliente lo envolvió una vez que el sol hubo desaparecido detrás de un horizonte trazado con la limpieza de una línea recta.

El día siguiente, 1 de mayo, era jueves; pero es que los días se sucedían con una monotonía desesperante. Cada mañana era idéntica a la anterior; el mediodía lanzaba siempre idéntica profusión de rayos inagotables, y la noche condensaba en su sombra el calor disperso que el día siguiente debía legar a la siguiente noche. El viento, apenas perceptible, parecía más una aspiración que un soplo, y se podía presentir el instante en que hasta aquel aliento cesaría.

El doctor lograba reaccionar contra la tristeza de aquella situación; conservaba la calma y la sangre fría de un corazón aguerrido. Con un anteojo en la mano, interrogaba todos los puntos del horizonte; veía decrecer imperceptiblemente las últimas colinas y borrarse la última vegetación, mientras que ante él se extendía la inmensidad del desierto.

La responsabilidad que pesaba sobre él le afectaba mucho, aunque sabía disimularlo. Él era quien había arrastrado allí a aquellos dos amigos, Dick y Joe, casi por la fuerza de la amistad o del deber. ¿Había obrado bien? ¿No se había adentrado en territorios prohibidos? ¿No intentaba en aquel viaje traspasar los límites de lo imposible? ¿No habría Dios reservado a siglos muy posteriores el conocimiento de aquel ingrato continente?

Todos estos pensamientos, como sucede en las horas de desaliento, se multiplicaban en su cabeza, y, por una irresistible asociación de ideas, lo llevaban más allá de la lógica y la razón. Después de constatar lo que no debió hacer, se preguntaba lo que debía hacer en aquel momento. ¿Sería imposible volver sobre sus pasos? ¿No había corrientes superiores que lo llevaran hacia comarcas menos áridas? Conocía la zona que habían atravesado, pero no aquella hacia la que se dirigían, por lo que su conciencia le hizo tomar la resolución de abrirse a sus compañeros y exponerles la situación sin tapujos. Les mostró el camino recorrido y el que quedaba aún por recorrer; en rigor, se podía retroceder, o al menos intentarlo, y deseaba conocer su opinión.

–Yo no tengo otra opinión que la de mi señor –respondió Joe–. Lo que él sufra, yo puedo sufrirlo mejor que él. A donde él vaya, yo iré.

–¿Y tú, Kennedy?

–Yo, mi querido Samuel, no soy hombre que se desespere; nadie era más consciente que yo de los peligros de la empresa, pero decidí ignorarlos cuando vi que tú los afrontabas. Así pues, estoy contigo en cuerpo y alma. En la actual situación, soy del parecer de que debemos perseverar, ir hasta el final. Además, no me parece que si retrocediéramos fuesen menores los peligros. Adelante, pues, y cuenta con nosotros.

–¡Gracias, mis dignos amigos! –respondió el doctor, verdaderamente conmovido–. Bien conocía vuestra adhesión, pero necesitaba que vuestras palabras me alentasen. ¡Gracias, gracias!

Y los tres se estrecharon la mano efusivamente.

–Oídme –prosiguió Fergusson–. Según mis cálculos, no nos hallamos a más de trescientas millas del golfo de Guinea. El desierto no puede, pues, extenderse indefinidamente, ya que la costa está habitada y reconocida hasta cierta profundidad tierra adentro. Si es necesario, nos dirigiremos hacia dicha costa, y es imposible que no encontremos algún oasis, algún pozo donde renovar nuestra provisión de agua. Pero lo que nos falta es viento; sin él, nos hallamos retenidos en el aire por una calma chicha.

–Aguardemos con resignación –dijo el cazador.

Sin embargo, todos interrogaron en vano al espacio durante aquel interminable día. Nada apareció que pudiese hacer concebir una esperanza. Los últimos movimientos de la tierra desaparecieron al ponerse el sol, cuyos rayos horizontales se prolongaron en largas líneas de fuego sobre aquella inmensa llanura. Era el desierto.

Los viajeros, pese a haber recorrido una distancia no superior a quince millas, habían consumido, lo mismo que el día anterior, ciento treinta y cinco pies cúbicos de gas para alimentar el soplete, y de ocho pintas de agua tuvieron que sacrificar dos para apagar una sed que los devoraba.

La noche transcurrió tranquila, demasiado tranquila. El doctor no pegó ojo.

XXV

Un poco de filosofía. – Una nube en el horizonte. – En medio de la niebla. – El globo inesperado. – Las señales. Reproducción exacta del Victoria. *– Las palmeras. – Vestigios de una caravana. – El pozo en medio del desierto*

Al día siguiente, la misma pureza del cielo y la misma inmovilidad de la atmósfera. El *Victoria* se elevó a una altura de quinientos pies, pero avanzó muy poco hacia el oeste.

–Nos hallamos en pleno desierto –dijo el doctor–. ¡Qué inmensidad de arena! ¡Qué extraño espectáculo! ¡Qué singular disposición de la naturaleza! ¿Por qué en algunas comarcas hay una vegetación tan exuberante y en éstas una aridez tan desconsoladora, hallándose todas en la misma latitud y bajo los mismos rayos del sol?

–El porqué, querido Samuel, me tiene sin cuidado –respondió Kennedy–; la razón me preocupa menos que el hecho. Es así, y no hay más vueltas que darle.

–Bueno es filosofar un poco, querido Dick; eso no perjudica a nadie.

–Filosofemos; no hay inconveniente. Tiempo tenemos para ello, pues apenas nos movemos. Al viento le da miedo soplar, está dormido.

–No durará la calma –dijo Joe–. Ya me parece distinguir algunos nubarrones al este.

–Joe tiene razón –respondió el doctor.

–¡Estupendo! –exclamó Kennedy–. ¿Y nos corresponderá una nube, con una buena lluvia y un buen viento que nos azoten la cara?

–Ya veremos, Dick, ya veremos.

–Sin embargo, hoy es viernes, señor, y yo desconfío de los viernes.

–Espero que esas desconfianzas tuyas pasen a la historia hoy mismo.

–¡Ojalá, señor! ¡Uf! –añadió, enjugándose la cara–. Bueno será el calor en invierno, pero ahora maldita la falta que hace.

–¿No crees que este sol abrasador puede echar a perder el globo? –le preguntó Kennedy al doctor.

–No, la gutapercha con la que está untado el tafetán resiste temperaturas mucho más elevadas. La temperatura a la que lo he sometido interiormente por medio del serpentín ha sido algunas veces de 158°, y el envoltorio no se ha resentido lo más mínimo.

–¡Una nube! ¡Una nube de verdad! –exclamó en aquel momento Joe, cuya vista desafiaba todos los prismáticos.

En efecto, una faja espesa y ya visible se elevaba lentamente sobre el horizonte. Era una nube algo especial, formada, al parecer, de nubecillas que conservaban su forma primitiva; el doctor dedujo que no había en su aglomeración ninguna corriente de aire.

Aquella masa compacta había aparecido hacia las ocho de la mañana, y a las once alcanzaba el disco del sol, que desapareció por completo detrás de aquella tupida cortina. En ese mismo momento, la parte inferior de la nube abandonaba la línea del horizonte, que brillaba con una luz copiosa.

–No es más que una nube aislada –dijo el doctor–, y no podemos contar mucho con ella.

–Mira, Dick, sigue teniendo exactamente la misma forma que esta mañana.

–En efecto, Samuel, ahí no hay ni lluvia ni viento, al menos para nosotros.

–Eso es lo que me temo, pues se mantiene a una gran altura.

–Samuel, ¿y si, ya que no quiere descargar sobre nosotros, fuésemos a buscar la nube?

–No creo que nos sirva de mucho –respondió el doctor–; será un consumo más considerable de gas y, por consiguiente, de agua. Pero, en nuestra situación, debemos intentarlo todo; vamos a subir.

El doctor activó al máximo la llama del soplete en las espirales del serpentín. Se produjo un calor violento, y el globo se elevó bajo la acción del hidrógeno dilatado.

A unos mil quinientos pies de la tierra encontró la masa opaca de la nube y entró en una espesa niebla, y se mantuvo a esa altura. Sin embargo, no halló un soplo de viento; la niebla parecía incluso desprovista de humedad, y apenas se humedecieron los objetos expuestos a su contacto. El *Victoria*, envuelto en aquel vapor, marchó con algo menos perezoso, pero fue cosa insignificante.

El doctor constataba con tristeza el mediocre resultado obtenido con su maniobra, cuando oyó a Joe exclamar en un tono de enorme sorpresa:

–¡Cielo santo!

–¿Qué sucede, Joe?

–¡Señor Samuel! ¡Señor Kennedy! ¡Qué cosa tan rara!

–¿Qué ocurre? Explícate.

–¡No estamos aquí solos! ¡Intrusos! ¡Nos han robado nuestro invento!

–¿Se ha vuelto loco? –preguntó Kennedy.

Joe era la viva imagen del asombro. No se movía.

–¿Habrá turbado el sol la razón de este pobre muchacho? –dijo el doctor, volviéndose hacia él.

–¿Quieres decirme...? –le preguntó.

–Pero ¿no lo ve, señor? –exclamó Joe, indicando un punto en el espacio.

–¡Por san Patricio! –exclamó Kennedy a su vez–. ¡Esto es increíble! ¡Mira, mira, Samuel!

–Lo veo –respondió tranquilamente el doctor.

–¡Otro globo! ¡Otros viajeros como nosotros!

En efecto, a doscientos pies de distancia, un aerostato flotaba en el aire con su barquilla y sus viajeros, y seguía exactamente el mismo rumbo que el *Victoria*.

–Bien –dijo el doctor–, vamos a hacerle algunas señales. Toma el pabellón, Kennedy, y enseñémosle nuestros colores.

Parece que los viajeros del segundo aerostato habían concebido simultáneamente idéntica idea, pues la misma enseña repetía idénticamente el mismo saludo en una mano que la agitaba de la misma forma.

–¿Qué significa esto? –preguntó el cazador.

–¡Son monos! –exclamó Joe–. ¡Se están burlando de nosotros!

–Esto significa –respondió Fergusson, riendo– que eres tú mismo, querido Dick, quien hace la señal en las dos barquillas; quiere decir que en las dos barquillas estamos nosotros, y que ese globo, en resumidas cuentas, es el *Victoria*.

–Con todo respeto, señor –dijo Joe–, por ahí no paso.

–Ponte junto a la borda, Joe, mueve los brazos de un lado a otro, y verás.

Joe obedeció y vio instantáneamente reproducidos con exactitud sus movimientos.

–Es un efecto de espejismo –explicó el doctor–, un simple fenómeno óptico debido al enrarecimiento desigual de las capas de aire. Ésa es la explicación.

–¡Es maravilloso! –repetía Joe, que no daba crédito a sus ojos y no paraba de hacer contorsiones para convencerse.

–¡Qué curioso espectáculo! –repuso Kennedy–. ¡Da gusto ver nuestro *Victoria*! ¿Sabes que tiene buen porte y que se mantiene majestuosamente?

–Explíquelo como quiera –replicó Joe–, es la cosa más singular del mundo.

Sin embargo, la imagen no tardó en desvanecerse gradualmente: las nubes se elevaron a mayor altura, abandonando al *Victoria,* que no trató de seguirlas; al cabo de una hora, desaparecieron en el cielo.

El viento, apenas perceptible, disminuyo más y más. El doctor, desesperado, hizo bajar el globo hasta muy cerca de tierra.

Los viajeros, a quienes aquel incidente había arrancado de sus preocupaciones, se entregaron de nuevo a sus tristes pensamientos, abrumados por un calor insoportable.

Hacia las cuatro, Joe indicó un objeto que sobresalía en el inmenso arenal, y pronto pudo afirmar que eran dos palmeras que se elevaban a poca distancia.

–¡Palmeras! –exclamó Fergusson–. ¿Hay, pues, una fuente, un pozo?

Tomó los prismáticos y se convenció de que a Joe no lo engañaba la vista.

–¡Por fin, agua! ¡Agua! –repitió–. Estamos salvados, pues, por poco que avancemos, tarde o temprano llegaremos.

–¿No podríamos, entretanto, señor, echar un trago? El aire es sofocante.

–Echémoslo, muchacho.

Nadie se hizo de rogar. En un momento desapareció una pinta entera, y la provisión quedó reducida a tres pintas y media.

–¡No hay nada en el mundo como el agua! –dijo Joe–. ¡Qué cosa tan rica! Me la he bebido más a gusto que la cerveza de Perkins.

–Ahí tienes las ventajas de la privación –respondió el doctor.

–¡Pobres ventajas! –dijo el cazador–. Yo de buena gana renunciaría al placer de beber agua, con tal de que no me faltara nunca cuando la necesito.

A las seis, el *Victoria* planeaba sobre las palmeras.

Eran dos árboles enclenques, enfermizos, casi secos, dos espectros de árboles sin hojas, más muertos que vivos. Fergusson los contempló con espanto.

Junto a un tronco se distinguían las piedras medio pulverizadas de un pozo, que, desmenuzadas por los ardores del sol, se confundían casi con la arena del desierto. No había rastro alguno de humedad. Samuel sintió que se le oprimía el corazón, y se disponía a participar sus recelos a sus compañeros cuando las exclamaciones de éstos llamaron su atención.

Hacia el oeste, hasta donde alcanzaba la vista, se extendía una larga línea de blancas osamentas. Fragmentos de esqueletos rodeaban la fuente, completamente seca. Sin duda, una caravana había llegado hasta allí, marcando su paso con ese largo osario. Los más débiles habían caído uno tras otro en la arena, y los más fuertes, después de llegar a tan deseada fuente, habían encontrado junto a ella una muerte horrible.

Los pasajeros se miraron y se quedaron pálidos.

–¡No bajemos! –dijo Kennedy–. ¡Huyamos de tan horrible espectáculo! No hallaremos una gota de agua.

–Debemos convencernos por nuestros propios ojos, Dick, y lo mismo da pasar aquí la noche que en otra parte. Exploraremos el pozo hasta el fondo; acaso quede aún algo del manantial que hubo en otro tiempo.

El *Victoria* tomó tierra. Joe y Kennedy pusieron en la barquilla un peso de arena equivalente al suyo y bajaron. Corrieron al pozo y penetraron en su interior por una escalera que no era más que polvo. El manantial parecía agotado desde muchos años atrás. Cavaron en una arena seca y suelta, de una aridez incomparable, sin hallar indicio alguno de humedad.

El doctor los vio volver a la superficie del desierto inundados de sudor, agotados, cubiertos de un polvo fino, desalentados, desesperados.

Comprendió lo infructuoso de sus investigaciones. Lo presentía, pero no había dicho una palabra. Comprendía que, a partir de aquel momento, debería tener valor y energía por los tres.

Joe traía en la mano los fragmentos de un odre, que tiró con cólera en medio de los huesos esparcidos por el suelo.

Durante la cena reinó un profundo silencio entre los viajeros, que comían con repugnancia.

Y, sin embargo, no habían sufrido aún los verdaderos tormentos de la sed; sucedía, sin embargo, que lo que estaba por llegar los desesperaba.

XXVI

Ciento trece grados. – Reflexiones del doctor. – Pesquisas desesperadas. – Se apaga el soplete. – Ciento cuarenta grados. – La contemplación del desierto. – Un paseo de noche. – Soledad. – Desfallecimiento. – Proyecto de Joe. Un día de plazo

El espacio recorrido por el *Victoria* en todo el día anterior no pasaba de las diez millas, y había consumido ciento sesenta y dos pies cúbicos de gas.

El sábado por la mañana, el doctor ordenó partir.

–El soplete –dijo– ya no puede funcionar más que seis horas. Si en este tiempo no hemos descubierto un pozo ni un manantial, ¡Dios sabe lo que será de nosotros!

–¡Ni un soplo de aire esta mañana, señor! –dijo Joe–. Aunque tal vez se levante –añadió, viendo la mal disimulada tristeza de Fergusson.

¡Vana esperanza! Reinaba una calma chicha, una de esas calmas que en los mares tropicales encadenan obstinadamente a los buques de vela. El calor se hizo intolerable, y el termómetro marcó ciento trece grados Fahrenheit a la sombra, bajo la tienda.

Joe y Kennedy, tendidos el uno al lado del otro, buscaban en la modorra, ya que no en el sueño, el olvido de la situación. Una inactividad forzada los condenaba a penosos ocios. El hombre es más digno de lástima cuando no puede apartar sus pensamientos por medio de un trabajo o una ocupación material. Los viajeros nada tenían que vigilar; tampoco nada que intentar; debían padecer la situación sin poder mejorarla.

Los tormentos de la sed empezaron a hacerse sentir cruelmente. El aguardiente, lejos de apaciguar aquella necesidad imperiosa, la aumentaba más y más, y se hacía muy acreedor al nombre de «leche de los tigres» que le dan los naturales de África. Quedaban apenas dos pintas de un líquido recalentado, y los tres fijaban sus miradas en aquellas gotas preciosas, sin que nadie se atreviese a mojar con ellas sus labios. ¡Dos pintas de agua en medio de un desierto!

Entonces el doctor Fergusson, abismado en sus reflexiones, se preguntó si había obrado con prudencia, si no hubiera valido más conservar el agua que había descompuesto para mantenerse en la atmósfera. Algún camino había recorrido, sin duda, pero ¿había ganado algo con ello? Aunque se encontrase seiscientas millas más atrás bajo aquella latitud, ¿qué podía importarle, puesto que carecía de agua en aquel sitio? El viento, si por fin se levantara, soplaría tanto allí como aquí, incluso en ese lugar con menos fuerza si viniera del este. Pero la esperanza empujaba a Samuel hacia delante. ¡Y, sin embargo, los dos galones de agua consumidos inútilmente hubieran bastado para hacer en el desierto un alto de nueve días! ¡Y en nueve días podían producirse muchos cambios! Tal vez, al mismo tiempo que conservaba el agua, debió subir echando lastre, aunque luego, para volver a bajar, tuviese que perder gas en abundancia. ¡Pero el gas era la sangre del globo, era su vida!

Estas mil reflexiones se cruzaban en su cabeza, que apoyaba entre las manos durante horas enteras, sin levantarla apenas.

«¡Necesitamos un último esfuerzo! –se dijo hacia las diez de la mañana–. ¡Es preciso intentar por última vez descubrir una corriente atmosférica que nos lleve! ¡Necesitamos arriesgar nuestros últimos recursos!».

Y, mientras sus compañeros dormitaban, llevó a una elevada temperatura el hidrógeno del aerostato, el cual se redondeó con la dilatación del gas, y subió siguiendo en línea recta los rayos perpendiculares del sol. El doctor buscó en vano un soplo de aire desde los cien pies hasta los cinco mil; su punto de partida permaneció tenazmente debajo de la barquilla. Una calma absoluta parecía reinar hasta en los últimos límites de la atmósfera.

Finalmente, el agua se acabó, el soplete se apagó por falta de gas, la pila de Bunsen dejó de funcionar y el *Victoria*, como contrayéndose, bajó de nuevo a la arena para detenerse en el mismo hoyo que había abierto con la barquilla.

Era mediodía. El doctor estimó que se encontraban a 190° 35' de longitud y 60° 51' de latitud, a cerca de quinientas millas del lago Chad y a más de cuatrocientas de las costas occidentales de África. Al tomar tierra el globo, Dick y Joe salieron de su pesada modorra.

–Nos detenemos –dijo el escocés.

–Por fuerza –respondió el doctor en tono grave.

Sus compañeros le comprendieron. El nivel del suelo, a consecuencia de su constante depresión, se hallaba entonces al nivel del mar, por lo que el globo se mantuvo en un equilibrio perfecto y en una absoluta inmovilidad.

El peso de los viajeros fue reemplazado por una carga equivalente de arena, y éstos echaron pie a tierra, se sumieron en sus pensamientos y durante algunas horas no despegaron los labios. Joe preparó la cena, compuesta de galletas y *pemmican*, que apenas probó nadie, y un sorbo de agua caliente completó tan triste cena.

Durante la noche, nadie veló, pero tampoco nadie durmió. El calor era sofocante. Al día siguiente no quedaba más que media pinta de agua; el doctor la puso aparte y todos resolvieron no recurrir a ella sino en último extremo.

–¡Me ahogo! –exclamó Joe al cabo de poco–. ¡El calor va a más! No me extraña –dijo, después de haber consultado el termómetro–. ¡Ciento cuarenta grados!

–La arena –respondió el cazador– abrasa como si saliese de un horno. ¡Y ni una nube en este cielo de fuego! ¡Es para volverse loco!

–No nos desesperemos –dijo el doctor–; a estos grandes calores los suceden inevitablemente, en esta latitud, tempestades que llegan con la rapidez del rayo. A pesar de la angustiosa serenidad del cielo, pueden producirse en él en menos de una hora grandes alteraciones.

–¡Pero algún indicio habría! –repuso Kennedy.

–Pues bien –dijo el doctor–, me parece que el barómetro tiene una ligera tendencia a bajar.

–¡El cielo te oiga, Samuel! Porque estamos clavados al suelo como un pájaro con las alas rotas.

–Pero con una diferencia, querido Dick: nuestras alas están intactas y espero que todavía podamos utilizarlas.

–¡Viento! ¡Viento! –exclamó Joe–. ¡Viento con que trasladarnos a un arroyo, a un pozo, y no nos faltará nada! Tenemos víveres suficientes, y con agua aguardaríamos un mes sin sufrir. ¡Pero la sed es una cosa horrible!

La sed, así como la contemplación incesante del desierto, fatiga la mente. No había ni un accidente del terreno, ni un montículo de arena, ni un guijarro donde descansar la mirada. Aquella llanura descorazonadora causaba esa desazón conocida como «enfermedad del desierto». La impasibilidad de aquel árido azul del cielo y aquel amarillo inmenso de la arena acababan por asustar. En aquella atmósfera incendiada, el calor parecía vibrar, como encima de una fragua incandescente; el corazón se desesperaba ante esa calma inmensa, y no se entreveía ninguna razón para que cesase aquel estado de cosas, pues la inmensidad es una especie de eternidad.

Así es que los pobres viajeros, privados de agua bajo aquella temperatura tórrida, empezaron a experimentar síntomas de alucinación; sus ojos se agrandaban y su mirada se volvía turbia.

Llegada la noche, el doctor resolvió combatir por medio de un paseo rápido aquella disposición alarmante. Quiso recorrer aquella llanura de arena durante algunas horas, no para buscar, sino, simplemente, para andar.

–Seguidme –dijo a sus compañeros–; creedme, el paseo os sentará bien.

–Imposible –respondió Kennedy–. No podría dar un paseo.

–Yo prefiero dormir –dijo Joe.

–Pero, amigos, el sueño o el reposo os serán funestos. Reaccionad contra vuestro abatimiento. Vamos, seguidme.

Nada pudo obtener de ellos el doctor, y partió solo en medio de la estrellada transparencia de la noche. Sus primeros pasos fueron penosos: los pasos de un hombre debilitado y que ha perdido la costumbre de andar. Pero pronto se percató de que aquel ejercicio le resultaría beneficioso. Avanzó unas millas hacia el oeste, y su ánimo cobraba algún aliento cuando, de repente, le acometió una sensación de vértigo; se creyó inclinado sobre un abismo, sintió que se le doblaban las rodillas; aquella inmensa soledad lo aterrorizó; él era el punto matemático, el centro de una circunferencia infinita, es decir, ¡nada! El *Victoria* desaparecía enteramente en la oscuridad. ¡El impasible doctor, audaz viajero, experimentó súbitamente un miedo insuperable! Quiso retroceder, pero fue en vano. Gritó, pero no le contestó ningún eco, y su voz cayó en el espacio como una piedra en un abismo sin fondo. Se tumbó en la arena desfallecido y solo, en medio de los grandes silencios del desierto.

A medianoche volvió en sí entre los brazos de su fiel Joe; éste, inquieto por la prolongada ausencia de su señor, había seguido sus huellas perfectamente impresas en la llanura y lo había encontrado desvanecido.

–¿Qué le ha ocurrido, señor? –preguntó.

–Nada, mi buen Joe; un momento de debilidad, ni más ni menos.

–En efecto, señor, no será nada. Pero, levántese; apóyese en mí y volvamos al *Victoria*.

El doctor, del brazo de Joe, volvió a tomar el camino que había seguido.

–Ha sido una imprudencia, señor, aventurarse como lo ha hecho. Podían haberle robado –añadió, riendo–. Ahora, señor, hablemos en serio.

–Habla. Te escucho.

–Es absolutamente indispensable tomar una decisión. Nuestra situación no puede prolongarse más que unos pocos días, y si no llega viento, estamos perdidos. –El doctor guardó silencio–. Es necesario que alguno de nosotros se sacrifique por la salvación común, y es muy natural que sea yo.

–¿Qué quieres decir? ¿En qué estás pesando?

–En algo muy sencillo: coger provisiones y caminar siempre hacia delante hasta llegar a algún sitio. Durante ese tiempo, si el cielo les envía un viento favorable, no me esperen; partan. Yo, si llego a una aldea, saldré del paso con unas cuantas palabras en árabe que usted me habrá facilitado por escrito y regresaré con ayuda o me dejaré en la empresa el pellejo. ¿Qué le parece mi plan?

–Que es insensato, pero digno de tu gran corazón, Joe. No te separarás de nosotros. Eso es imposible.

–Pero, señor, algo se ha de hacer, y lo que propongo no le perjudica en lo más mínimo, puesto que, como he dicho, no tendrá que esperarme; y, en rigor, ¿no puedo salir bien de mi plan?

–¡No, Joe! ¡No! ¡No nos separaremos! La separación sería un nuevo dolor añadido a los que nos afligen. Estaba escrito que habíamos de pasar lo que estamos pasando. Y, probablemente, también está escrito que nuestra situación mejore más adelante. Aguardemos, pues, con resignación.

–De acuerdo, señor, pero le advierto que le doy un día para pensarlo y no aguardaré más. Hoy es domingo, o, mejor dicho, lunes, pues ya es la una de la madrugada. Si el martes no partimos, probaré fortuna. Mi decisión es irrevocable.

El doctor no respondió; llegó a la barquilla y se acomodó al lado de Kennedy. Éste se hallaba sumido en un silencio absoluto, que no debía de ser efecto del sueño.

XXVII

Calor espantoso. – Alucinaciones. – Las últimas gotas de agua. – Noche de desesperación. – Tentativa de suicidio. El simún. – El oasis. – León y leona

Al día siguiente, lo primero que hizo el doctor fue consultar el barómetro. La columna de mercurio había experimentado un descenso apenas apreciable.

«¡Nada! –dijo para sí–. ¡Nada!».

Salió de la barquilla para examinar el tiempo: el mismo calor, la misma pureza del cielo, la misma impasibilidad.

–¿Es, pues, preciso desesperar? –exclamó.

Joe, absorto en sus pensamientos, en su proyecto de exploración, no despegaba los labios.

Kennedy se levantó muy enfermo y presa de una sobreexcitación alarmante. Lo acosaba la sed de una manera horrible; su lengua y sus labios entumecidos difícilmente podían articular un sonido.

Quedaban aún algunas gotas de agua. Todos lo sabían, pensaban en ellas y se sentían atraídos irremediablemente, pero nadie se atrevía a acercarse.

Aquellos tres compañeros, aquellos tres amigos se miraban con ojos extraviados, con un sentimiento de avidez bestial que se pintaba principalmente en el semblante de Kennedy, cuyo vigoroso organismo sucumbía antes a aquellas intolerables privaciones. Durante todo el día, estuvo delirando; iba y venía lanzando gritos roncos, mordiéndose los puños, dispuesto a abrirse las venas para apagar su sed con su propia sangre.

–¡Ah! –exclamó–. ¡País de la sed! ¡Mejor deberías llamarte país de la desesperación!

Cayó luego profundamente postrado, y no se oyó más que el silbido de su respiración entre sus labios abrasados.

Al anochecer, Joe fue acometido a su vez por un principio de locura. Aquella interminable sábana de arena le parecía un inmenso estanque de limpias y cristalinas aguas, y más de una vez se puso de bruces en la inflamada arena para beber, y se levantó con la boca llena de polvo.

–¡Maldición! –dijo furioso–. ¡Es agua salada!

Entonces, mientras Fergusson y Kennedy permanecían tendidos sin moverse, se apoderó de él el invencible pensamiento de apurar las pocas gotas de agua que había reservadas. Este pensamiento fue más fuerte que él; se dirigió, arrastrándose, a la barquilla, contempló con sedientos ojos la botella donde estaba el agua, la cogió y se la llevó a los labios.

En aquel momento, las palabras «¡A beber! ¡A beber!» fueron pronunciadas con un tono que desgarraba el alma.

Era Kennedy, que se arrastraba junto a él; el desgraciado inspiraba compasión, pedía de rodillas, lloraba.

Joe, llorando también, le ofreció la botella, y Kennedy apuró su contenido hasta la última gota.

–Gracias –dijo.

Pero Joe no le oyó; igual que él, se había desplomado sobre la arena.

No se sabe qué pasó durante aquella espantosa noche. Pero el martes por la mañana, bajo los chorros de fuego que derramaba el sol, los desgraciados sintieron que sus miembros se secaban poco a poco. Cuando Joe quiso levantarse, le resultó imposible, de manera que no pudo poner en práctica su plan.

El muchacho miró a su alrededor. En la barquilla, el doctor, abrumado y con los brazos cruzados, miraba un punto imaginario en el espacio espantoso; negaba con la cabeza de derecha a izquierda como una fiera enjaulada.

De repente, la mirada del cazador se dirigió a su carabina, cuya culata sobresalía del borde de la barquilla.

–¡Ah! –exclamó, levantándose con un esfuerzo sobrehumano.

Y se precipitó hacia el arma, extraviado, loco, y dirigió el cañón hacia su boca.

–¡Señor! ¡Señor! –exclamó Joe, arrojándose sobre él.

–¡Déjame! ¡Quita! –dijo el escocés con voz ronca.

Ambos luchaban con encarnizamiento.

–Apártate o te mato –repitió Kennedy.

Pero Joe se asía a él con fuerza, y de ese modo combatieron durante más de un minuto sin que el doctor pareciese reparar en nada; pero, durante la lucha, la carabina se disparó, y al ruido de la detonación el doctor se levantó como un espectro y miró a su alrededor.

De pronto, su mirada se animó, extendió una mano hacia el horizonte y, con una voz que nada tenía de humano, exclamó:

–¡Allí! ¡Allí! ¡Allí abajo!

Había una energía tal en su gesto que Joe y Kennedy se separaron y miraron.

La llanura se agitaba como un mar encrespado por la tempestad; olas de arena se estrellaban unas contra otras en medio de una intensa polvareda; una enorme columna venía del sudeste arremolinándose con extrema rapidez; el sol desaparecía detrás de una nube opaca cuya sombra desmedida se prolongaba hasta el *Victoria*, los granos de fina arena se deslizaban con la facilidad de las moléculas líquidas, y aquella marea ascendente subía poco a poco.

Una enérgica mirada de esperanza brilló en los ojos de Fergusson.

–¡El simún! –exclamó.

–¡El simún! –repitió Joe, sin comprender muy bien lo que decía el doctor.

–¡Mejor! –exclamó Kennedy con una rabia desesperada–. ¡Mejor! ¡Vamos a morir!

–¡Mejor! –replicó el doctor–. ¡Vamos a vivir!

Y empezó a echar rápidamente la arena que servía de lastre a la barquilla.

Finalmente, sus compañeros le entendieron y se unieron a él.

–¡Y ahora, Joe –dijo el doctor–, echa fuera unas cincuenta libras de tu mineral!

Joe no vaciló, aunque no dejó de experimentar cierta repugnancia. El globo se elevó.

–Ya era hora –exclamó el doctor.

El simún llegaba, en efecto, con la rapidez del rayo. Poco faltó para que el *Victoria* quedara aplastado, despedazado, destrozado. El inmenso torbellino lo alcanzó y lo envolvió en una lluvia de arena.

–¡Más lastre fuera! –gritó el doctor a Joe.

–¡Ya está! –respondió este último, arrojando un enorme fragmento de cuarzo.

El *Victoria* subió rápidamente encima del torbellino; pero, envuelto en el inmenso desplazamiento de aire, se vio arrastrado a una velocidad incalculable sobre aquel mar espumoso.

Samuel, Dick y Joe no hablaban. Miraban y esperaban, refrescados por el viento del torbellino.

A las tres cesaba la tormenta; la arena, al caer de nuevo, formaba una innumerable cantidad de montículos, y el cielo recobraba su tranquilidad inicial.

El *Victoria,* otra vez inmóvil, flotaba a la vista de un oasis, una isla cubierta de árboles verdes que sobresalía de la superficie de aquel océano.

–¡Allí! ¡Allí está el agua! –exclamó el doctor.

De inmediato, abriendo la válvula superior, dejó escapar el hidrógeno y bajó lentamente a doscientos pasos del oasis.

Los viajeros habían recorrido en cuatro horas un espacio de doscientas cuarenta millas.

La barquilla quedó al momento equilibrada, y Kennedy, seguido de Joe, saltó a tierra.

–¡Vuestros fusiles! –exclamó el doctor–. ¡Vuestros fusiles, y sed prudentes!

Dick cogió su carabina, y Joe, una de las escopetas. Avanzaron rápidamente hasta los árboles y penetraron bajo aquella fresca vegetación que les anunciaba manantiales abundantes, sin hacer caso de unas anchas pisadas, de unas huellas recién dejadas en la tierra húmeda.

De repente, a veinte pasos de distancia, sonó un rugido.

–¡El rugido de un león! –dijo Joe.

–¡Mejor! –repitió el cazador, exasperado–. ¡Lucharemos! Uno es fuerte cuando no se trata sólo de luchar.

–¡Prudencia, señor Dick, prudencia! De la vida de uno depende la de todos.

Sin embargo, Kennedy no le escuchaba. Avanzaba con los ojos en llamas y la carabina amartillada, terrible en su audacia. Debajo de una palmera, un enorme león de negra melena permanecía en actitud de ataque. Apenas distinguió al cazador, dio un salto hacia él; pero no había llegado aún a tierra cuando una bala le atravesó el corazón y cayó muerto.

–¡Bravo! ¡Bravo! –exclamó Joe.

Kennedy se precipitó hacia el pozo, se deslizó por los húmedos peldaños y se tumbó boca abajo ante un fresco manantial, donde sumergió los labios ávidamente. Joe lo imitó. Sólo se oían esos lametones que dan los animales para beber.

–¡Cuidado, señor Dick! –dijo Joe, respirando–. ¡No abusemos!

Pero Dick, sin responder, seguía bebiendo. Sumergía la cabeza y las manos en aquella agua bienhechora; se embriagaba.

–¿Y el señor Fergusson? –preguntó Joe.

El nombre del doctor hizo volver en sí a Kennedy, y llenó una botella que llevaba y se dirigió corriendo hacia la escalera del pozo.

Pero cuál no sería su sorpresa cuando se la encontró cerrada por un cuerpo enorme y opaco. Joe, que lo seguía, tuvo que retroceder con él.

–¡Estamos atrapados!

–¿Quién nos puede haber encerrado? ¡Eso es imposible!

Antes de concluir la frase, un rugido terrible le hizo comprender con qué nuevo enemigo tenía que habérselas

–¡Otro león! –exclamó Joe.

–¡No, una leona! ¡Ah! ¡Maldito animal! Espera –dijo el cazador, que volvió a cargar con presteza su carabina.

Un instante después abría fuego, pero el animal había desaparecido.

–¡Adelante! –exclamó Kennedy.

–No, señor Dick, no. La leona está viva; si la hubiese matado, su cuerpo habría rodado hasta aquí. ¡Está al acecho, preparada para saltar sobre el primero que vea aparecer, y ése estará perdido!

–¿Qué hacemos, pues? ¡Hay que salir! ¡Samuel nos está esperando!

–Atraigamos al animal; coja mi escopeta y deme su carabina.

–¿Cuál es tu plan?

–Ahora lo verá.

Joe se quitó la chaqueta que llevaba, la puso en el extremo del arma y se la presentó como cebo a la leona, haciéndola asomar por la abertura. La fiera se arrojó con furor contra aquel objeto, y Kennedy, que la esperaba muy preparado, le metió un balazo en el cuerpo. La leona rodó por la escalera, rugiendo, y derribó a Joe. Éste ya creía sentir en su cuerpo las enormes garras del animal, cuando se oyó un segundo disparo y el doctor Fergusson apareció en la abertura, con una escopeta todavía humeante en la mano.

Joe se levantó con ligereza, saltó por encima de la leona, ya rematada, y le entregó a su señor la botella llena de agua.

Cogerla y vaciarla casi por completo fue para Fergusson una misma cosa, y los tres viajeros, desde el fondo de su corazón, dieron gracias a la Providencia, que tan milagrosamente los había salvado.

XXVIII

Noche deliciosa. – La cocina de Joe. – Disertación sobre la carne cruda. – Historia de James Bruce. – Los sueños de Joe. – El barómetro baja. – El termómetro sube. – Preparativos de marcha. – El huracán

Fue una gran noche. La pasaron bajo la fresca sombra de las mimosas, después de una reconfortante cena en la que no se escatimaron el té y el grog.

Kennedy había recorrido aquel pequeño dominio en todas direcciones, sin dejarse un solo matorral por registrar. Los viajeros eran los únicos seres animados de aquel paraíso terrenal; se echaron sobre sus mantas y pasaron una noche apacible que les hizo olvidar sus pasados dolores.

Al día siguiente, 7 de mayo, el sol brillaba con todo su esplendor; pero sus rayos no podían atravesar la densa cortina de sombra. Como había abundancia de víveres, el doctor resolvió aguardar un viento favorable.

Joe había trasladado allí su cocina portátil y se entregaba a una multitud de combinaciones culinarias, gastando el agua con despreocupada prodigalidad.

–¡Qué extraña sucesión de penas y placeres! –exclamó Kennedy–. ¡Tanta abundancia después de tanta privación! ¡Tanto lujo después de tanta miseria! ¡Cuán cerca estuve de volverme loco!

–Querido Dick –le dijo el doctor–, de no ser por Joe, ahora no estarías en disposición de disertar sobre la inestabilidad de las cosas humanas.

–¡Un gran amigo! –exclamó Dick, tendiéndole la mano a Joe.

–No tiene que agradecerme nada –respondió éste–. Llegado el caso, señor Dick, usted haría conmigo otro tanto, aunque prefiero que no se le presente la ocasión.

–¡Cuán pobre es nuestra naturaleza! –repuso Fergusson–. ¡Dejarse abatir por tan poca cosa!

–¡Por tan poca agua, señor! ¡El agua es un elemento fundamental para la vida!

–Sin duda, Joe. Los que se ven privados de comer resisten mucho más tiempo que los que se ven privados de beber.

–Yo lo creo. Además, en caso necesario, se come lo que se encuentra, aunque sea a un semejante, si bien debe de ser un alimento que deja una profunda huella en el ánimo.

–Es una comida, sin embargo –dijo Kennedy–, a la que los salvajes no hacen ningún asco.

–Sí, pero los salvajes son salvajes y están acostumbrados a comer carne cruda, una costumbre que me repugnaría.

–Tan repugnante es, en efecto –repuso el doctor–, que nadie dio crédito a los relatos de los primeros viajeros de África, los cuales refirieron que muchas tribus se alimentan de carne cruda. La generalidad negó el hecho, lo que dio origen a una singular aventura de James Bruce.

–Cuéntenosla, señor, ya que tenemos tiempo para escucharle –dijo Joe, repantigándose voluptuosamente sobre la fresca hierba.

–Con mucho gusto. James Bruce era un escocés del condado de Stirling que, desde 1768 hasta 1772, recorrió toda Abisinia hasta el lago Tana, en busca de las fuentes del Nilo. Regresó después a Inglaterra, donde no publicó sus viajes hasta 1790. Sus narraciones fueron acogidas con la mayor incredulidad, como sin duda alguna serán acogidas las nuestras. Los hábitos de los abisinios parecían tan diferentes de los usos y costumbres ingleses que nadie quería creerlo. Entre otros pormenores, James Bruce había dicho que los pueblos del África oriental comían carne cruda. Este hecho hizo que todo el mundo se declarase contra el viajero. ¡Podía decir lo que se le ocurriese! ¡Nadie iría a comprobarlo! Bruce era un hombre de mucho valor y con un genio del demonio. Las dudas lo ponían de un humor de perros. Cierto día, en un salón de Edimburgo, un escocés sacó delante de él el tema de las chanzas diarias, y al hablar de la carne cruda declaró que tal cosa no era ni posible ni cierta. Bruce guardó silencio. Salió y volvió a los pocos instantes con un filete crudo, espolvoreado con sal y pimienta, según la costumbre africana. «Caballero –dijo el escocés–, por el mero hecho de dudar de una cosa que yo he asegurado, me ha hecho una gran ofensa. Creyéndola imposible, ha incurrido en un error, y para demostrárselo a los presentes se va a comer inmediatamente este filete crudo o me dará satisfacción por sus injurias». El escocés tuvo miedo y obedeció sin dejar de hacer muecas de repugnancia. Entonces, con la mayor sangre fría, James Bruce añadió: «Aun admitiendo, caballero, que la cosa no sea cierta, en lo sucesivo no sostendrá que es imposible».

–Bien contestado –dijo Joe–. Si el escocés cogió una indigestión, bien merecida la tuvo. Y si al regresar a Inglaterra hay quien ponga nuestro viaje en duda…

–¿Qué harás, Joe?

–¡Haré comer a los incrédulos los restos del *Victoria,* sin sal y sin pimienta!

Kennedy y el doctor se rieron de la ocurrencia. Así pasó el día en agradables conversaciones. Con la fuerza, volvía la esperanza, y con la esperanza, la audacia. El pasado se borraba delante del porvenir con una rapidez providencial.

Joe no hubiera querido salir nunca de aquel sitio encantador; era el reino de sus sueños. Estaba en él como en su casa. Se empeñó en que su señor le diera la situación exacta del oasis, y con mucha gravedad escribió entre sus apuntes de viaje: 150° 43' de longitud y 80° 32' de latitud.

Kennedy no lamentaba más que una cosa: no poder cazar en aquel bosque en miniatura, por no haber, según él decía, abundancia de fieras.

–Sin embargo, querido Dick –repuso el doctor–, eres demasiado olvidadizo. ¿Y el león y la leona?

–¿Y qué? –dijo con el desdén que inspira al verdadero cazador la caza ya muerta–. El hecho es que su presencia en este oasis nos permite suponer que no estamos muy lejos de comarcas más fértiles.

–No es suficiente prueba, Dick. Semejantes animales, acosados por el hambre o la sed, salvan con frecuencia distancias considerables. Así es que durante la noche haremos bien en vigilar con más atención e incluso en encender hogueras.

–¡Hogueras con esta temperatura! –exclamó Joe–. En fin, si es necesario, se hará. Pero, la verdad, me causará verdadero pesar la destrucción de este hermoso bosque que tan útil nos ha sido.

–Procuraremos no incendiarlo –respondió el doctor–, a fin de que otros puedan hallar en él un refugio en medio del desierto.

–Lo procuraremos, señor, pero ¿cree usted que este oasis es conocido?

–Sin duda. Es un lugar de alto para las caravanas que frecuentan el centro de África, y su visita podría no gustarte, Joe.

–¿Es que por aquí también abundan esos horribles nyam-nyam?

–Desde luego. Ése es el nombre general de todas estas poblaciones, y, bajo el mismo clima, las mismas razas deben de tener costumbres análogas.

–¡Qué asco! –dijo Joe–. Pero, si se mira bien, la cosa es muy natural. Si los salvajes tuviesen los mismos gustos que los civilizados, ¿en qué se diferenciarían los unos de los otros? He aquí unos personajes que no se hubieran hecho de rogar para zamparse el filete del escocés y al propio escocés por añadidura.

Después de tan sensata reflexión, Joe fue a encender las hogueras para la noche, procurando escatimar la leña todo lo posible. Afortunadamente, las precauciones fueron inútiles, y uno tras otro cayeron en un sueño tranquilo.

Al día siguiente, el tiempo siguió sin cambiar; seguía siendo obstinadamente bueno. El globo permanecía inmóvil, sin que la más insignificante oscilación revelase el menor soplo de viento.

El doctor empezaba a inquietarse de nuevo. Si el viaje se prolongaba, los víveres serían insuficientes. Después de haber estado próximos a sucumbir por falta de agua, ¿se verían condenados a morir de hambre?

Sin embargo, recuperó el ánimo al ver que el mercurio bajaba muy sensiblemente en el barómetro. Había señales evidentes de una próxima variación atmosférica. Resolvió, por tanto, hacer los preparativos de marcha para aprovechar la primera ocasión. La primera medida fue llenar la caja de víveres y la de agua.

A continuación, Fergusson tuvo que restablecer el equilibrio del aerostato, y Joe se vio obligado a sacrificar una notable parte de su precioso mineral. Con la salud le habían vuelto las ideas de ambición, y puso muy mala cara antes de obedecer a su señor, pero éste le dijo que no podía levantar un peso tan considerable, y le dio a escoger entre el agua y el oro. Joe dejó de vacilar, y echó a la arena un considerable número de sus preciosos pedruscos.

–Para los que vengan detrás de nosotros –dijo–. Quedarán muy asombrados al hallar la fortuna en este sitio.

–¿Y si algún sabio viajero –preguntó Kennedy– encuentra esos ejemplares?

–No dudes, querido Dick, que le sorprenderá mucho y publicará su sorpresa en numerosos volúmenes. Algún día oiremos hablar de un maravilloso yacimiento de cuarzo aurífero en medio de las arenas de África.

–Y la causa de todo será Joe.

La idea de engañar tal vez a algún sabio consoló al joven y lo hizo sonreír.

Durante el resto del día, el doctor aguardó en vano una variación en la atmósfera. La temperatura subió, y habría resultado insoportable sin las sombras del oasis. El termómetro marcó ciento cuarenta y nueve grados Fahrenheit al sol. Una verdadera lluvia de fuego atravesaba el aire. Fue el día de más calor observado hasta entonces.

Joe dispuso las hogueras igual que la noche anterior, y, durante las guardias del doctor y de Kennedy, no se produjo ningún nuevo incidente.

Sin embargo, hacia las tres de la mañana, Joe, que era el encargado de la vigilancia, notó que bajaba la temperatura, que el cielo se cubría de nubes y que la oscuridad aumentaba.

–¡Atención! –exclamó, despertando a sus compañeros–. ¡Atención! ¡Se levanta viento!

–¡Es una tempestad! –dijo el doctor contemplando el cielo–. ¡Al *Victoria*! ¡Al *Victoria*!

Tuvieron que darse prisa. El *Victoria* se inclinaba bajo la fuerza del huracán y arrastraba la barquilla, que iba surcando la arena. Si, por casualidad, hubiera caído una parte del lastre, el globo habría partido y toda esperanza de encontrarlo habría sido vana.

Pero Joe, corriendo más que un galgo, detuvo la barquilla, y el aerostato se dobló sobre la arena con peligro de romperse. El doctor ocupó su sitio, encendió el soplete y arrojó el exceso de peso.

Los viajeros miraron por última vez los árboles del oasis, que se plegaban por efecto de la tempestad; luego, arrastrados por un viento del este a doscientos pies de altura, desaparecieron en la noche.

XXIX

Indicios de vegetación. – Idea fantástica de un autor francés. País magnífico. – El reino de Adamawa. – Las exploraciones de Speke y Burton enlazadas con las de Barth. – Los montes Alantika. – El río Benué. – La ciudad de Yola. – El Bagelé. El monte Mendif

Desde el momento de la partida, los viajeros avanzaron con gran rapidez, como si les faltase tiempo para abandonar aquel desierto que tan funesto había estado a punto de serles.

Hacia las nueve y cuarto de la mañana entrevieron algunos indicios de vegetación: hierbas flotando en aquel mar de arena que les anunciaban, como a Cristóbal Colón, la proximidad de la tierra. Verdes vástagos brotaban tímidamente entre pedruscos que, a su vez, se convertirían en rocas de aquel océano.

Ondeaban en el horizonte colinas aún poco elevadas, cuyo perfil, difuminado por la bruma, se dibujaba vagamente. La monotonía desaparecía.

El doctor saludaba con entusiasmo aquella nueva comarca, y, cual vigía en un buque, estaba a punto de gritar: «¡Tierra, tierra!».

Una hora después, el continente se ofrecía a sus ojos con un aspecto aún salvaje, pero menos llano, menos desnudo y con algunos árboles que se perfilaban en el cielo ceniciento.

–¿Nos hallamos, pues, en tierra civilizada? –preguntó el cazador.

–Según lo que entienda por civilizado, señor Dick; de momento, no veo habitantes.

–Al paso que llevamos –respondió Fergusson–, no tardaremos en verlos.

–¿Nos encontramos aún en tierra de negros, señor Samuel?

–Sí, Joe, mientras no lleguemos al país de los árabes.

–¿Árabes, señor? ¿Verdaderos árabes con sus camellos?

–No, sin camellos. En estas comarcas, los camellos son raros, por no decir desconocidos. Para encontrarlos es preciso subir unos grados al norte.

–¡Qué pena!

–¿Por qué, Joe?

–Porque, si tuviésemos viento contrario, los camellos podrían sernos útiles.

–¿Cómo?

–Es una idea que se me ha ocurrido, señor. Podríamos engancharlos a la barquilla y hacer que la remolcaran. ¿Qué le parece?

–No eres el primero, Joe, a quien se le ha ocurrido tal idea. Ha sido explotada, aunque es verdad que en una novela, por un autor francés muy ingenioso. Unos viajeros montan en un globo tirado por camellos, a quienes devora un león, el cual se coloca en su puesto y arrastra a su vez, y así sucesivamente. Ya ves que todo eso no es más que pura fantasía y nada tiene en común con nuestro género de locomoción.

Joe, algo humillado al pensar que su idea ya había sido utilizada, estuvo devanándose los sesos para averiguar qué animal pudo devorar al león; como no lo encontró, se dedicó a examinar aquel territorio.

Bajo su mirada se extendía un lago de mediana extensión, con un anfiteatro de colinas que aún no tenían derecho a llamarse montañas. Allí serpenteaban valles numerosos y fecundos, e intrincadas selvas con gran variedad de árboles. El palmito dominaba aquella masa, con sus hojas de quince pies de longitud y sus tallos erizados de agudas espinas; el bombax transmitía al viento el fino vello de sus semillas; los intensos perfumes del pendano, ese *kenda* de los árabes, impregnaban el aire hasta la zona que atravesaba el *Victoria*; el papayo de hojas palmeadas, la esterculiácea que produce la nuez de Sudán, el baobab y los bananos completaban aquella lujuriosa flora de las regiones intertropicales.

–El país es soberbio –dijo el doctor.

–Ahí hay animales –respondió Joe–. Los hombres no estarán lejos.

–¡Magníficos elefantes! –exclamó Kennedy–. ¿No habría forma de cazar un poco?

–¿Cómo quieres que nos detengamos, querido Dick, con una corriente tan violenta? Sufre un poco el suplicio de Tántalo. Ya te desquitarás más adelante.

Motivos había, en efecto, para excitar la imaginación de un cazador, así es que el corazón de Dick palpitaba con fuerza y sus dedos se crispaban sobre la culata de su Purdey.

La fauna de aquel país estaba a la altura de su flora. El toro salvaje se revolcaba en una hierba espesa bajo la cual desaparecía enteramente. Elefantes del mayor tamaño, grises, negros o amarillos, pasaban como un tifón tempestuoso por los poblados bosques, rompiendo, golpeando, saqueando, dejando tras de sí una huella de devastación. Por las verdes laderas de las colinas fluían cascadas y arroyos, formando espaciosas charcas donde los hipopótamos se bañaban con mucho estrépito, y manatíes de doce pies de longitud y de cuerpo pisciforme se exhibían en las orillas, dirigiendo al cielo sus redondos pechos henchidos de leche.

Era un extraño zoológico en un maravilloso jardín botánico, donde innumerables pájaros de mil colores brillaban entre las plantas arborescentes.

Por aquella prodigalidad de la naturaleza, el doctor reconoció el soberbio reino de Adamawa.

–Seguimos las huellas de los descubrimientos modernos –dijo–. He recuperado la pista interrumpida de los viajeros, lo que es, amigos míos, una feliz fatalidad. Podremos enlazar los trabajos de los capitanes Burton y Speke con las exploraciones del doctor Barth. Hemos dejado a los viajeros ingleses para encontrar a un hombre de Hamburgo, y no tardaremos en llegar al punto extremo alcanzado por tan atrevido sabio.

–Me parece –dijo Kennedy–, a juzgar por el espacio que hemos recorrido, que entre las dos exploraciones hay una extensión de terreno muy considerable.

–Es fácil calcularlo: coge el mapa y mira cuál es la longitud de la punta meridional del lago Ukereue que Speke alcanzó.

–Se encuentra aproximadamente a treinta y siete grados –dijo Kennedy.

–Y la ciudad de Yola, cuya situación fijaremos esta noche y a la que llegó Barth, ¿a cuántos grados se halla?

–A unos doce grados de longitud.

–Son, pues, veinticinco grados; a sesenta millas cada uno, hacen un total de mil quinientas millas.

–Un agradable paseíto para hacerlo a pie –dijo Joe.

–Sin embargo, se dará ese paseo. Livingstone y Moffat siguen subiendo hacia el interior; el Nyassa, que ellos descubrieron, no está muy lejos del lago Tanganica, reconocido por Burton, y, antes de que concluya el siglo presente, estas comarcas inmensas serán indudablemente exploradas. Pero –añadió el doctor, consultando su brújula– siento que el viento nos empuje tan al oeste; yo hubiera querido remontar hacia el norte.

Después de doce horas de marcha, el *Victoria* se encontró en los confines de la Nigricia. Los primeros habitantes de aquella tierra, árabes chouas, apacentaban sus rebaños nómadas. Las inmensas cumbres de los montes Alantika pasaban por encima del horizonte. Sus montañas, que hasta ahora no ha pisado ningún pie europeo, tienen una altura que se calcula en mil trescientas toesas. Su pendiente occidental determina el curso de todas las aguas de aquella parte de África hacia el océano; son las montañas de la Luna de aquella región.

A la vista de los viajeros apareció, al fin, un verdadero río, y, por los inmensos hormigueros que lo rodeaban, el doctor reconoció el Benué, uno de los grandes afluentes del Níger, llamado por los indígenas la «fuente de las aguas».

–Este río –les dijo el doctor a sus compañeros– se convertirá con el tiempo en la vía natural de comunicación con el interior de la Nigricia. El vapor *Pléyade*, bajo el mando de uno de nuestros valientes capitanes, ya lo ha remontado hasta la ciudad de Yola. De manera que, como veis, nos encontramos en tierras conocidas.

Numerosos esclavos se ocupaban de los trabajos del campo; cultivaban sorgo, una especie de mijo que constituye la base de su alimentación. Las más estúpidas muestras de asombro se sucedían al paso del *Victoria*, que volaba como un meteoro. Al anochecer, el globo se detuvo a cuarenta millas de Yola; ante él, aunque a lo lejos, se alzaban los dos conos puntiagudos del monte Mendif.

El doctor mandó echar las anclas, que quedaron enganchadas en la copa de un árbol elevado. Pero un viento muy recio azotaba al *Victoria* hasta el punto de tumbarlo, y algunas veces la posición de la barquilla resultaba sumamente peligrosa. Fergusson no cerró los ojos en toda la noche, y con frecuencia estuvo a punto de cortar el cable y huir de la tormenta. Por último, la temperatura calmó y las oscilaciones del aerostato ya nada tuvieron de alarmante.

Al día siguiente, el viento fue más moderado, pero alejaba a los viajeros de la ciudad de Yola, la cual, reconstruida por los fuhlahs, excitaba la curiosidad de Fergusson; sin embargo, fue necesario elevarse hacia el norte e incluso un poco hacia el este.

Kennedy propuso hacer un alto en aquel territorio de caza; Joe, por su parte, afirmaba que la necesidad de carne fresca se dejaba sentir; pero las costumbres salvajes de aquel país, la actitud de la población y algunos disparos dirigidos al *Victoria* obligaron al doctor a proseguir el viaje. Atravesaban una comarca, escenario de matanzas y de incendios, en que los combates son incesantes y los sultanes se juegan un reino entre las más atroces carnicerías.

Numerosas y pobladas aldeas se extendían entre inmensos prados, cuya espesa hierba estaba sembrada de violetas; las chozas, semejantes a gigantescas colmenas, se refugiaban detrás de espinosos setos. Kennedy comentó varias veces que las agrestes laderas de las colinas recordaban los *glen* de las altas tierras de Escocia.

Pese a todos sus esfuerzos por seguir otro rumbo, el doctor iba directo al nordeste, hacia el monte Mendif, que desaparecía entre las nubes. Las altas cumbres de aquellas montañas separan la cuenca del Níger de la cuenca del lago Chad.

No tardó en aparecer el Bagelé, con sus dieciocho aldeas a su alrededor, como una multitud de niños en torno a su madre. El espectáculo era magnífico para unas miradas que dominaban y abarcaban todo el conjunto. Las laderas estaban cubiertas de campos de arroz y de cacahuetes.

A las tres, el *Victoria* se hallaba frente al monte Mendif. No se podía evitar, así que era necesario traspasarlo. El doctor, aumentando ciento ochenta grados la temperatura, dio al globo una fuerza ascensional de cerca de mil seiscientas libras; éste se elevó a más de ocho mil pies. Fue la mayor elevación obtenida durante el viaje; la temperatura bajó de tal modo que el doctor y sus compañeros tuvieron que recurrir a las mantas.

Fergusson se dio prisa en bajar, ya que el envoltorio del aerostato amenazaba con romperse. Sin embargo, tuvo suficiente tiempo para comprobar el origen volcánico de la montaña, cuyos cráteres apagados no son más que profundos abismos. Grandes aglomeraciones de excrementos de aves daban a las lomas del Mendif la apariencia de rocas calizas, bastando aquellas aglomeraciones para abonar las tierras de todo el Reino Unido.

A las cinco, el *Victoria*, a resguardo de los vientos del sur, seguía con lentitud las pendientes de la montaña y se detenía en un inmenso raso separado de todo lugar habitado. Apenas llegó a tierra, se tomaron las debidas precauciones para sujetarlo, y Kennedy, escopeta en mano, se dirigió hacia la llanura inclinada. No tardó en volver con media docena de ánades y una especie de ave parecida a la agachadiza que Joe condimentó lo mejor que pudo. La cena fue agradable y la noche transcurrió en una gran calma.

XXX

Mosfeya. – El jeque. – Denham, Clapperton y Oudney. Vogel. – La capital de Loggum. – Toole. – Calma sobre Karnak. – El gobernador y su corte. – El ataque. – Las palomas incendiarias

Al día siguiente, 11 de mayo, el *Victoria* reemprendió su azaroso viaje. Los viajeros tenían puesta en él la misma confianza que un marino en su buque.

Huracanes terribles, calores tropicales, ascensiones peligrosas y descensos más peligrosos aún, todo lo había resistido. Se podría decir que Fergusson lo guiaba con un gesto; de modo que, pese a no conocer el punto definitivo de su llegada, el doctor no dudaba del buen éxito de su viaje. Pero, en aquel país de bárbaros y fanáticos, la prudencia lo obligaba a tomar las más severas precauciones, por lo que recomendó a sus compañeros que estuviesen siempre ojo avizor, vigilándolo todo a todas horas.

El viento conducía un poco más hacia el norte, y alrededor de las nueve entrevieron la gran ciudad de Mosfeya, edificada en una elevación de terreno encajonada entre dos altas montañas. Inexpugnable por su posición, no se podía penetrar en ella sino por un camino angosto entre un pantano y un bosque.

En aquel momento, un jeque acompañado de una escolta a caballo, vestido con ropajes de vivos colores, y precedido de trompeteros y batidores que separaban las armas del camino, entraba orgullosamente en la ciudad.

El doctor descendió para contemplar más de cerca a aquellos indígenas, pero, a medida que el globo aumentaba de tamaño a sus ojos, se fueron multiplicando sus ademanes de profundo terror, y no tardaron en desfilar con toda la velocidad que les permitían sus piernas o las patas de sus caballos.

El jeque fue el único que permaneció inmóvil. Cogió su largo mosquete, lo amartilló y aguardó resueltamente. El doctor se acercó a él a menos de quince pies y, con toda la fuerza de sus pulmones, lo saludó en árabe. Al oír aquellas palabras bajadas del cielo, el jeque se apeó y se prosternó sobre el polvo del camino; el doctor no pudo distraerlo de su adoración.

–Es imposible –dijo– que esas gentes no nos tomen por seres sobrenaturales, puesto que cuando vieron a los primeros europeos creyeron que pertenecían a una raza sobrehumana. Y cuando este jeque hable de su encuentro con nosotros, no dejará de exagerar el hecho con todos los recursos de una imaginación árabe. Juzgad, pues, lo que las leyendas dirán algún día acerca de nosotros.

–Bajo el punto de vista de la civilización –respondió el cazador–, sería preferible pasar por simples mortales; eso daría a estos negros una idea muy distinta del verdadero poder europeo.

–Estamos de acuerdo, querido Dick; pero ¿qué podemos hacer? Por más que les explicases a todos los sabios del país el mecanismo de un aerostato, se quedarían en ayunas y continuarían atribuyéndolo a una intervención sobrenatural.

–Señor –preguntó Joe–, ha hablado de los primeros europeos que exploraron este territorio, ¿puede decirnos quiénes fueron?

–Querido muchacho, nos hallamos precisamente en la ruta del mayor Denham, que fue recibido en Mosfeya por el sultán de Mandara. Había salido de Bornu, acompañaba al jeque a una expedición contra los fellatahs y asistió al ataque de la ciudad, que con sus flechas resistió denodadamente a las balas árabes y obligó a huir a las tropas del jeque. No era más que un pretexto para cometer asesinatos, robos y razias. Despojaron al mayor de sus pertenencias y lo dejaron desnudo, y de no ser por un caballo bajo el vientre del cual se escondió y que le permitió huir a toda prisa gracias a su desenfrenado galope, jamás hubiera regresado a Kuka, la capital de Bornu.

–Pero ¿quién era ese mayor Denham?

–Un intrépido inglés que, desde 1822 hasta 1824, estuvo al mando de una expedición en Bornu, en compañía del capitán Clapperton y del doctor Oudney. Partieron de Trípoli en marzo, llegaron a Murzuk, la capital del Fezán, y, siguiendo el camino que más adelante tomaría el doctor Barth para regresar a Europa, llegaron a Kuka, cerca del lago Chad, el 16 de febrero de 1823. Denham llevó a cabo varias exploraciones en Bornu, en el Mandara y en las orillas orientales del lago; durante ese tiempo, el 15 de diciembre de 1823 el capitán Clapperton y el doctor Oudney penetraron en Sudán hasta Sackatu; Oudney murió de fatiga y agotamiento en la ciudad de Murmur.

–Según veo –dijo Kennedy–, esta parte de África también ha pagado a la ciencia su correspondiente tributo de víctimas.

–Sí, esta comarca es terrible. Marchamos directamente hacia el reino de Baguirmi, que Vogel atravesó en 1856 para penetrar en Wadai, donde desapareció. Era un joven de veintitrés años, que había sido enviado para cooperar en los trabajos del doctor Barth; se encontraron los dos el 1 de diciembre de 1854; luego Vogel empezó las exploraciones del país y, hacia 1856, anunció en sus últimas cartas su intención de reconocer el reino de Wadai, en el cual no había entrado aún ningún europeo; parece que llegó hasta Wara, la capital, donde, según unos, cayó prisionero, y, según otros, fue condenado a muerte y ejecutado por haber intentado subir a una montaña sagrada de las inmediaciones. Pero no se debe admitir con ligereza la noticia de la muerte de los viajeros, ya que ello dispensa de buscarlos. ¡Cuántas veces ha circulado oficialmente la noticia del fallecimiento del doctor Barth, cosa que a menudo le ha causado una legítima irritación! Es muy posible, pues, que Vogel se encuentre retenido por el sultán de Wadai, quien tal vez exija un rescate. El barón de Nelmans se puso en marcha hacia Wadai, pero murió en El Cairo en 1855. Ahora sabemos que Von Heuglin, con la expedición enviada de Leipzig, sigue el rastro de Vogel, y es de esperar que pronto conozcamos de una manera positiva el paradero de este joven e interesante viajero.

Mosfeya había desaparecido del horizonte hacía tiempo. El Mandara desplegaba bajo las miradas de los aeronautas su asombrosa fertilidad, con sus bosques de acacias, sus árboles de rojas flores y las plantas herbáceas de sus campos de algodón y de índigo. El Chari, que desagua en el Chad, ochenta millas más allá, corría impetuosamente.

El doctor mostró a sus compañeros el curso del río en los mapas de Barth.

–Ya veis –dijo– que los trabajos de este sabio son de suma precisión. Nosotros marchamos en línea recta hacia el distrito de Loggum, tal vez hacia su capital, Kamak, que es donde murió el pobre Toole, joven inglés de veintidós años. Era abanderado en el 800.° regimiento y hacía algunas semanas que se había unido al mayor Denham en África, donde no tardó en hallar la muerte. ¡Bien puede llamarse a esta inmensa comarca el cementerio de los europeos!

Algunas canoas de cincuenta pies de longitud descendían el curso del Chari. El *Victoria*, a mil pies de tierra, llamaba poco la atención de los indígenas; pero el viento, que hasta entonces había soplado con bastante fuerza, tendía a disminuir.

–¿Vamos a sufrir una nueva calma chicha? –preguntó el doctor.

–¿Qué nos importa, señor? Ahora no hemos de temer ni la falta de agua ni el desierto.

–No, pero hemos de temer a las tribus, que son aún peores.

–He aquí –dijo Joe– algo que parece una ciudad.

–Es Kamak, a donde nos llevan las últimas bocanadas de viento. Si nos conviene, podremos sacar un plano con toda exactitud.

–¿No nos acercaremos? –preguntó Kennedy.

–Nada más fácil, Dick. Estamos justo encima de la ciudad. Permíteme cerrar un poco la espita del soplete y no tardaremos en bajar.

Media hora después, el *Victoria* se mantenía inmóvil a doscientos pies de tierra.

–Más cerca estamos de Kamak –dijo el doctor– que lo estaría de Londres un hombre encaramado en la esfera que corona la cúpula de San Pablo. Podemos examinar la ciudad a gusto.

–¿Qué ruido de mazos es ese que se oye por todas partes?

Joe miró con atención y vio que el ruido provenía de un considerable número de tejedores, que golpeaban al aire libre sus telas extendidas sobre gruesos troncos de árbol.

La capital de Loggum se dejaba abarcar toda entera por las miradas de los viajeros, como si fuese un plano. Era una verdadera ciudad, con casas alineadas y calles bastante anchas. En medio de una gran plaza había un mercado de esclavos que atraía a muchos compradores, pues los mandarenses, de manos y pies pequeñísimos, están muy solicitados y se colocan ventajosamente.

Cuando vieron el *Victoria*, se produjo el efecto de costumbre. Primeros gritos y después un profundo asombro. Se abandonaron los negocios, se suspendieron los trabajos, cesaron todos los ruidos. Los viajeros permanecían inmóviles y no se perdían ni un detalle de la populosa ciudad. Descendieron hasta sesenta pies del suelo.

Entonces el gobernador de Loggum salió de su morada, desplegando su estandarte verde y acompañado de músicos, que soplaban en roncos cuernos de búfalo con fuerza suficiente para destrozar los tímpanos. La muchedumbre se agolpó a su alrededor y el doctor Fergusson quiso hacerse comprender, pero no lo consiguió.

Aquellos indígenas de frente alta, cabellos ensortijados y nariz casi aguileña parecían altivos e inteligentes, pero la presencia del *Victoria* les turbaba de manera singular. Se veían jinetes corriendo en distintas direcciones, y pronto fue evidente que las tropas del gobernador se reunían para combatir a tan extraordinario enemigo. En vano desplegó Joe, para calmar la efervescencia, pañuelos de todos los colores. No obtuvo resultado alguno.

El jeque, sin embargo, rodeado de su corte, reclamó silencio y pronunció un discurso del cual el doctor no pudo entender una palabra; era árabe mezclado con baguirmi. El doctor reconoció, por la lengua universal de los gestos, que se le invitaba a marcharse cuanto antes, cosa que no podía hacer, pese a sus deseos, por falta de viento. Su inmovilidad exasperó al gobernador, cuyos cortesanos comenzaron a aullar para obligar al monstruo a alejarse de allí.

Aquellos cortesanos eran personajes muy singulares. Llevaban la friolera de cinco o seis camisas de diferentes colores y tenían vientres enormes, algunos de los cuales parecían postizos. El doctor asombró a sus compañeros al decir que aquélla era su manera de halagar al sultán. La redondez del abdomen indicaba la ambición de la persona. Aquellos hombres gordos gesticulaban y gritaban, principalmente uno de ellos, que forzosamente había de ser primer ministro, si la obesidad encontraba su recompensa en la Tierra. La muchedumbre unía sus aullidos a los gritos de los cortesanos, repitiendo como monos sus gesticulaciones, lo que producía un movimiento único e instantáneo de diez mil brazos.

A estos medios de intimidación, que se juzgaron insuficientes, se añadieron otros más temibles. Soldados armados de arcos y flechas formaron en orden de batalla, pero el *Victoria* ya se hinchaba y se ponía tranquilamente fuera de su alcance. El gobernador, cogiendo entonces un mosquete, apuntó hacia el globo. Pero Kennedy lo vigilaba y con una bala de su carabina rompió el arma en la mano del jeque.

A este golpe inesperado sucedió una desbandada general. Todos se metieron precipitadamente en sus casas y durante el resto del día la ciudad quedó desierta.

Vino la noche. No soplaba nada de viento. Los viajeros tuvieron que permanecer inmóviles a trescientos pies de tierra. Ni una luz brillaba en la oscuridad, y reinaba un silencio sepulcral. El doctor redobló su prudencia, porque aquella calma podía ser muy bien una estratagema.

Y razón tuvo Fergusson en vigilar. Hacia medianoche, toda la ciudad pareció arder. Centenares de líneas de fuego se cruzaban como cohetes, formando una red de llamas.

–¡Qué curioso! –exclamó el doctor.

–Lo más curioso es –replicó Kennedy– que las llamas suben y se acercan a nosotros.

En efecto, acompañada de un griterío espantoso y descargas de mosquetes, aquella masa de fuego subía hacia el *Victoria*. Joe se preparó para arrojar lastres. Fergusson encontró muy pronto la explicación del fenómeno.

Habían lanzado contra el *Victoria* miles de palomas con la cola provista de materias inflamables. Asustadas, las pobres aves subían, trazando en la atmósfera zigzags de fuego. Kennedy descargó contra ellas todas sus armas, pero nada podían contra un ejército tan numeroso. Las palomas ya revoloteaban alrededor de la barquilla y del globo, cuyas paredes, reflejando su luz, parecían envueltas en una red de llamas.

El doctor no vaciló y, arrojando un fragmento de cuarzo, se puso fuera del alcance de tan peligrosas aves. Por espacio de dos horas se las vio desde la barquilla, corriendo azoradas en distintas direcciones, pero poco a poco fue disminuyendo su número y, por último, desaparecieron entre las sombras de la noche.

–Ahora podemos dormir tranquilos –declaró el doctor.

–¡Para ser obra de salvajes –exclamó Joe–, el ardid no es poco ingenioso!

–Sí, suelen utilizar palomas incendiarias para prender fuego a las chozas de las aldeas; pero nuestra aldea vuela más alto que sus palomas.

–Está visto que un globo no tiene enemigos que temer –dijo Kennedy.

–Sí los tiene –replicó el doctor.

–¿Cuáles?

–Los imprudentes que lleva en su barquilla. Así que, amigos míos, vigilancia y más vigilancia, siempre y por doquier.

XXXI

Partida durante la noche. – Los tres. – Los instintos de Kennedy. Precauciones. – El curso del Chari. – El lago Chad. – El agua del lago. – El hipopótamo. – Una bala perdida

Hacia las tres de la mañana, Joe, que estaba de guardia, vio que el globo se alejaba de la ciudad. El *Victoria* volvía a emprender su marcha. Kennedy y el doctor se despertaron.

Este último consultó la brújula y reconoció con satisfacción que el viento los llevaba hacia el norte-nordeste.

–Estamos de suerte –dijo–, todo nos sale a pedir de boca; hoy mismo descubriremos el lago Chad.

–¿Es una gran extensión de agua? –preguntó con interés el señor Kennedy.

–Considerable, querido Dick; en algunos puntos, puede llegar a medir ciento veinte millas tanto de largo como de ancho.

–Pasear sobre una alfombra líquida dará un poco de variedad a nuestro viaje.

–Me parece que no tenemos motivo de queja. Nuestro viaje es muy variado y, sobre todo, lo hacemos en las mejores condiciones posibles.

–Sin duda, Samuel; si exceptuamos las privaciones del desierto, no hemos corrido ningún peligro grave.

–Cierto es que nuestro valiente *Victoria* se ha portado siempre a las mil maravillas. Partimos el 18 de abril y hoy estamos a 12 de mayo. Son veinticinco días de marcha. Diez días más y habremos llegado.

–¿Adónde?

–No lo sé, pero ¿qué nos importa?

–Tienes razón, Samuel. Confiemos a la Providencia la tarea de dirigirnos y de mantenernos sanos y salvos. Nadie diría que hemos atravesado los países más pestilentes del mundo.

–Porque nos hemos podido elevar y nos hemos elevado.

–¡Vivan los viajes aéreos! –exclamó Joe–. Después de veinticinco días, nos hallamos rebosantes de salud, bien alimentados y bien descansados; demasiado tal vez, porque mis piernas empiezan a entumecerse y no me vendría mal hacer a pie unas treinta millas para estirarlas un poco.

–Te darás ese gustazo en las calles de Londres, Joe. Ahora diré, para concluir, que al partir éramos tres, como Denham, Clapperton y Overweg, y como Barth, Richardson y Vogel, y que, más dichosos que nuestros predecesores, seguimos siendo tres. Sin embargo, es importantísimo que no nos separemos. Si, cuando alguno de nosotros se halla en tierra, el *Victoria* tuviese que elevarse de pronto para evitar un peligro súbito e imprevisto, ¿quién sabe si lo volveríamos a ver? Esto lo digo por Kennedy, pues no me gusta que se aleje con el pretexto de cazar.

–Me permitirás, sin embargo, querido Samuel, que siga con mi capricho; no hay ningún mal en renovar nuestras provisiones. Además, antes de partir me hiciste entrever una serie de soberbias cacerías, y hasta ahora he avanzado muy poco por la senda de los Anderson y de los Cumming.

–O tienes muy poca memoria, querido Dick, o la modestia te obliga a olvidar tus proezas. Me parece que, sin contar la caza menor, pesan ya sobre tu conciencia un antílope, un elefante y dos leones.

–¿Y qué es eso para un cazador africano que ve pasar por delante de su fusil todos los animales de la creación? ¡Mira, mira qué manada de jirafas!

–¡Jirafas! –exclamó Joe–. ¡Si son del tamaño del puño!

–Porque estamos a mil pies de altura. De cerca verías que son tres veces más altas que tú.

–¿Y qué me dices de esa manada de gacelas? –repuso Kennedy–. ¿Y de esos avestruces que huyen con la rapidez del viento?

–¡Avestruces! –exclamó Joe–. Son gallinas, y aún me parece exagerar bastante.

–Veamos, Samuel, ¿no podríamos acercarnos?

–Sí podemos, Dick, pero no tomar tierra. ¿Y qué sentido tiene herir a unos animales que no hemos de poder atrapar? Si se tratara de matar a un león, un tigre o una hiena, lo comprendería; siempre sería una bestia peligrosa menos. Pero matar a un antílope o una gacela, sin más provecho que la vana satisfacción de tus instintos de cazador, no merece la pena. Así pues, amigo mío, nos mantendremos a cien pies del suelo, y si distingues alguna fiera obtendrás nuestros aplausos hiriéndola de un balazo en el corazón.

El *Victoria* bajó poco a poco, pero se mantuvo a una altura tranquilizadora. En aquella comarca salvaje y muy poblada era menester estar siempre en guardia contra peligros inesperados.

Los viajeros seguían directamente el curso del Chari, cuyas encantadoras márgenes desaparecían bajo las sombrías arboledas de variados matices. Lianas y plantas trepadoras serpenteaban en todas direcciones y formaban curiosos entrelazamientos. Los cocodrilos retozaban al sol o se zambullían en el agua ligeros como lagartos, y se acercaban, como jugando, a las numerosas islas verdes que rompían la corriente del río.

Así pasaron sobre el distrito de Maffatay, con el cual tan pródiga y espléndida ha sido la naturaleza. Hacia las nueve de la mañana, el doctor Fergusson y sus amigos alcanzaron la orilla meridional del lago Chad.

Allí estaba aquel mar Caspio de África, cuya existencia se relegó por espacio de mucho tiempo a la categoría de las fábulas, aquel mar interior al que no habían llegado más expediciones que la de Denham y la de Barth.

El doctor intentó fijar la configuración actual, muy diferente de la que presentaba en 1847. En efecto, no es posible trazar de una manera definitiva el mapa de ese lago rodeado de pantanos fangosos y casi infranqueables donde Barth creyó perecer. De un año a otro, aquellas ciénagas, cubiertas de espadañas y de papiros de quince pies de altura, desaparecen bajo las aguas del lago. Con frecuencia, las poblaciones ribereñas también quedan semisumergidas, como le sucedió a Ngornu en 1856; en la actualidad, los hipopótamos y los caimanes se zambullen donde antes se alzaban las casas.

El sol derramaba sus deslumbrantes rayos sobre aquellas aguas tranquilas, y al norte los dos elementos se confundían en un mismo horizonte.

El doctor quiso comprobar la naturaleza del agua, que por espacio de mucho tiempo se creyó salada. No había ningún peligro en acercarse a la superficie del lago, y la barquilla descendió hasta rozar el agua como una golondrina.

Joe metió una botella y la sacó medio llena. El agua tenía cierto gusto de natrón que la hacía poco potable.

En tanto que el doctor anotaba el resultado de su observación, a su lado sonó un disparo. Kennedy no había podido resistir el deseo de enviarle una bala a un gigantesco hipopótamo. Éste, que respiraba tranquilamente, desapareció al oírse el estampido, sin que la bala cónica hiciese en él ninguna mella.

–Mejor hubiera sido clavarle un arpón –dijo Joe.

–¿Y dónde está el arpón?

–¿Qué mejor arpón que cualquiera de nuestras anclas? Para un animal semejante, un ancla es el anzuelo apropiado.

–¡Caramba! Joe ha tenido una idea... –dijo Kennedy.

–A la cual os suplico que renunciéis –replicó el doctor–. El animal nos arrastraría muy pronto a donde nada tenemos que hacer.

–Sobre todo, ahora que conocemos la calidad del agua del Chad. ¿Y es comestible ese pez, señor Fergusson?

–Tu pez, Joe, es un mamífero del género de los paquidermos, y su carne, según dicen, excelente, es objeto de un comercio muy grande entre las tribus ribereñas del lago.

–Siento, pues, que el disparo del señor Dick no haya tenido mejor éxito.

–El hipopótamo sólo es vulnerable en el vientre y entre los muslos. La bala de Dick no le ha causado la menor impresión. Si el terreno me parece propicio, nos detendremos en el extremo septentrional del lago; allí, Kennedy podrá hacer de las suyas y desquitarse.

–¡De acuerdo! –dijo Joe–. Que el señor Dick cace algún hipopótamo; me gustaría probar la carne de ese anfibio. No me parece natural penetrar hasta el centro de África para vivir de agachadizas y perdices como en Inglaterra.

XXXII

La capital de Bornu. – Las islas de los biddiomahs. – Los quebrantahuesos. – Las inquietudes del doctor. – Sus precauciones. – Un ataque en el aire. – La envoltura destrozada. – La caída. – Sacrificio sublime. – La costa septentrional del lago

Desde su llegada al lago Chad, el *Victoria* había encontrado una corriente, que se inclinaba más al oeste. Algunas nubes moderaban el calor del día; además, circulaba un poco de aire en aquella inmensa extensión de agua. Sin embargo, hacia la una, el globo, tras cruzar en diagonal aquella parte del lago, se internó en las tierras por espacio de siete u ocho millas.

El doctor, al principio algo contrariado por esta dirección, ya no pensó en quejarse de ella cuando distinguió la ciudad de Kuka, la célebre capital de Bornu, rodeada de murallas de arcilla blanca; unas mezquitas bastante toscas se alzaban pesadamente por encima de esa especie de tablero de damas que forman las casas árabes. En los patios de las casas y en las plazas públicas crecían palmeras y árboles de caucho, coronados por una cúpula de follaje de más de cien pies de ancho. Joe comentó que el tamaño de aquellos parasoles guardaba proporción con la intensidad de los rayos de sol, lo que le permitió sacar conclusiones muy halagüeñas para la Providencia.

Kuka está formada por dos ciudades distintas, separadas por el *dendal*, un paseo de trescientas toesas de ancho, a la sazón atestado de transeúntes a pie y a caballo. A un lado se encuentra la ciudad rica, con sus casas altas y aireadas, y al otro, la ciudad pobre, triste aglomeración de chozas bajas y cónicas, donde pulula una población indigente, porque Kuka carece de comercio e industria.

Kennedy encontró en aquellas dos ciudades, perfectamente diferenciadas, cierta semejanza con un Edimburgo que se extendiera en un llano.

Pero los viajeros no pudieron dedicar a Kuka más que una mirada muy rápida, porque, con la inestabilidad característica de las corrientes de aquella comarca, un viento contrario sobrevino de pronto y los arrastró por espacio de unas cuarenta millas sobre el Chad.

Entonces se les presentó un nuevo panorama. Podían contar las numerosas islas del lago, habitadas por los biddiomahs, sanguinarios piratas no menos temidos que los tuaregs del Sahara. Aquellos salvajes se disponían a recibir valerosamente al *Victoria* con flechas y piedras, pero el globo pronto dejó atrás las islas, sobre las que parecía aletear como un escarabajo gigantesco.

En aquel momento, Joe miraba el horizonte, y volviéndose hacia Kennedy le dijo:

–Señor Dick, usted que siempre está pensando en cazar, aquí tiene una buena oportunidad.

–¿Por qué, Joe?

–Y ahora mi señor no se opondrá a sus disparos.

–Explícate.

–¿No ve qué bandada de pajarracos se dirige hacia nosotros?

–¡Pajarracos! –exclamó el doctor, cogiendo el anteojo.

–Sí, los veo –replicó Kennedy–. Por lo menos, hay una docena.

–Si no le importa que se lo diga, hay catorce –respondió Joe.

–¡Quiera el cielo que sean de una especie bastante dañina para que el buen Samuel no tenga nada que objetar!

–Lo que yo digo es –respondió Fergusson– que preferiría que esos pajarracos estuvieran muy lejos de nosotros.

–¿Les tiene miedo? –dijo Joe.

–Son quebrantahuesos de gran tamaño, Joe, y si nos atacan…

–¿Y qué? Si nos atacan, nos defenderemos, Samuel. Tenemos todo un arsenal. No me parece que esos animales sean muy temibles.

–¿Quién sabe? –respondió el doctor.

Diez minutos después, la bandada se había puesto a tiro. Los catorce pájaros lanzaban roncos graznidos y avanzaban hacia el *Victoria* más irritados por su presencia que asustados.

–¡Cómo gritan! –dijo Joe–. ¡Qué escándalo! Al parecer, no les hace gracia que alguien invada sus dominios y se ponga a volar como ellos.

–La verdad es –dijo el cazador– que su aspecto es imponente, y me parecerían bastante temibles si fuesen armados con una carabina Purdey Moore.

–No la necesitan –respondió Fergusson, cuyo semblante empezaba a nublarse.

Los quebrantahuesos volaban trazando inmensos círculos, que se estrechaban alrededor del *Victoria.* Cruzaban el cielo con fantástica rapidez, precipitándose algunas veces con la velocidad de un proyectil y rompiendo su línea mediante un brusco y audaz giro.

El doctor, inquieto, resolvió elevarse en la atmósfera para escapar de aquel peligroso vecindario y dilató el hidrógeno del globo, el cual subió al momento.

Pero los quebrantahuesos subieron con él, poco dispuestos a abandonarlo.

–Tienen trazas de querer armar camorra –dijo el cazador, amartillando su carabina.

En efecto, los pájaros se acercaban, y algunos de ellos parecían desafiar las armas de Kennedy.

–¡Qué ganas tengo de abrir fuego! –dijo éste.

–¡No, Dick, no! ¡No los provoquemos! ¡Nos atacarían!

–¡Buena cuenta daría yo de ellos!

–Te equivocas, Dick.

–Tenemos una bala para cada uno.

–Y si se colocan encima del globo, ¿cómo les dispararás? Imagínate que te encuentras en tierra frente a una manada de leones, o rodeado de tiburones en pleno océano. Pues bien, para un aeronauta, la situación no es menos peligrosa.

–¿Hablas en serio, Samuel?

–Muy en serio, Dick.

–Entonces, esperemos.

–Aguarda… Estate preparado por si nos atacan, pero no abras fuego hasta que yo te lo diga.

Los pájaros se agruparon a poca distancia, de suerte que se distinguía perfectamente su cuello pelado, que estiraban para gritar, y su cresta cartilaginosa, salpicada de papilas violáceas, que se erguía con furor. Su cuerpo tenía más de tres pies de longitud, y la parte inferior de sus blancas alas resplandecía al sol. Cualquiera hubiera podido decir que eran tiburones alados, con los cuales presentaban un fantástico parecido.

–¡Nos siguen! –dijo el doctor, viéndolos elevarse con él–. ¡Y por más que subamos, subirán tanto como nosotros!

–¿Qué hacemos, pues? –preguntó Kennedy. El doctor no respondió–. Escucha, Samuel –prosiguió el cazador–; abriendo fuego con nuestras armas, tenemos a nuestra disposición diecisiete tiros contra catorce enemigos. ¿Crees que no podremos matarlos o dispersarlos? Yo me encargo de unos cuantos.

–No pongo en duda tu destreza, Dick, y doy por muertos a los que pasen por delante de tu carabina; pero, te lo repito, si atacan el hemisferio superior del globo, se pondrán a cubierto de tus disparos y romperán el envoltorio que nos sostiene. ¡Y nos hallamos a tres mil pies de altura!

En aquel mismo momento, uno de los pájaros más feroces se dirigió al globo con el pico y las garras abiertos, en actitud de morder y desgarrar a un tiempo.

–¡Fuego, fuego! –gritó el doctor.

Y el pájaro, mortalmente herido, cayó dando vueltas en el espacio.

Kennedy cogió una escopeta de dos cañones y Joe amartilló otra.

Asustados por el estampido, los quebrantahuesos se alejaron momentáneamente, pero volvieron casi enseguida a la carga con un furor centuplicado. Kennedy decapitó de un balazo al que tenía más cerca. Joe le rompió un ala a otro.

–Ya no quedan más que once –dijo.

Pero entonces los pájaros adoptaron otra táctica y, como si se hubiesen puesto de acuerdo, se dirigieron al *Victoria;* Kennedy miró a Fergusson.

Éste, a pesar de su impasibilidad y energía, se puso pálido. Hubo un momento de espantoso silencio. Después se oyó un ruido estridente, como el de un tejido de seda que se rasga, y la barquilla empezó a precipitarse rápidamente.

–¡Estamos perdidos! –gritó Fergusson, fijando la vista en el barómetro, que subía muy deprisa.

–¡Afuera el lastre! –añadió–. ¡Nada de lastre!

Y en pocos segundos desapareció todo el cuarzo.

–¡Seguimos cayendo…! ¡Vaciad las cajas de agua! ¿Me oyes, Joe? ¡Nos precipitamos en el lago!

Joe obedeció. El doctor se inclinó, mirando el lago, que parecía subir hacia él como una marea ascendente. El volumen de los objetos aumentaba rápidamente; la barquilla se encontraba a menos de doscientos pies de la superficie del Chad.

–¡Las provisiones! ¡Las provisiones! –exclamó el doctor.

Y lanzaron al espacio la caja que las contenía.

La velocidad de la caída disminuyó, pero los desdichados seguían perdiendo altura.

–¡Echad más! ¡Echad más! –repitió el doctor.

–Ya no queda nada –dijo Kennedy.

–¡Sí! –respondió lacónicamente Joe, que se persignó a toda velocidad.

Y desapareció por encima de la borda.

–¡Joe! ¡Joe! –gritó el doctor, aterrorizado.

Pero Joe ya no podía oírle. El *Victoria,* sin lastre, recobró su marcha ascensional y se elevó hasta una altura de mil pies. El viento, introduciéndose en la envoltura deshinchada, lo arrastraba hacia las costas septentrionales.

–¡Perdido! –dijo el cazador con un gesto de desesperación.

–¡Perdido por salvarnos! –respondió Fergusson.

Un par de gruesas lágrimas brotaron de los ojos de aquellos dos hombres tan intrépidos. Ambos se asomaron, intentando distinguir algún rastro del desgraciado Joe, pero ya estaban lejos.

–¿Qué vamos a hacer? –preguntó Kennedy.

–Bajar a tierra en cuanto sea posible, Dick, y esperar.

Después de haber recorrido sesenta millas, el *Victoria* descendió a una costa desierta, al norte del lago. Engancharon las anclas en un árbol poco elevado, y el cazador las sujetó sólidamente.

Llegó la noche, pero ni Fergusson ni Kennedy pudieron conciliar el sueño ni un solo instante.

XXXIII

Conjeturas. – Restablecimiento del equilibrio del Victoria.
Nuevos cálculos del doctor Fergusson. – Caza de Kennedy. – Exploración completa del lago Chad. Tangalia. – Regreso. – Lari

Al día siguiente, 13 de mayo, los viajeros reconocieron la parte de la costa que ocupaban, la cual era una especie de islote en medio de un inmenso pantano. Alrededor de aquel trozo de terreno firme se levantaban cañas tan grandes como árboles de Europa que se extendían hasta donde alcanzaba la vista.

Aquellas ciénagas inaccesibles hacían segura la posición del *Victoria.* Bastaba vigilar la parte del lago. La superficie del agua parecía ilimitada, sobre todo por el este, sin que en ningún punto del horizonte se distinguiesen ni islas ni continente.

No se habían atrevido aún los dos amigos a hablar de su desgraciado compañero. Finalmente, Kennedy le habló de lo que estaba pensando, de su dolor.

–Quizá Joe no esté perdido –dijo–. Es un muchacho listo como pocos y un excelente nadador. En Edimburgo atravesaba sin dificultad el Firth of Forth. Lo volveremos a ver, aunque no sé ni cómo ni cuándo; por nuestra parte, debemos hacer todo lo posible para facilitarle la ocasión de encontrarnos.

–Dios te oiga, Dick –respondió el doctor, conmovido–. Haremos cuanto esté a nuestro alcance para encontrar a nuestro amigo. Ante todo, debemos orientarnos, después de haber liberado al *Victoria* de su envoltura exterior, que de nada sirve; así nos libraremos de un peso de seiscientas cincuenta libras.

El doctor Fergusson y Kennedy se pusieron manos a la obra. Tropezaron con grandes dificultades, pues fue necesario arrancar trozo a trozo el tafetán, que ofrecía mucha resistencia, y cortarlo en estrechas tiras para desprenderlo de las mallas de la red. El desgarrón ocasionado por el pico de los quebrantahuesos tenía algunos pies de longitud.

Invirtieron más de cuatro horas en la operación; pero al fin vieron que el globo interior, enteramente aislado, no había sufrido ninguna avería. El *Victoria* ofrecía un volumen una quinta parte menor que el de antes. La diferencia fue bastante sensible para llamar la atención de Kennedy.

–¿Será suficiente? –preguntó al doctor.

–Acerca del particular, Dick, puedes estar tranquilo. Yo restableceré el equilibrio, y, si vuelve nuestro pobre Joe, volveremos a emprender con él el camino por el espacio.

–Si no me falla la memoria, Samuel, en el momento de nuestra caída no debíamos de estar muy lejos de una isla.

–Lo recuerdo, en efecto; pero aquella isla, como todas las del Chad, estará sin duda habitada por una chusma de piratas y asesinos que seguramente habrán sido testigos de nuestra catástrofe, y si Joe cae en sus manos, ¿qué será de él, a no ser que la superstición lo proteja?

–Él es perfectamente capaz de ingeniárselas para salir de los apuros, te lo repito; confío en su destreza y en su inteligencia.

–También yo. Ahora, Dick, vete a cazar por las inmediaciones, pero no te alejes. Urge renovar nuestros víveres, de los cuales hemos sacrificado la mayor parte.

–Bien, Samuel; volveré pronto.

Kennedy cogió una escopeta de dos cañones y, por entre las crecidas hierbas, se dirigió a un bosque bastante cercano. Repetidos disparos dieron a entender al doctor que la caza sería abundante.

Entretanto, él se ocupó de hacer el inventario de los objetos conservados en la barquilla y de establecer el equilibrio del segundo aerostato. Quedaban unas treinta libras de *pemmican*, algunas provisiones de té y café, una caja de un galón y medio de aguardiente, así como otra de agua totalmente vacía; toda la carne seca había desaparecido.

El doctor sabía que, a causa de la pérdida del hidrógeno del primer globo, su fuerza ascensional había sufrido una reducción de unas novecientas libras. Así pues, tuvo que basarse en esta diferencia para reconstruir su equilibrio. El nuevo *Victori*a tenía una capacidad de sesenta y siete mil pies y contenía treinta y tres mil cuatrocientos ochenta pies cúbicos de gas. El aparato de dilatación parecía hallarse en buen estado, y la espita y el serpentín no habían experimentado deterioro alguno.

La fuerza ascensional del nuevo globo era, pues, de unas tres mil libras. Sumando el peso del aparato, de los viajeros, de la provisión de agua, de la barquilla y sus accesorios, y embarcando cincuenta galones de agua y cien libras de carne fresca, el doctor llegaba a un total de dos mil ochocientas treinta libras.

Podía, por tanto, llevar para los casos imprevistos ciento setenta libras de lastre, en cuyo caso el aerostato se hallaría equilibrado con el aire.

Tomó sus disposiciones en consecuencia y reemplazó el peso de Joe por un suplemento de lastre. Invirtió todo el día en estos preparativos, los cuales se prolongaron hasta que Kennedy estuvo de vuelta. El cazador había aprovechado las municiones. Volvió con todo un cargamento de gansos, ánades, agachadizas, cercetas y chorlitos, que él mismo se encargó de preparar y ahumar. Ensartó cada pieza en una fina caña y la colgó sobre una hoguera de leña verde. Cuando las aves estuvieron en su punto, las almacenó en la barquilla.

Al día siguiente, debía completar las provisiones.

La noche sorprendió a los viajeros en medio de sus ocupaciones. Su cena se compuso de *pemmican,* galletas y té. El cansancio, después de haberles abierto el apetito, les dio sueño. Durante su guardia, ambos interrogaron más de una vez a las tinieblas creyendo oír la voz de Joe, pero, ¡ay!, la voz que ellos hubieran querido oír estaba muy lejos.

Al rayar el alba, el doctor despertó a Kennedy.

–He meditado mucho –le dijo– acerca de lo que conviene hacer para encontrar a nuestro compañero.

–Cualquiera que sea tu proyecto, Samuel, lo apruebo. Habla.

–Lo más importante es que Joe tenga noticias nuestras.

–¡Exacto! Si llegase a imaginar que lo abandonamos...

–¿Él? ¡Nos conoce demasiado! Nunca se le ocurriría semejante idea; pero es preciso que sepa dónde estamos.

–Pero ¿cómo?

–Montaremos en la barquilla y nos elevaremos.

–¿Y si el viento nos arrastra?

–No nos arrastrará, afortunadamente. El viento nos conduce al lago, y esta circunstancia, que hubiera sido contraria ayer, hoy es propicia. Nuestros esfuerzos se limitarán, pues, a mantenernos durante todo el día sobre esta vasta extensión de agua. Joe no podrá dejar de vernos allí donde sus miradas se dirigirán incesantemente. Acaso llegue hasta a informarnos de su paradero.

–Lo hará, sin duda, si está solo y libre.

–Y si está preso –repuso el doctor–, no teniendo los indígenas la costumbre de encerrar a sus cautivos, nos verá y comprenderá el objeto de nuestras pesquisas.

–Pero –repuso Kennedy–, si no hallamos ningún indicio, pues debemos preverlo todo, si no ha dejado una huella de su paso, ¿qué haremos?

–Procuraremos regresar a la parte septentrional del lago, manteniéndonos a la vista todo lo posible; allí, aguardaremos, exploraremos las orillas, registraremos las márgenes, a las cuales Joe intentará llegar, sin duda, y no nos iremos sin haber hecho todo lo posible por encontrarlo.

–Partamos, pues –respondió el cazador.

El doctor tomó el plano exacto de aquel pedazo de tierra firme que iba a dejar y estimó, según su mapa, que se hallaba al norte del Chad, entre la ciudad de Lari y la aldea de Ingemini, visitadas ambas por el mayor Denham. Mientras tanto, Kennedy completó sus provisiones de carne fresca; sin embargo, pese a que en los pantanos circundantes se distinguían huellas de rinocerontes, manatíes e hipopótamos, no tuvo ocasión de encontrar uno solo de semejantes animales.

A las siete de la mañana, no sin grandes dificultades de esas que el pobre Joe sabía solucionar a las mil maravillas, desengancharon el ancla del árbol. El gas se dilató y el nuevo *Victoria* se elevó a doscientos pies del suelo. Primero vaciló, girando sobre sí mismo; pero, atrapado luego por una corriente bastante activa, avanzó sobre el lago y fue empujado muy pronto a una velocidad de veinte millas por hora.

El doctor se mantuvo constantemente a una altura que variaba entre doscientos y quinientos pies. Kennedy descargaba con frecuencia su carabina. Cuando sobrevolaban las islas, los viajeros se acercaban a tierra imprudentemente, registrando con la mirada los cotos, los matorrales, los jarales, los puntos sombríos, todas las desigualdades de las rocas capaces de dar asilo a su compañero. Bajaban hasta situarse muy cerca de las largas piraguas que surcaban el lago. Los pescadores, al verlos, se precipitaban al agua y regresaban a su isla, sin disimular en absoluto el miedo que sentían.

–No se ve nada –dijo Kennedy, después de dos horas de búsqueda.

–Tendremos paciencia, Dick, sin desanimarnos; no debemos de estar lejos del lugar del accidente.

A las once, el *Victoria* había avanzado noventa millas. Encontró entonces una nueva corriente que, en ángulo casi recto, lo impelió unas sesenta millas hacia el este. Planeaba sobre una isla muy extensa y poblada que, en opinión del doctor, debía de ser Farram, donde se encuentra la capital de los biddiomahs. Le parecía que de todos los matorrales veía salir a Joe escapándose y llamándolo. Libre, lo hubieran cogido sin dificultad; preso, se hubieran apoderado de él repitiendo la maniobra empleada con el misionero; pero nadie surgió entre la vegetación ni nada se movió. Había buenos motivos para desesperarse.

A las dos y media, el *Victoria* avistó Tangalia, aldea situada en la margen oriental del Chad y que marcó el punto extremo alcanzado por Denham en la época de su exploración.

Inquietaba al doctor la dirección persistente del viento. Se sentía empujado hacia el este, arrojado de nuevo al centro de África, a los interminables desiertos.

–Es absolutamente indispensable que nos detengamos –dijo–, e incluso que tomemos tierra. Debemos regresar al lago, sobre todo por Joe; pero tratemos antes de encontrar una corriente opuesta.

Por espacio de más de una hora, buscó en diferentes zonas. El *Victoria* siguió derivando tierra adentro; pero, afortunadamente, a la altura de mil pies, un viento muy fuerte lo condujo hacia el noroeste.

No era posible que Joe estuviese retenido en una de las islas del lago, pues hubiera hallado algún medio de comunicar que estaba allí. Tal vez lo habían llevado a tierra. Así discurría el doctor cuando volvió a ver la orilla septentrional del Chad.

La idea de que Joe se hubiese ahogado era inadmisible. Un pensamiento horrible cruzó la mente de Fergusson y de Kennedy: los caimanes eran numerosos en aquellos parajes. Pero ni uno ni otro tuvieron valor para formular semejante preocupación. Sin embargo, resultaba tan insistente que el doctor dijo sin más preámbulos:

–Los cocodrilos no se encuentran más que en las orillas de las islas o del lago, y Joe habrá sido bastante diestro para no caer en sus garras. Además, no son muy peligrosos, pues los africanos se bañan impunemente sin temer sus ataques.

Kennedy no respondió; prefería callar a discutir tan terrible posibilidad.

El doctor distinguió la ciudad de Larl hacia las cinco de la tarde. Los habitantes estaban ocupados en la recolección del algodón delante de unas chozas formadas con cañas entretejidas, en medio de cercados muy limpios y cuidadosamente conservados. Aquella aglomeración de unas cincuenta cabañas ocupaba una ligera depresión de terreno en un valle que se extendía entre suaves colinas. La violencia del viento hacía que avanzasen más de lo que les convenía; pero su dirección varió por segunda vez y condujo al *Victoria* precisamente a su punto de partida en el lago, en esa especie de isla firme donde habían pasado la noche precedente. El ancla, en lugar de encontrar las ramas del árbol, hizo presa en las raíces de un haz de cañas a las que el fango del pantano les daba una gran resistencia.

A duras penas pudo el doctor contener el aerostato; pero, al fin, el viento amainó al llegar la noche, que los dos amigos pasaron en vela, casi desesperados.

XXXIV

El huracán. – Salida forzada. – Pérdida de un ancla. – Tristes reflexiones. – Resolución tomada. – La tromba. – La caravana engullida. – Viento contrario y favorable. – Regreso al sur. Kennedy en su puesto

A las tres de la mañana, el viento soplaba tan furiosamente que el *Victoria* no podía permanecer sin peligro cerca del suelo, ya que las cañas rozaban su tafetán y lo exponían a romperse.

–Tenemos que irnos, Dick –dijo el doctor–. No podemos seguir en esta situación.

–Pero ¿y Joe?

–¡No lo abandono! ¡Volveré a por él aunque el huracán me lleve a cien millas al norte! Pero aquí estamos comprometiendo nuestra seguridad.

–¡Partir sin él! –exclamó el escocés con gran dolor.

–¿Acaso crees –repuso Fergusson– que no tengo el corazón tan lacerado como tú? ¡Obedezco a una necesidad imperiosa!

–Estoy a tus órdenes –respondió el cazador–. Partamos.

Sin embargo, la partida ofrecía grandes dificultades. El ancla, profundamente hincada, resistía a todos los esfuerzos, y el globo, tirando en sentido inverso, aumentaba su resistencia. Kennedy no logró arrancarla; además, en la posición en que se hallaba, su maniobra era muy peligrosa, porque se exponía a que el *Victoria* ascendiese antes de que él mismo pudiera montar en la barquilla.

No queriendo exponerse a tal peligro, el doctor hizo que el escocés regresara a la barquilla, resignándose a cortar el cable del ancla. El *Victoria* dio en el aire un salto de trescientos pies y puso directamente rumbo al norte.

Fergusson no podía dejar de someterse a esa tormenta, de manera que se cruzó de brazos, absorto en sus tristes reflexiones.

Después de algunos instantes de profundo silencio, se volvió hacia Kennedy, no menos taciturno.

–Tal vez hayamos tentado a Dios –dijo–. ¡No corresponde a los hombres emprender un viaje semejante!

Y se escapó de su pecho un doloroso suspiro.

–Hace apenas unos días –respondió el cazador– nos felicitábamos por haber escapado a tantos peligros. ¡Los tres nos dimos un apretón de manos!

–¡Pobre Joe! ¡Tan bondadoso! ¡Con un corazón tan valiente y franco! Deslumbrado momentáneamente por sus riquezas, a continuación sacrificaba gustoso sus tesoros. ¡Y ahora tan lejos de nosotros! ¡Y el viento nos arrastra a una velocidad endiablada!

–Dime, Samuel, admitiendo que haya hallado asilo entre las tribus del lago, ¿no podría hacer como los viajeros que las han visitado antes que nosotros, como Denham y Barth? Éstos regresaron a su país.

–¡No te hagas ilusiones, Dick! ¡Joe no sabe una palabra de la lengua del país! ¡Está solo y sin recursos! Los viajeros de los que tú hablas no daban un paso sin enviar a los jefes numerosos presentes, sin llevar una gran escolta, sin estar armados y preparados para una expedición. ¡Y, aun así, no podían evitar sufrimientos y tribulaciones de la peor especie! ¿Qué quieres que haga nuestro desgraciado compañero? ¿Qué será de él? ¡Es horrible pensarlo! Jamás había experimentado pesar tan grande.

–Pero volveremos, Samuel.

–Volveremos, Dick, aunque tengamos que abandonar el *Victoria*, volver a pie al lago Chad y hablar con el sultán de Bornu. Los árabes no pueden haber conservado un mal recuerdo de los europeos.

–¡Te seguiré, Samuel! –respondió el cazador con ímpetu–. ¡Puedes contar conmigo! ¡Antes renunciaremos a terminar este viaje! Joe se ha sacrificado por nosotros, ¡nosotros nos sacrificaremos por él!

Tal resolución devolvió algo de valor al corazón de aquellos dos hombres. La idea en sí los fortaleció. Fergusson hizo todo lo imaginable para encontrar una corriente contraria que lo acercase al Chad; pero en aquellos momentos era imposible, e incluso el descenso resultaba impracticable en un terreno pelado y en el que reinaba un huracán de tan espantosa violencia.

El *Victoria* atravesó también el país de los tibúes, salvó el Belad-el-Dierid, desierto espinoso que forma la frontera de Sudán, y penetró en el desierto de arena, surcado por largos rastros de caravanas. Muy pronto, la última línea de vegetación se confundió con el cielo en el horizonte meridional, no lejos del principal oasis de aquella parte de

África, dotado de cincuenta pozos sombreados por árboles magníficos. Pero el globo no pudo detenerse. Un campamento árabe, tiendas de telas listadas, algunos camellos que estiraban sobre la arena su cabeza de víbora animaban aquella soledad; mas el *Victoria* pasó como una exhalación y recorrió en tres horas una distancia de sesenta millas, sin que Fergusson pudiese dominar su rumbo.

–¡No podemos hacer alto! –dijo–. ¡Tampoco podemos bajar! ¡Ni un árbol! ¡Ni una prominencia en el terreno! ¿Vamos, pues, a pasar el Sahara? ¡No hay duda, el cielo está contra nosotros!

Así hablaba, con una rabia de desesperado, cuando vio, al norte, las arenas del desierto agitarse entre nubes de denso polvo y arremolinarse a impulsos de corrientes opuestas.

En medio del torbellino, quebrantada, rota, derribada, una caravana entera desaparecía bajo el alud de arena; los camellos lanzaban gemidos sordos y lastimosos; gritos y aullidos surgían de aquella niebla sofocante. A veces, un traje multicolor destacaba entre aquel caos, y el mugido de la tempestad dominaba la escena de destrucción.

Luego la arena se acumuló formando nubes compactas; donde momentos antes se extendía una lisa llanura, ahora se levantaba una colina aún agitada, inmensa tumba de una caravana que había sido engullida.

El doctor y Kennedy, pálidos, asistían a aquel terrible espectáculo. No podían controlar el globo, que se arremolinaba en medio de corrientes contrarias, y ya no obedecía a las diferentes dilataciones del gas. Envuelto en los torbellinos de la atmósfera, giraba con una rapidez vertiginosa, y la barquilla describía amplias oscilaciones; los instrumentos colgados bajo la tienda chocaban unos con otros hasta hacerse pedazos; los tubos del serpentín se enroscaban amenazando romperse y las cajas de agua se agitaban con estrépito. Los viajeros no podían oírse y se agarraban con crispación a las cuerdas, intentando luchar contra el furor del huracán.

Kennedy, con los cabellos revueltos, miraba sin hablar; pero el doctor había recobrado la audacia en medio del peligro y ninguna de sus violentas emociones se tradujo en su semblante, ni aun cuando, después de un último remolino, el *Victoria* se vio súbitamente detenido en medio de una calma inesperada. El viento del norte había ganado la partida y lo impelía en sentido inverso por el camino de la mañana, con no menos rapidez.

–¿Adónde vamos? –exclamó Kennedy.

–Dejemos actuar a la Providencia, querido Dick; he hecho mal en dudar de ella; sabe mejor que nosotros lo que nos conviene, y ahí nos tienes regresando a los lugares que esperábamos no volver a ver.

Aquel terreno tan llano, tan igual durante la ida, se hallaba ahora revuelto, como el mar después de la tempestad. Una serie de pequeños montículos, apenas asentados, jalonaban el desierto; el viento soplaba con violencia y el *Victoria* volaba en el espacio.

La dirección seguida por los viajeros difería ligeramente de la que habían tomado por la mañana; así pues, hacia las nueve, en lugar de encontrar las orillas del Chad, todavía vieron el desierto que se extendía ante ellos.

Kennedy comentó el hecho.

–Da igual –respondió el doctor–. Lo importante es volver al sur; encontraremos de nuevo las ciudades de Bornu, Wuddle y Kuka, y no vacilaré en detenerme en ellas.

–Si a ti te parece bien, a mí también me lo parece –respondió el cazador–. ¡Pero quiera el cielo que no nos veamos reducidos a atravesar el desierto como aquellos desgraciados árabes! Lo que hemos visto es horrible.

–Y se repite con frecuencia, Dick. Las travesías por el desierto son mucho más peligrosas que por el océano. El desierto presenta todos los peligros del mar, además de fatigas y privaciones insostenibles.

–Me parece –dijo Kennedy– que el viento tiende a calmar. El polvo de los arenales es menos compacto, sus ondulaciones disminuyen y el horizonte se aclara.

–Mejor. Necesitamos observarlo todo con el anteojo y que ningún objeto se nos escape.

–Yo me encargo de ello, Samuel. En cuanto aparezca un árbol, aviso.

Y Kennedy, con el anteojo en la mano, se colocó en la proa de la barquilla.

XXXV

La historia de Joe. – La isla de los biddiomahs. – La adoración. La isla sumergida. – Las orillas del lago. – El árbol de las serpientes. – Viaje a pie. – Padecimientos. – Mosquitos y hormigas. – El hambre. – Paso del Victoria. *– Desaparición del* Victoria. *– Desesperación. – El pantano. – Un último grito*

¿Qué era de Joe durante la vana búsqueda de su señor?

Tras arrojarse al lago, su primer movimiento al volver a la superficie fue levantar la vista.

Vio entonces al *Victoria,* muy elevado ya, que subía más y más a gran velocidad, la cual poco a poco fue disminuyendo, y que luego, atrapado por una corriente violenta, desaparecía hacia el norte. Su señor, sus amigos, estaban salvados.

«Ha sido una suerte –se dijo– que se me haya ocurrido la idea de arrojarme al Chad. Si no, se le habría ocurrido al señor Kennedy, que tampoco habría vacilado en hacer lo que acabo de hacer yo, porque es muy natural que un hombre se sacrifique para salvar a dos. Eso es matemático».

Tranquilizado sobre este punto, Joe empezó a pensar en sí mismo. Se hallaba en medio de un lago inmenso rodeado de tribus desconocidas y, probablemente, feroces. Razón de más para procurar salir de apuros contando sólo con sus propias fuerzas. No podía hacer otra cosa.

Antes del ataque de las aves de presa, que, en su opinión, se habían comportado como auténticos quebrantahuesos, había distinguido una isla en el horizonte; resolvió, pues, dirigirse a ella, y empezó a desplegar todos sus conocimientos en el arte de la natación, después de desprenderse de sus más pesadas prendas de vestir. No le arredraba en absoluto un paseo de cinco o seis millas; por eso, mientras estuvo en el lago, no se preocupó más que de nadar con vigor y en línea recta.

Al cabo de hora y media, la distancia que lo separaba de la isla había disminuido considerablemente.

Pero, a medida que se acercaba a la orilla, cruzó por su mente una idea que, siendo en un principio pasajera, se apoderó luego tenazmente de su mente. Sabía que poblaban las orillas del lago enormes caimanes cuya voracidad conocía.

Por más que tuviese la manía de que todo es natural en este mundo, el buen muchacho estaba preocupado sin poderlo remediar; se le antojó que la carne blanca debía de halagar muy particularmente el paladar de los cocodrilos, y, por consiguiente, se iba acercando a la playa con las mayores precauciones. Con tal disposición de ánimo, hallándose a unas cien brazas de una margen coronada de verdes árboles, llegó a su olfato una bocanada de aire cargado de un fuerte olor a almizcle.

«¡Ya apareció lo que yo temía! –se dijo–. ¡El caimán no anda lejos!».

Y se zambulló rápidamente, aunque no lo bastante para evitar el contacto de un cuerpo enorme, cuya escamosa epidermis lo arañó al pasar; se creyó perdido y empezó a nadar con una precipitación desesperada; subió a la superficie, respiró y desapareció de nuevo. Pasó un cuarto de hora en una angustia indecible que toda su filosofía no pudo dominar, creyendo oír detrás el ruido de las monstruosas mandíbulas que ya casi lo tenían atrapado. Nadaba entre dos aguas, con la mayor suavidad posible, cuando se sintió cogido por un brazo y luego por la mitad del cuerpo.

¡Pobre Joe! Tuvo para su señor un último pensamiento y empezó a luchar con desesperación, sintiéndose atraído, no hacia el fondo del lago, que es a donde los cocodrilos suelen arrastrar la presa para devorarla, sino hacia la superficie.

No bien pudo respirar y abrir los ojos, se vio entre dos negros que parecían de ébano, los cuales le sujetaban vigorosamente y lanzaban gritos extraños.

–¡Toma ya! –exclamó Joe–. ¡Negros en lugar de caimanes! Mal por mal, los prefiero. Pero ¿cómo se atreven esos monotes a bañarse en estos parajes?

Joe ignoraba que los habitantes de las islas del Chad, como otros muchos negros, se zambullen impunemente en las islas infestadas de caimanes, sin hacerles el menor caso. Los anfibios de aquel lago gozan de una reputación bastante merecida de animales inofensivos.

Pero ¿no había evitado Joe un peligro para caer en otro? Decidió que el destino se encargaría de resolver este problema y, no pudiendo hacer otra cosa, se dejó conducir a la playa sin manifestar el menor miedo.

«Evidentemente –se decía–, estos salvajes han visto el *Victoria* rozando las aguas del lago como un monstruo aéreo; han sido testigos lejanos de mi caída y no pueden dejar de guardar cierto respeto por un hombre caído del cielo. Dejémoslos obrar a su gusto».

Sumido en tales reflexiones, aterrizó en medio de una muchedumbre aulladora, compuesta de individuos de ambos sexos y de todas las edades, aunque no de todos los colores. Se encontraba entre una tribu de biddiomahs de un negro magnífico. No tuvo motivos para avergonzarse de la ligereza de su traje, ya que se hallaba «desnudo» a la última moda del país.

Sin embargo, antes de tener tiempo de darse cuenta de su situación, no pudo equivocarse respecto a la adoración de que era objeto, lo que no dejó de tranquilizarlo, si bien la historia de Kazeh asaltó su memoria.

«¡Presiento que voy a convertirme de nuevo en un dios, en un hijo cualquiera de la Luna! En fin, lo mismo da ese oficio que otro cualquiera cuando no se tiene elección. Lo que importa es ganar tiempo. Si veo pasar el *Victoria*, aprovecharé mi nueva posición para ofrecer a mis adoradores el espectáculo de una ascensión milagrosa».

Mientras andaba entre estas reflexiones, la turba se agolpaba a su alrededor, se prostraba ante él, aullaba, lo palpaba, se hacía familiar, y tuvo la buena idea de ofrecerle un magnífico festín, compuesto de leche agria y miel con arroz machacado. El digno muchacho, que de todo sabía sacar partido, tomó una de las mejores comidas de su vida y le dio a su pueblo una ajustada idea de cómo devoran los dioses en las grandes ocasiones.

Llegada la tarde, los magos de la isla lo cogieron respetuosamente de la mano y lo condujeron a una especie de choza rodeada de talismanes. Antes de penetrar en ella, Joe echó una mirada bastante inquieta a algunos montones de huesos que había alrededor del santuario, y estaba pensando en su posición cuando lo encerraron en la choza.

Al anochecer, muy entrada la noche, oyó cánticos de fiesta, el retumbar de una especie de tambor y un estrépito de chatarra, todo ello muy agradable para oídos africanos. Coros de aullidos acompañaban interminables danzas condimentadas con contorsiones y gestos, que se bailaban alrededor de la cabaña sagrada.

Por entre los cañizos rebozados de lodo que formaban las paredes de la choza, Joe distinguía aquel conjunto ensordecedor, y tal vez en otras circunstancias le hubiera divertido tan extraña ceremonia; pero una idea muy desagradable atormentaba su mente. Aun mirando las cosas bajo el mejor aspecto posible, le parecía estúpido e incluso triste hallarse perdido en aquella comarca salvaje entre semejantes tribus. De los viajeros que habían llegado a aquellas comarcas, pocos habían vuelto a su patria. ¿Podía fiarse de la adoración de que era objeto? ¡Tenía muy buenas razones para creer en la vanidad de las grandezas humanas! Se preguntó si, en aquel país, la adoración llevaría hasta el extremo de comerse al adorado.

Pese a tan lamentable perspectiva, después de algunas horas de reflexión, el cansancio pudo más que las ideas negras, y Joe se entregó a un sueño bastante profundo, que sin duda habría durado hasta el amanecer si no lo hubiese despertado una humedad inesperada.

Aquella humedad no tardó en convertirse en agua, que subió hasta cubrirle la mitad del cuerpo.

«¿Qué es esto? –se dijo–. ¡Una inundación! ¡Una tromba de agua! ¡Un nuevo suplicio que han inventado esos negros! Pues no pienso esperar a que el agua me llegue al cuello».

Apuntaló sus atléticos hombros contra la frágil pared y consiguió derribarla. Entonces se encontró en medio del lago. No había isla; se había sumergido durante la noche. En su lugar, sólo se veía la inmensidad del Chad.

«¡Triste país para sus propietarios», pensó Joe, y volvió a ejercitar vigorosamente su habilidad a la hora de nadar.

Un fenómeno bastante frecuente en aquel lago había salvado al valiente mozo. Del mismo modo que la isla en que él se hallaba, han desaparecido de la noche a la mañana otras que presentaban la solidez de una roca, y con frecuencia las poblaciones ribereñas han tenido que recoger a los infelices que han escapado con vida de tan terribles catástrofes.

Joe ignoraba tal particularidad, pero no por eso dejó de aprovecharse de ella. Descubrió una barquichuela abandonada y no tardó en alcanzarla. No era más que un tronco de árbol toscamente ahuecado. Tenía dentro, afortunadamente, un par de remos, y Joe se dejó llevar a la deriva por una corriente bastante rápida.

«Orientémonos –se dijo–. La estrella polar, que desempeña honradamente su oficio de indicar a todo el mundo el camino del norte, acudirá gustosa en mi ayuda».

Se dejó llevar por la corriente, pues vio con satisfacción que lo llevaba a la orilla septentrional del lago. Hacia las dos de la mañana puso el pie en un promontorio cubierto de cañas espinosas que parecían muy molestas hasta para un filósofo; pero con mucha oportunidad se hallaba allí un árbol que lo acogió entre sus ramas. Joe trepó a él para mayor seguridad, y aguardó dormitando, la luz del alba.

Llegó la mañana con esa rapidez propia de las regiones ecuatoriales. Echó una mirada al árbol que le había servido de refugio durante la noche, y lo heló de terror un espectáculo inesperado: las ramas del árbol estaban cubiertas de serpientes y camaleones, bajo cuyos apretados anillos desaparecía el follaje. Podría haberse dicho que era un árbol de una especie nueva que producía reptiles, los cuales, a los primeros rayos del sol, empezaron a agitarse y retorcerse. Joe experimentó un sentimiento de terror mezclado con asco y se tiró del árbol entre desapacibles silbidos.

–He aquí una aventura a la que nadie dará crédito –dijo.

No sabía que las últimas cartas del doctor Vogel mencionaban esa singularidad de las orillas del Chad, donde los reptiles son más numerosos que en ningún otro país del mundo. Después de lo que acababa de ver, Joe resolvió ser más circunspecto en lo sucesivo y, orientándose por el sol, emprendió de nuevo su peregrinación hacia el noroeste. Evitó con el mayor cuidado cabañas, chozas, barracas y cuevas; en pocas palabras: todo lo que pudiera servir de receptáculo a la raza humana.

¡Cuántas veces levantó la vista al cielo! Esperaba ver al *Victoria*, y, aunque lo buscó en vano durante todo aquel día de marcha, no por ello disminuyó ni un ápice la confianza que tenía en su señor. Mucha firmeza de carácter necesitaba para aceptar tan filosóficamente su situación. Se unió entonces el hambre a la fatiga, porque un hombre no repara sus fuerzas con raíces, médula de arbustos y frutas poco nutritivas; y, sin embargo, según sus cálculos, había avanzado unas veinte millas hacia el oeste. Las cañas del lago, las acacias y las mimosas habían lacerado con sus espinas su cuerpo, y sus pies ensangrentados sufrían al andar crueles dolores. Pero logró sobreponerse a sus padecimientos y resolvió pasar la noche junto al Chad.

Allí tuvo que soportar las atroces picaduras de millares de insectos. La tierra estaba literalmente cubierta de moscas, mosquitos y hormigas de media pulgada de largo. A las dos horas de estar en aquel sitio, no le quedaba ya ni una hilacha de la poca ropa que llevaba. Las hormigas la habían devorado toda sin dejarle ni un harapo. Aquélla fue una noche horrible, en la que el fatigado viajero no encontró ni un instante de reposo. Los jabalíes, los búfalos y los ajubs, manatíes bastante agresivos, se agitaban entre la maleza y en las aguas del lago, y un concierto de fieras retumbaba en la noche. Joe no se atrevía a moverse. Su resignación y su paciencia eran ya casi insuficientes para sobrellevar una situación semejante.

Llegó por fin el día. Joe se levantó a toda prisa, y júzguese cuál sería su asco al ver con qué inmundo animal había compartido su cama: ¡un sapo! Uno que medía cinco pulgadas de largo, un animal monstruoso, repugnante, que lo miraba con sus grandes ojos redondos. Joe sintió que se le contraía el estómago y, sacando alguna fuerza de su propia repugnancia, corrió al lago y se zambulló en sus aguas. Aquel baño mitigó un poco la comezón que lo atormentaba; después de mascar unas cuantas hojas, volvió a emprender su camino con una obstinación y un empeño que ni él mismo comprendía, aunque en su interior sentía algo más poderoso que la desesperación.

Sin embargo, lo torturaba un hambre terrible, por lo que se vio obligado a ceñirse fuertemente una liana en torno al cuerpo. Su estómago, menos resignado que él, se quejaba; con todo, sentía un bienestar relativo al comparar sus padecimientos con los sufridos en el desierto, cuando lo acosaba la sed, pues ahora podía saciarla a cada paso.

«¿Dónde estará el *Victoria*? –se preguntaba–. El viento procede del norte, ¿cómo es que el globo no vuelve hacia el lago? Sin duda, mi señor se habrá detenido en algún sitio para restablecer el equilibrio; para eso, debió de bastarle el día de ayer, y, por consiguiente, es muy posible que hoy… Pero procedamos como si lo hubiese perdido para siempre. Después de todo, si tuviera la suerte de llegar a una de las poblaciones del lago, me hallaría en la misma posición que los viajeros de los que me ha hablado mi señor. ¿Por qué no había de salir yo de apuros como ellos? Algunos han regresado a su país, ¡qué diablos…! ¡Valor, y veremos!».

Y, mientras hablaba, andaba, y caminando llegó a un bosque donde encontró a un grupo de negros salvajes ocupados en emponzoñar sus flechas con zumo de euforbio. Tal actividad constituye una de las principales ocupaciones de las tribus de aquellas comarcas y se efectúa con una especie de ceremonia solemne. Joe, intrépido, se detuvo antes de que lo vieran.

Inmóvil y sin respirar, se hallaba oculto en la maleza cuando, al alzar la vista, vio entre el follaje el *Victoria*, que se dirigía hacia el lago apenas a cien pies de su cabeza. ¡Y no podía dar ninguna voz para que le oyeran, ni tampoco salir de su escondrijo para dejarse ver!

Una lágrima asomó a sus ojos, y no de desesperación, sino de reconocimiento. ¡Su señor lo estaba buscando! ¡Su señor no lo abandonaba! Tuvo que esperar a que se marchasen los negros para poder salir de la maleza y dirigirse a la orilla del Chad.

Pero entonces el *Victoria* se perdía a lo lejos en el cielo. Joe, que abrigaba la convicción de que volvería a pasar, decidió esperar; y volvió a pasar, efectivamente, pero más al este. Joe corrió, hizo mil señas, dio mil gritos... ¡En vano! Un viento violento arrastraba al globo a una velocidad endiablada.

La energía y la esperanza abandonaron por primera vez el corazón del desgraciado. Se vio perdido, creyó que su señor había partido para no volver y le faltó hasta la fuerza para seguir reflexionando con serenidad.

Como un loco, con los pies ensangrentados y el cuerpo magullado, caminó y caminó sin parar durante todo el día y parte de la noche. Se arrastraba, ya de rodillas, ya a gatas; veía acercarse el momento en que, faltándole las fuerzas, moriría.

Así llegó a un pantano, o más bien a lo que pronto supo que era un pantano, pues estaba ya muy entrada la noche, y cayó inesperadamente en él. A pesar de sus esfuerzos, a pesar de su desesperada resistencia, se fue hundiendo poco a poco en aquel terreno cenagoso, que a los pocos minutos ya le cubría la mitad del cuerpo.

«¡Aquí está la muerte! –se dijo–. ¡Y qué muerte!».

Luchó, forcejeó con denuedo, hasta con rabia, pero sus esfuerzos sólo servían para sepultarlo más y más en aquella tumba que él mismo se cavaba. ¡Ni el tronco de un árbol, ni una miserable caña donde agarrarse! Comprendió que, para él, todo había concluido y cerró los ojos.

–¡Señor! ¡Señor! ¡Socorro...! –gritó.

Y su voz, desesperada, aislada, ahogada ya, se perdió en el silencio de la noche.

XXXVI

Un grupo a lo lejos. – Un tropel de árabes. – La persecución. ¡Es él! – Caída del caballo. – El árabe estrangulado. – Una bala de Kennedy. – Maniobra. – Rescate al vuelo. – Joe a salvo

Desde que Kennedy había vuelto a tomar su puesto de observación en la proa de la barquilla, no cesó ni un momento de escudriñar el horizonte con la mayor atención.

Pasado algún tiempo, se volvió al doctor y le dijo:

–Si no me equivoco, allá a lo lejos hay un grupo en movimiento, pero aún no puedo distinguir si es de hombres o de animales. Lo cierto es que se agitan violentamente, pues levantan una nube de polvo.

–¿No será un viento contrario, una tromba que nos arrastraría de nuevo hacia el norte? –preguntó Samuel.

Y se levantó para examinar el horizonte.

–No lo creo, Samuel –respondió Kennedy–. Es una manada de gacelas o de toros salvajes.

–Tal vez, Dick; pero, sea lo que sea, se halla al menos a nueve o diez millas de distancia, y yo no alcanzo a ver nada, ni aun con el anteojo.

–De todos modos, no lo perderé de vista. Hay, en lo que vislumbro, algo extraordinario que excita mi curiosidad sin saber por qué; diría que es una maniobra de caballería. ¡Y lo es! ¡Son jinetes! ¡Mira!

El doctor observó con atención.

–Creo que tienes razón –dijo–; es un destacamento de árabes o de tibúes que lleva la misma dirección que nosotros. Pero nosotros corremos mucho más y les daremos alcance enseguida. Dentro de media hora estaremos en condiciones de ver y juzgar lo que debemos hacer.

Kennedy seguía mirando atentamente con el anteojo. La masa de jinetes se hacía cada vez más visible; algunos de ellos se apartaban del grupo.

–Evidentemente –repuso Kennedy–, es una maniobra o una cacería. Es como si esas gentes persiguieran algo. Y me gustaría saber lo que es.

–Paciencia, Dick. Dentro de poco los alcanzaremos y hasta los dejaremos atrás, si no toman otra dirección; avanzamos a una velocidad de veinte millas por hora, y no hay caballo que resista semejante carrera.

Kennedy siguió observando y unos minutos después dijo:

–Son árabes corriendo a todo escape. Los distingo perfectamente. Hay unos cincuenta. Veo sus ropajes, ahuecados por el viento. Es un ejercicio de caballería. Su jefe los precede a una distancia de cien pasos, y todos lo siguen a toda velocidad.

–Sean quienes sean, Dick, no deben inspirarnos miedo alguno; pero, si es necesario, nos elevaremos.

–¡Espera, espera, Samuel! –exclamó Dick–. ¡Es curioso! –añadió, después de un nuevo examen–. Hay algo que no puedo explicarme. A juzgar por sus esfuerzos y la irregularidad de su línea, esos árabes no siguen, sino que persiguen.

–¿Estás seguro, Dick?

–Sí, claro. ¡No me equivoco ¡Es una cacería, pero van a la caza de un hombre! El que los precede no es su jefe, sino un fugitivo.

–¡Un fugitivo! –dijo Samuel, conmovido.

–¡Sí!

–No lo perdamos de vista y esperemos.

En poco tiempo, disminuyó tres o cuatro millas la distancia que separaba el globo de los jinetes, pese a la prodigiosa ligereza con que éstos corrían.

–¡Samuel! ¡Samuel! –exclamó Kennedy con voz trémula.

–¿Qué ocurre, Dick?

–¿Es una alucinación? ¿Es posible?

–¿Qué quieres decir?

–Espera.

El cazador limpió rápidamente los cristales del anteojo y volvió a mirar.

–¿Qué? –le preguntó el doctor.

–¡Es él, Samuel!

–¡Él! –exclamó éste.

¡Él! Aquella palabra lo decía todo. No había necesidad de nombrarlo.

–¡Es él a caballo! ¡A menos de cien pasos de sus enemigos! ¡Está huyendo!

–¡Es Joe! –dijo el doctor, palideciendo.

–¡No puede vernos en su fuga!

–¡Nos verá! –respondió Fergusson, que hizo disminuir la llama del soplete.

–Pero ¿cómo?

–Dentro de cinco minutos estaremos a cincuenta pies de tierra; dentro de quince estaremos encima de él.

–Debemos disparar un tiro para prevenirlo.

–¡No! ¡No puede retroceder! ¡Le cortan la retirada!

–¿Qué hacer, pues?

–Esperar.

–¡Esperar! ¿Y esos árabes?

–¡Los alcanzaremos! ¡Los dejaremos atrás! Nos encontramos a menos de dos millas de ellos; con tal de que el caballo de Joe resista...

–¡Dios bendito! –exclamó Kennedy.

–¿Qué pasa?

Kennedy había lanzado un grito de desesperación al ver a Joe rodar por tierra. Su caballo, rendido, extenuado, acababa de caer.

–¡Nos ha visto! –exclamó el doctor–. ¡Al levantarse, nos ha hecho una seña!

–¡Pero los árabes van a alcanzarlo! ¿A qué espera?

–¡Ah! ¡Qué valiente! ¡Bravo! –gritó el cazador, sin poder reprimir su entusiasmo.

Joe, tras levantarse en el preciso instante en que se abalanzaba sobre él uno de los jinetes más rápidos, dio un salto como una pantera, evitó el golpe, se lanzó a la grupa, asió al árabe de la garganta, lo estranguló, lo derribó y prosiguió en el caballo de su enemigo su rápida fuga.

Los árabes lanzaron un grito de furor; sin embargo, como estaban centrados totalmente en la persecución del fugitivo, no habían visto el *Victoria,* que viajaba quinientos pasos detrás de ellos y a menos de treinta pies del suelo. Los árabes estaban a menos de veinte cuerpos de caballo de su presa.

Uno de ellos estaba ya casi tocando a Joe, e iba a traspasarlo con su lanza cuando Kennedy, que seguía todos sus movimientos, lo derribó de un balazo.

Joe ni siquiera se volvió al oír el disparo. Una parte de los perseguidores se detuvo e hincó la frente en el polvo al ver el *Victoria*, pero los demás continuaron acosando de cerca al fugitivo.

–Pero ¿qué hace Joe? –exclamó Kennedy–. ¡No se detiene!

–¡Sabe lo que se hace, Dick! ¡Le he comprendido! ¡Sigue la dirección del globo! ¡Cuenta con nuestra inteligencia! ¡Bien, valiente! ¡Se lo arrebataremos a los árabes en sus mismas barbas! No estamos más que a doscientos pasos.

–¿Qué hacemos? –preguntó Kennedy.

–Deja la carabina.

–Ya está –dijo el cazador, soltando el arma–. ¿Y ahora?

–¿Puedes sostener en tus brazos ciento cincuenta libras de lastre?

–Aunque sean más.

–Bastan las que te digo.

Y el doctor fue amontonando sacos de arena sobre los brazos de Kennedy.

–Colócate en la popa de la barquilla y estate preparado para echar todo el lastre de golpe. ¡Pero, por Dios! No lo arrojes antes de que te lo diga.

–¡Descuida!

–De otro modo, erraríamos el golpe y perderíamos a Joe para siempre.

–Te comprendo perfectamente.

En ese momento, el *Victoria* caía casi en vertical sobre el grupo de jinetes que perseguían a Joe a galope tendido.

El doctor, en la proa de la barquilla, tenía en la mano la escala desplegada, preparado para soltarla en el momento preciso. Joe se había mantenido a una distancia de cincuenta pies de los perseguidores, a quienes el *Victoria* dejó algo rezagados.

–¡Atención, Kennedy!

–Cuando digas.

–¡Joe...! ¡Alerta...! –gritó el doctor a pleno pulmón al tiempo que soltaba la escala, cuyos últimos peldaños levantaron polvo del suelo.

Al llamarlo el doctor, Joe, sin detener el caballo, había vuelto la cabeza; la escala se desplegó junto a él y, en un momento, se agarró a ella.

–¡Ahora! –gritó el doctor a Kennedy.

–¡Allí va!

Y el *Victoria*, descargado de un peso superior al de Joe, se elevó ciento cincuenta pies de golpe.

Joe se agarró con fuerza a la escala para no ceder a sus violentas sacudidas; hizo a los árabes una mueca indescriptible y, trepando con la agilidad de un mono, llegó a los brazos de sus compañeros.

–¡Señor! ¡Señor Dick! –exclamó.

Y, rendido por la emoción y la fatiga, cayó desvanecido, mientras Kennedy, casi delirante, exclamaba:

–¡Salvado! ¡Salvado!

–¡Pues claro que sí! –dijo el doctor, que de nuevo había recobrado su impasibilidad habitual.

Joe estaba casi desnudo y llevaba impresos sus padecimientos en sus ensangrentados brazos, cubierto de cardenales y magulladuras. El doctor curó sus heridas y lo acostó bajó la tienda.

Joe recobró luego el sentido y pidió un vaso de aguardiente, que el doctor le dejó beber, porque a Joe no había que tratarlo como a la generalidad de los enfermos. Después de beber, el valiente criado estrechó la mano de sus dos compañeros y dijo que estaba listo para contar su historia.

Pero, como el doctor no le permitió hablar, concilió un profundo sueño, que bien lo necesitaba.

En aquellos momentos, el *Victoria* trazaba una línea oblicua hacia el oeste. Empujado por un viento muy fuerte, volvió a ver las orillas del desierto espinoso por encima de las palmeras curvadas o arrancadas por el ímpetu de la tormenta; tras haber recorrido casi doscientas millas desde el rescate de Joe, el anochecer superó los 10° de longitud.

XXXVII

El camino del oeste. – El despertar de Joe. – Su terquedad. Fin de la historia de Joe. – Tegelel. – Zozobras de Kennedy. Rumbo al norte. – Una noche cerca de Agadés

Durante la noche pareció que el viento también quería descansar de sus fatigas del día, y el *Victoria* permaneció pacíficamente sobre la copa de un corpulento sicómoro. El doctor y Kennedy se repartieron la guardia, y Joe durmió de un tirón por espacio de veinticuatro horas.

–Que duerma –dijo Fergusson–. El reposo es el único remedio que necesita, y la naturaleza se encargará de completar su curación.

Al amanecer volvió a soplar un viento fuerte, pero variable, que tan pronto se dirigía al norte como al sur, aunque finalmente el *Victoria* fue empujado hacia el oeste.

El doctor, mapa en mano, reconoció el reino de Damergu, territorio de suaves ondulaciones y muy fértil, con aldeas cuyas chozas están construidas con altas cañas y ramas de asalpesia entrelazadas. En los campos cultivados, las gavillas se alzaban sobre una especie de andamios destinados a preservarlas de la acción de ratones y termitas.

No tardaron en llegar a la ciudad de Zinder, fácil de reconocer por su gran plaza de las ejecuciones, en cuyo centro se levanta el árbol de la muerte; al pie de éste, vela el verdugo, y cualquiera que pasa bajo su sombra es inmediatamente ahorcado.

Consultando la brújula, Kennedy no pudo abstenerse de decir:

–¡Otra vez rumbo al norte!

–¿Qué importa? Si el viento nos lleva a Tombuctú, no tendremos motivos de queja. Nunca se habrá verificado un viaje en mejores condiciones.

–Ni con mejor salud –añadió Joe, asomando su apacible semblante por entre las cortinas de la tienda.

–¡Aquí tenemos a nuestro valiente amigo, a nuestro salvador! ¿Qué tal va?

–De maravilla, señor Kennedy, de maravilla. Nunca he estado mejor que ahora. No hay nada que ponga en tono tanto a un hombre como un viaje de recreo precedido de un baño en el Chad. ¿No es cierto, señor?

–¡Qué noble corazón! –respondió Fergusson, estrechándole la mano–. ¡Cuántas angustias e inquietudes nos has ocasionado!

–Y ustedes a mí, ¿qué? ¿Creen que estaba muy tranquilo pensando en su suerte? ¡Bien pueden vanagloriarse de haberme hecho pasar un miedo mortal!

–Nunca nos entenderemos, Joe, si te tomas las cosas de ese modo.

–Ya veo que la caída no le ha cambiado –añadió Kennedy.

–Tu desprendimiento fue sublime, muchacho, y nos salvó, porque el *Victoria* estaba cayendo al lago y, una vez allí, nada podría sacarlo.

–Pero si mi desprendimiento, como les gusta llamar a mi zambullida, los ha salvado, ¿no me ha salvado también a mí, puesto que aquí estamos los tres sanos y salvos? No tenemos, por consiguiente, nada que agradecernos.

–No hay manera de entenderse con este mozo –dijo el cazador.

–La mejor manera de entendernos –replicó Joe– es no hablar más del asunto. Lo pasado, pasado. Bueno o malo, no hay que recordarlo.

–¡Qué terco eres! –dijo el doctor, riendo–. Pero ¿nos contarás al menos tu historia?

–¡Si se empeñan! Pero antes voy a asar este soberbio ganso, pues ya veo que el señor Dick ha hecho de las suyas.

–¡Ya lo creo, Joe!

–Pues bien; vamos a ver cómo se porta un ganso de África en un estómago europeo.

Una vez dorado el ganso al calor del soplete, lo devoraron rápidamente. Joe comió en abundancia, como era natural que lo hiciese después de tan prolongado ayuno.

Después del té y del grog, puso a sus compañeros al corriente de sus aventuras; habló con cierta emoción, pese a considerar los acontecimientos bajo el punto de vista de su filosofía habitual. El doctor le estrechó varias veces la mano, al ver en él un criado más interesado en la salvación de su señor que en la suya propia, y, respecto a cómo la isla de los biddiomahs había quedado sumergida en las aguas, le explicó la frecuencia con la que el lago Chad es protagonista de tan notable fenómeno.

Por fin, Joe, prosiguiendo su narración, llegó al momento en que, hundido en el pantano, lanzó un último grito de desesperación.

–Yo me creía perdido, señor, y a usted se dirigían mis pensamientos. Hice terribles esfuerzos sin que pueda decir cómo; estaba totalmente decidido a no dejarme engullir sin oponer resistencia cuando, a dos pasos de mí, ¿qué creen que vi? ¡Un pedazo de cuerda recién cortada! Multipliqué mis esfuerzos y, echando el resto, pude llegar a coger el cable, tiré de él y, después de mucho tirar, puse el pie en tierra firme. En el otro extremo de la cuerda encontré un ancla... ¡Oh, señor! Y creo que tengo todo el derecho a llamarla el «ancla de la salvación», si usted no ve ningún inconveniente en ello. ¡La reconocí! ¡Era un ancla del *Victoria*! ¡Ustedes habían tomado tierra en aquel mismo punto! Seguí la dirección de la cuerda, que me indicaba la suya, y después de nuevos esfuerzos salí del atolladero. Con la libertad de mis miembros, había recobrado el ánimo, y caminé durante parte de la noche alejándome del lago. Llegué al fin a la entrada de un inmenso bosque, donde había un cercado en el que pastaban tranquilamente unos cuantos caballos. ¿No les parece que hay ocasiones en la vida en que no hay nadie que no sepa montar a caballo? Sin pensármelo dos veces, me monté de un salto en uno de los cuadrúpedos y eché a correr a todo escape en dirección al norte. No les hablaré de las ciudades que no vi ni de las aldeas que evité. Atravesé campos sembrados, salté zanjas, corrí, volé, y así llegué a las lindes de las tierras cultivadas. Estaba en el desierto. ¡Mejor! Tendría más horizonte ante mí y observaría más objetos mi mirada. Esperaba ver el *Victoria*, que no debía de andar muy lejos, pero no fue así. Seguí al galope y al cabo de tres horas me metí como un imbécil en un campamento de árabes. ¡Ah! ¡Qué persecución! Señor Kennedy, le aseguro que un cazador no sabe lo que es una cacería hasta que no ha sido él mismo el objetivo de la caza. Le aconsejo, sin embargo, que no desee saberlo a toda costa. Mi caballo no podía más, los bárbaros me seguían de cerca, ya los tenía encima... En ese momento me caí y, no quedándome otro recurso, salté a la grupa de uno de mis perseguidores. Yo no le deseaba ningún mal, y no debe guardarme ningún rencor por haberlo estrangulado. Pero yo los había visto..., y el resto ya lo saben. El *Victoria* me siguió y ustedes me cogieron al vuelo, como se toma una sortija en el juego de este nombre. ¿No tenía razón en confiar? Ya ve, señor Samuel, que todo lo que ha pasado es muy sencillo y lo más natural del mundo. Dispuesto estoy a repetir lo hecho, si la ocasión lo requiere. Es algo de lo que ni siquiera vale la pena hablar.

–¡Mi buen Joe! –respondió el doctor, muy conmovido–. ¡No en vano confiábamos en tu inteligencia y destreza!

–No hay más que seguir los acontecimientos para salir de apuros. Lo mejor es aceptar las cosas como se presentan.

Durante la narración de Joe, el globo había salvado rápidamente una extensión de país considerable; Kennedy señaló en el horizonte una multitud de casas que ofrecían el aspecto de una ciudad. El doctor consultó el mapa y reconoció la ciudad de Tagelel, en el Damergu.

–Aquí –dijo– volveremos a encontrar el camino de Barth. Tenemos a la vista el punto donde se separó de sus dos compañeros, Richardson y Overweg. El primero debía seguir la senda de Zinder, y el segundo, la de Moradi, y ya sabéis que, de los tres viajeros, Barth es el único que volvió a Europa.

–Así pues –dijo el cazador–, siguiendo en el mapa la dirección del *Victoria*, avanzamos directamente hacia el norte.

–Directamente, querido Dick.

–¿Y eso no te inquieta un poco?

–¿Por qué?

–Porque nos dirigimos a Trípoli cruzando el gran desierto.

–Espero no ir tan lejos, amigo mío.

–¿Dónde, pues, piensas detenerte?

–Dime, Dick, ¿no sientes curiosidad por ver Tombuctú?

–¿Tombuctú?

–Sin duda –repuso Joe–. Nadie debe permitirse hacer un viaje a África sin visitar Tombuctú.

–Serás el quinto o sexto europeo que haya visto esa ciudad misteriosa.

–Pues vamos a Tombuctú.

–Entonces deja que lleguemos a ciento setenta o ciento ochenta de latitud, y allí buscaremos un viento favorable que nos empuje hacia el oeste.

–De acuerdo –respondió el cazador–. Pero ¿tenemos aún que avanzar mucho hacia el norte?

–Ciento cincuenta millas, al menos.

–Entonces –replicó Kennedy–, voy a dormir un poco.

–Duerma –respondió Joe–, y usted también, señor. Sin duda, necesitan descansar, porque los he hecho velar de una manera indiscreta.

El cazador se tendió bajo la tienda; pero Fergusson, que era infatigable, permaneció en su puesto de observación.

Tres horas después, el *Victoria* salvaba con suma rapidez un terreno pedregoso, con hileras de altas montañas peladas de base granítica. Algunos picos aislados llegaban a alcanzar una altura de cuatro mil pies. Las jirafas, los antílopes y los avestruces saltaban con maravillosa agilidad entre bosques de acacias, mimosas, guamos y palmeras. Tras la aridez del desierto, la vegetación recobraba su imperio. Aquél era el país de los kailuas, que se tapan la cara con una banda de algodón, igual que sus peligrosos vecinos, los tuaregs.

A las diez de la noche, después de una soberbia travesía de doscientas cincuenta millas, el *Victoria* se detuvo sobre una ciudad importante, de la cual, al suave resplandor de la luna, se veía una parte medio en ruinas. Algunas cúpulas y minaretes de mezquitas reflejaban en distintos puntos los blancos rayos de la luna; el doctor, calculando la altura de las estrellas, reconoció que se hallaban en las inmediaciones de Agadés.

Dicha ciudad, centro en otro tiempo de un inmenso comercio, avanzaba ya rápidamente hacia su ruina en la época en que el doctor Barth la había visitado.

El *Victoria,* aprovechando la oscuridad, tomó tierra a dos millas de Agadés, en un gran campo de mijo. La noche fue bastante tranquila; a las cinco de la mañana, el globo se vio solicitado hacia el oeste, incluso un poco al sur, por un viento ligero.

Fergusson se apresuró a aprovechar tan excelente ocasión. Se elevó rápidamente y partió envuelto en los rayos del sol naciente.

XXXVIII

Travesía rápida. – Resoluciones prudentes. – Caravanas. Chubascos continuos. – Gao. – El Níger. – Golberry, Geoffroy y Gray. – Mungo-Park. – Laing y René Caillié. Clapperton. – John y Richard Lander

El día 17 de mayo fue tranquilo, sin incidentes reseñables. El desierto empezaba otra vez. Un viento no muy fuerte volvía a empujar al *Victoria* hacia el sudoeste; el globo no oscilaba ni a derecha ni a izquierda, trazando su sombra en la arena una línea absolutamente recta.

El doctor, antes de partir, había renovado prudentemente su provisión de agua, temiendo no poder tomar tierra en aquellas comarcas plagadas de tuaregs. La meseta, cuya elevación era de mil ochocientos pies sobre el nivel del mar, descendía hacia el sur. Cortando el camino de Agadés a Murzuk, en el que se distinguían muchas pisadas de camellos, los viajeros llegaron por la noche a 160° de latitud y 40° 55’ de longitud, después de haber recorrido ciento ochenta millas de prolongada monotonía.

Durante aquel día, Joe condimentó las últimas aves, que no habían recibido más que una preparación preliminar; para cenar sirvió unos pinchitos de agachadiza sumamente apetitosos. Como el viento era favorable, el doctor resolvió proseguir su camino durante la noche, muy clara, pues la alumbraba una luna casi llena.

El *Victoria* ascendió a una altura de quinientos pies, y en toda aquella travesía nocturna, de unas sesenta millas, no se habría visto turbado ni el ligero sueño de un niño.

El viento volvió a variar hacia el noroeste el domingo por la mañana. Algunos cuervos cruzaban los aires, y en el horizonte se distinguían numerosos buitres, que afortunadamente no se acercaron.

La aparición de aquellas aves indujo a Joe a cumplimentar a su señor por su feliz idea de embutir un globo dentro de otro.

–¿Qué sería de nosotros a estas horas con un solo envoltorio? –dijo–. Este segundo globo es como la lancha del buque que lo reemplaza en caso de naufragio.

–Tienes razón, Joe, pero mi lancha me causa alguna zozobra, pues no vale tanto como el buque.

–¿Qué quieres decir? –preguntó Kennedy.

–Quiero decir que el nuevo *Victoria* es inferior al otro; o bien porque la tela se haya desgastado a causa del roce, o bien porque la gutapercha se haya derretido al calor del serpentín, lo cierto es que noto cierta pérdida de gas. Hasta ahora no es gran cosa, pero no deja de ser apreciable. Tenemos tendencia a bajar, y para impedirlo me veo obligado a dar mayor dilatación al hidrogeno.

–¡Demonios! –exclamó Kennedy–. No se me ocurre ninguna solución.

–No la tiene, querido Dick, por lo que creo que deberíamos damos prisa, e incluso evitar detenernos de noche.

–¿Estamos aún lejos de la costa? –preguntó Joe.

–¿Qué costa, muchacho? ¿Sabemos acaso adónde nos conducirá el azar? Todo lo que puedo decirte es que Tombuctú todavía se encuentra cuatrocientas millas al oeste.

–¿Y cuánto tiempo tardaremos en llegar?

–Si el viento no nos desvía demasiado, cuento con encontrar dicha ciudad el martes al anochecer.

–Entonces... –dijo Joe, señalando a una larga comitiva de bestias y de hombres que avanzaba por el desierto–, llegaremos antes que aquella caravana.

Fergusson y Kennedy se asomaron y vieron una gran aglomeración de seres de toda especie. Había allí más de ciento cincuenta camellos, de esos que por doce mutkabas de oro van de Tombuctú a Tafilete con una carga de quinientas libras. Todos llevaban bajo la cola un talego destinado a recoger sus excrementos, que es el único combustible con el que se puede contar en el desierto.

Aquellos camellos de los tuaregs son de una especie superior a todas las demás, pues pueden pasar de tres a siete días sin beber y dos sin comer; además, superan en ligereza a los caballos y obedecen con inteligencia al *khabir* o conductor de la caravana. En el país se les conoce con el nombre de *meharis.*

Tales fueron los pormenores dados por el doctor, mientras sus compañeros contemplaban aquella multitud de hombres, mujeres y niños que caminaban penosamente por una arena movediza, contenida únicamente por algunos cardos, hierbas agostadas y zarzales muy ruines. El viento borraba casi instantáneamente la huella de sus pasos.

Joe preguntó cómo los árabes lograban orientarse en el desierto y encontrar los pozos esparcidos en aquella inmensa soledad.

–Los árabes –respondió Fergusson– han recibido de la naturaleza un maravilloso instinto para reconocer su rumbo. Donde un europeo se desorientaría, ellos nunca vacilan. Una piedra insignificante, un guijarro, una hierbecita, el indiferente matiz de las arenas les bastan para avanzar con completa seguridad. Durante la noche se guían por la estrella polar; no andan más que dos millas por hora y descansan a mediodía, que es cuando aprieta más el calor. No hace falta decir más para comprender cuánto tiempo invertirán en atravesar el Sahara, que es un desierto de más de novecientas millas.

Pero el *Victoria* ya se encontraba lejos de las miradas atónitas de los árabes, que debieron de envidiar su rapidez. Por la tarde, pasaba por los 20° 26' de longitud, y durante la noche avanzó más de un grado.

El lunes cambió el tiempo completamente. Empezó a diluviar, y fue preciso resistir el exceso de peso con que la lluvia cargaba el globo y la barquilla. Aquel aguacero continuado explicaba que toda la superficie del país fuese una inmensa ciénaga; reaparecía la vegetación, con mimosas, baobabs y tamarindos.

Era el Sonray, con sus aldeas pobladas de chozas, cuyos techos presentan cierta semejanza con gorros armenios. Había pocas montañas; se reducían a colinas muy bajas que forman barrancos y despeñaderos incesantemente cruzados por agachadizas y pintadas. Un impetuoso torrente cortaba en diversos puntos las sendas, que los indígenas atravesaban agarrándose a un bejuco tendido entre dos árboles. Los bosques iban poco a poco siendo reemplazados por junglas donde se agitaban caimanes, hipopótamos y rinocerontes.

–No tardaremos en ver el Níger –anunció el doctor–; el terreno se metamorfosea en la proximidad de los grandes ríos. Esos caminos andantes, según una feliz expresión, han traído con ellos primero la vegetación y más adelante traerán la civilización. Así es como el Níger, en su trayecto de doscientas cincuenta millas, ha sembrado en sus márgenes las más importantes ciudades de África.

–Eso –dijo Joe– me recuerda la historia de aquel gran admirador de la Providencia, de la cual decía que era acreedora a sus aplausos por haber hecho pasar los ríos por las grandes ciudades.

Hacia mediodía, el *Victoria* pasó sobre una población llamada Gao, que fue en otro tiempo una gran capital y a la sazón se hallaba reducida a una aglomeración de chozas bastante miserables.

–He aquí el sitio –dijo el doctor– por el cual Barth atravesó el Níger a su regreso de Tombuctú, el Níger, ese río famoso de la antigüedad, el rival del Nilo, al cual la superstición pagana atribuyó un origen celestial. El Níger, como el Nilo, ha atraído la atención de los geógrafos de todos los tiempos, y su exploración, más aún que la del Nilo, ha costado numerosas víctimas.

El Níger corría entre dos orillas muy separadas la una de la otra, y sus aguas fluían hacia el sur con cierta violencia; pero los viajeros apenas tuvieron tiempo de observar sus curiosos contornos.

–Me dispongo a hablaros de ese río –dijo Fergusson–, ¡y está ya lejos de nosotros! El Níger, que casi puede competir con el Nilo en longitud, recorre una extensión inmensa del país, y según la comarca que atraviesa toma los nombres de Dhiuleba, Mayo, Egghirreou, Quorra y otros, todos los cuales significan «el río».

–¿Siguió el doctor Barth este camino? –preguntó Kennedy.

–No, Dick. Al dejar el lago Chad atravesó las principales ciudades de Bornu, y cruzó el Níger por Sau, cuatro grados más abajo de Gao. Luego penetró en el seno de las inexploradas comarcas que el Níger encierra en su recodo y, después de ocho meses de nuevas fatigas, llegó a Tombuctú, lo que nosotros, con un viento tan rápido, haremos en tres días escasos.

–¿Se ha descubierto el nacimiento del Níger? –preguntó Joe.

–Hace ya mucho tiempo –respondió el doctor–. El reconocimiento del Níger y de sus afluentes atrajo numerosas exploraciones, de las cuales os indicaré las principales. De 1749 a 1758, Adamson reconoce el río y visita Gorea. De 1785 a 1788, Golberry y Geoffroy recorren los desiertos de la Senegambia y suben hasta el país de los moros, que asesinaron a Saugnier, Brisson, Adam, Riley, Cochelet y otros muchos desgraciados. Viene entonces el ilustre Mungo-Park, amigo de Walter Scott y escocés como él. Enviado en 1795 por la Sociedad Africana de Londres, alcanza Bambarra, ve el Níger, recorre quinientas millas con un traficante de esclavos, explora la costa de Gambia y regresa a Inglaterra en 1797; vuelve a partir el 30 de enero de 1805 con su cuñado Anderson, el dibujante Scott y un grupo de operarios; llega a Gorea, se une a un destacamento de treinta y cinco soldados y vuelve a ver el Níger el

19 de agosto; pero entonces, a consecuencia de las fatigas, de las privaciones, de los malos tratos, de las inclemencias del cielo y de la insalubridad del país, no quedaban ya vivos más que once de los cuarenta europeos; el 16 de noviembre llegaron a manos de su esposa las últimas cartas de Mungo-Park, y un año después se supo por un comerciante del país que, al llegar a Busse, a orillas del Níger, el 23 de diciembre, el desventurado viajero vio cómo arrojaban su barca por las cataratas del río antes de ser degollado por los indígenas.

–¿Y un fin tan terrible no contuvo a los exploradores?

–Al contrario, Dick, porque entonces no sólo hubo que reconocer el río, sino también buscar los papeles del viajero. En 1816 se organizó en Londres una expedición, en la cual toma parte el mayor Gray; llega a Senegal, penetra en el Futa-Djallon, visita las poblaciones fuhlahs y mandingas, y regresa a Inglaterra sin otro resultado. En 1822, el mayor Laing explora toda la parte de África occidental próxima a las posesiones inglesas, y es el primero en llegar a las fuentes del Níger; según sus documentos, el nacimiento de este río inmenso no tiene dos pies de ancho.

–Es fácil de saltar –dijo Joe.

–¡Fácil! –replicó el doctor–. Según la tradición, cualquiera que intenta cruzar de un salto aquel manantial es inmediatamente engullido, y quien quiere sacar agua de él se siente rechazado por una mano invisible.

–¿Y me está permitido –preguntó Joe– no creer una palabra de la tradición?

–Nadie te lo impide. Cinco años después, el mayor Laing atravesaría el Sahara, penetraría en Tombuctú y moriría estrangulado unas millas más arriba por los ulad-shiman, que querían obligarlo a hacerse musulmán.

–¡Otra víctima! –exclamó el cazador.

–Entonces, un joven valeroso y con muy escasos recursos, emprendió y llevó a cabo el viaje moderno más asombroso. Me refiero al francés René Caillié. Después de varias tentativas en 1819 y en 1824, partió de nuevo el 19 de abril de 1827 de Río Núñez; el 3 de agosto llegó tan extenuado y enfermo a Timé que no pudo proseguir su viaje hasta seis meses después, en enero de 1828; se incorporó entonces a una caravana, protegido por su traje oriental, llegó al Níger el 10 de marzo, penetró en la ciudad de Yenné, se embarcó y descendió por el río hasta Tombuctú, adonde llegó el 30 de abril. En 1670, otro francés, Imbert, y en 1810 un inglés, Robert Adams, tal vez habían visto aquella curiosa ciudad. Pero René Caillié sería el primer europeo que suministrara datos exactos; el 4 de mayo se separó de aquella reina del desierto; el 9 reconoció el lugar exacto donde fue asesinado el mayor Laing; el 19 llegó a ElArauan y dejó aquella ciudad comercial para cruzar, corriendo mil peligros, las vastas soledades comprendidas entre Sudán y las regiones septentrionales de África; por último, entró en Tánger, y el 28 de septiembre embarcó para Toulon, de suerte que en diecinueve meses, pese a una enfermedad de ciento ochenta días, había atravesado África de oeste a norte. ¡Ah! ¡Si Caillié hubiera nacido en Inglaterra, se le habría honrado como al más intrépido viajero de los tiempos modernos, como al mismo Mungo-Park! Pero en Francia no se le apreció en todo su valor.

–Era un valiente explorador –dijo el cazador–. ¿Y qué fue de él?

–Murió a los treinta y nueve años, de resultas de sus fatigas. En Inglaterra se le habrían tributado los mayores honores; pero en Francia se creyó haber hecho bastante adjudicándole en 1828 el premio de la Sociedad Geográfica. Y mientras él realizaba tan maravilloso viaje, un inglés concebía la misma empresa y la intentaba con igual valor, aunque con menos fortuna. El capitán Clapperton, el compañero de Denham. En 1829 entró en África por la costa oeste en el golfo de Benín, siguió las huellas de Mungo-Park y de Laing, encontró en Bussa los documentos relativos a la muerte del primero y llegó el 20 de agosto a Sakatu, donde, tras haber sido apresado, exhaló el último suspiro entre los brazos de su fiel criado Richard Lander.

–¿Y qué fue de ese tal Lander? –preguntó Joe con mucho interés.

–Consiguió llegar a la costa y regresar a Londres con los papeles del capitán y una relación exacta de su propio viaje. Entonces ofreció sus servicios al Gobierno para completar el reconocimiento del Níger; incorporó a su empresa a su hermano John, segundo hijo de una humilde familia de Cornualles, y de 1829 a 1831 ambos bajaron por el río desde Bussa hasta su desembocadura, describiendo el camino milla a milla y aldea por aldea.

–Entonces, ¿esos dos hermanos se libraron de la suerte común? –preguntó Kennedy.

–Sí, al menos en aquella exploración; pero, en 1833, Richard emprendió un tercer viaje al Níger y murió de un balazo junto a la desembocadura del río. Ya veis, pues, amigos míos, que el país que atravesamos ha sido testigo de nobles sacrificios que con harta frecuencia no han tenido más recompensa que la muerte.

XXXIX

El país en el recodo del Níger. – Vista fantástica de los montes Hombori. – Kabar. – Tombuctú. – Plano del doctor Barth. Decadencia. – A donde el cielo le plazca

El doctor Fergusson quiso matar el tiempo en aquel pesado día dando a sus compañeros mil detalles acerca de la comarca que atravesaban. El terreno, bastante llano, no presentaba ningún obstáculo para su marcha. La única preocupación del doctor era el maldito viento del noroeste, que soplaba furiosamente y lo alejaba de la latitud de Tombuctú.

El Níger, después de haber subido hasta esta ciudad por la parte norte, crece hasta convertirse en un inmenso chorro de agua y desemboca en el océano Atlántico formando un ancho delta. En aquel recodo, el país es muy variado, distinguiéndose tan pronto por una exuberante fertilidad como por una aridez extrema. Llanuras sin cultivar suceden a campos de maíz, que son luego reemplazados por dilatados terrenos cubiertos de retama. Todas las especies de aves acuáticas, el pelícano, la cerceta, el martín pescador, habitan en las orillas de los torrentes y las márgenes de los pantanos, formando numerosas bandadas.

De vez en cuando aparecía un campamento de tuaregs, refugiados bajo sus tiendas de cuero, en tanto que las mujeres se dedicaban a las faenas exteriores, ordeñando los camellos, con sus pipas encendidas en la boca.

Hacia las ocho de la tarde, el *Victoria* había avanzado más de doscientas millas en dirección oeste, y los viajeros fueron entonces testigos de un magnífico espectáculo.

Algunos rayos de luna, abriéndose paso por una hendidura de las nubes y deslizándose entre las gotas de lluvia, bañaban las cordilleras del Hombori. Nada más extraño que aquellas crestas de apariencia basáltica, que se perfilaban formando fantásticas siluetas en el sombrío cielo. Parecían las ruinas legendarias de una inmensa ciudad medieval y recordaban los bancos de hielo de los mares glaciales, tal como en las noches oscuras se presentan a la mirada atónita.

–He aquí una ciudad de *Los misterios de Udolfo* –dijo el doctor–; Ann Radcliffe no hubiera acertado a describir estas montañas con un aspecto más imponente.

–No me gustaría pasear solo durante la noche por este país de fantasmas –respondió Joe–. Si no pesase tanto, me llevaría todo este paisaje a Escocia. Quedaría muy bien en las márgenes del lago Lomond y atraería a muchos turistas.

–Nuestro globo no es lo bastante grande para satisfacer tu capricho. Pero me parece que nuestra dirección varía. ¡Bueno! Los duendes de estos lugares son muy amables; nos envían un vientecillo del sureste que nos pondrá de nuevo en el buen camino.

En efecto, el *Victoria* se dirigía más al norte, y el día 20 por la mañana pasaba por encima de una inextricable red de canales, torrentes y ríos, que constituían la encrucijada completa de los afluentes del Níger. Algunos de aquellos canales, cubiertos de una hierba espesa, parecían feraces praderas. Allí encontró el doctor la ruta de Barth, cuando éste embarcó para bajar por el río hasta Tombuctú. El Níger, de unas ochocientas toesas de ancho, corría allí entre dos orillas cubiertas de crucíferas y tamarindos. Grupos de gacelas triscadoras confundían sus retorcidos cuernos con las altas hierbas, desde las cuales el caimán las acechaba silencioso.

Largas recuas de asnos y camellos, cargados de mercancías de Yenné, se adentraban en las frondosas arboledas; al poco, en una revuelta del río apareció un anfiteatro de casas bajas, en cuyas azoteas y techos se había acumulado todo el heno recogido en las comarcas circundantes.

–He aquí Kabar –exclamó el doctor con alegría–. Es el puerto de Tombuctú; la ciudad se encuentra apenas a cinco millas de aquí.

–¿Satisfecho, señor? –preguntó Joe.

–Estoy encantado, muchacho.

–Bueno, la cosa marcha.

En efecto, dos horas después, la reina del desierto, la misteriosa Tombuctú, que tuvo, como Atenas y Roma, sus escuelas de sabios y sus cátedras de filosofía, se desplegó ante las miradas de los viajeros.

Fergusson seguía los menores detalles en el plano trazado por el propio Barth, y reconoció su gran exactitud. La ciudad forma un enorme triángulo en una inmensa llanura de arena blanca. La punta se dirige hacia el norte y penetra en un extremo del desierto. ¡En los alrededores, nada! Algunas gramíneas, algunas mimosas enanas, algunos arbustos casi secos.

El aspecto de Tombuctú, a vista de pájaro, es el de un amontonamiento de bolos y de dados. Las calles, bastante estrechas, están bordeadas de casas de una sola planta, edificadas con ladrillos cocidos al sol, y de chozas de paja y cañas, cónicas o cuadradas. En las azoteas se ven indolentemente tendidos a algunos habitantes, vestidos con sus ropajes de colores chillones y con la lanza o el mosquete en la mano. A aquellas horas no aparece ni una mujer.

–Pero se dice que las mujeres son bellas –añadió el doctor–. Mirad los tres minaretes de las tres mezquitas; son las únicas que quedan de las muchas que había. La ciudad ha perdido su antiguo esplendor. En el vértice del triángulo se alza la mezquita de Sankoro, con sus hileras de galerías sostenidas por arcos de un diseño bastante puro. Más lejos, junto al cuartel de Sane-Gungu, se ve la mezquita de Sid-Yahia y algunas casas de dos pisos. No busquéis ni palacios ni monumentos. El jeque es un simple traficante, y su morada real, un lugar de comercio.

–Me parece ver murallas medio derribadas –dijo Kennedy.

–Los fuhlahs las destruyeron en 1826, cuando la ciudad era una tercera parte más grande, pues Tombuctú, objeto de codicia general desde el siglo XI ha pertenecido sucesivamente a los tuaregs, los kaurayanos, los marroquíes y los fellatahs. Pero este gran centro de civilización, en que un sabio como Ahmed-Baba poseía en el siglo XVI una biblioteca de mil seiscientos manuscritos, no es hoy más que un almacén de comercio de África central.

La ciudad, en efecto, parecía completamente dejada de la mano de Dios. Acusaba la desidia epidémica de las ciudades condenadas a desaparecer. Enormes cantidades de escombros se amontonaban en los arrabales y formaban, con la colina del mercado, los únicos accidentes del terreno.

Al pasar el *Victoria*, se produjo cierto revuelo e incluso se oyó toque de tambores, pero el último sabio de la localidad apenas tuvo tiempo de observar aquel nuevo fenómeno. Los viajeros, empujados por el viento del desierto, volvieron a seguir el curso sinuoso del río, y muy pronto Tombuctú no fue más que uno de los fugaces recuerdos del viaje.

–Y ahora –dijo el doctor–, que el cielo nos conduzca a donde le plazca.

–¡Con tal de que sea al oeste! –replicó Kennedy.

–¡Bah! –exclamó Joe–. No me asustaría, aunque se tratase de volver a Zanzíbar por el mismo camino o de atravesar el océano hasta América.

–No podríamos, Joe.

–¿Qué nos falta para ello?

–Gas, Joe. La fuerza ascensional del globo disminuye sensiblemente, y deberemos andar con mucho cuidado para conseguir que nos lleve hasta la costa. Voy a tener que echar lastre. Pesamos demasiado.

–He aquí las consecuencias de no hacer nada, señor. Tendidos todo el día como unos haraganes, engordamos de más, y así no hay globo que pueda sostenernos. A la vuelta de nuestro viaje, que es una travesía de perezosos, nos encontrarán horriblemente obesos.

–Tus reflexiones, Joe, son dignas de ti –respondió el cazador–. Pero espera hasta el final. ¿Sabes acaso lo que el cielo nos reserva? Aún estamos lejos del fin de nuestro viaje. ¿A qué parte de la costa de África crees que llegaremos, Samuel?

–No puedo decírtelo, Dick; estamos a merced de vientos muy variables. Pero, en fin, me daré por más que satisfecho si llego a entre Sierra Leona y Portendick, donde hay cierta extensión de tierra donde encontraremos amigos.

–Y tendremos mucho gusto en estrecharles la mano. Pero ¿seguimos al menos el rumbo deseado?

–No enteramente, Dick; mira la brújula y verás que nos dirigimos al sur y remontamos el Níger hacia sus fuentes.

–¡Buena ocasión para descubrirlas –respondió Joe–, si no estuviesen ya descubiertas! Pero ¿no podríamos encontrar otras?

–No, Joe. Pero, tranquilízate: espero no llegar hasta allí.

A la caída de la tarde, el doctor echó los últimos sacos de lastre. El *Victoria* se elevó, pero el soplete, aunque funcionaba con toda la llama, apenas podía mantenerlo. Se hallaba entonces sesenta millas al sur de Tombuctú, y al día siguiente los viajeros amanecieron sobre las orillas del Níger, no lejos del lago Debo.

XL

Zozobra del doctor Fergusson. – Dirección persistente hacia el sur. – Una nube de langostas. – Vista de Yenné. – Vista de Segú. – Variación del viento. – Sentimientos de Joe

En aquel lugar, el lecho del río estaba dividido por grandes islotes en estrechos brazos de una corriente muy rápida. En uno de aquéllos se alzaban algunas chozas de pastores, pero la velocidad del *Victoria*, que iba en progresivo aumento, no permitió realizar un examen exhaustivo. Desgraciadamente, el globo se inclinaba todavía más hacia el sur, y en unos instantes cruzó el lago Debo.

Fergusson buscó a diferentes alturas, forzando extraordinariamente su dilatación, otras corrientes atmosféricas, pero el esfuerzo resultaba infructuoso, por lo que pronto abandonó una maniobra que aumentaba la pérdida de gas, comprimiéndolo contra las fatigadas paredes del aerostato.

Estaba muy inquieto, pero no les habló de su zozobra a sus compañeros. La obstinación con que el viento los empujaba hacia la parte meridional de África desbarataba sus cálculos. No sabía qué hacer. Si no llegaba a territorio inglés o francés, ¿qué sería de él y de sus compañeros entre los bárbaros que infestaban las costas de Guinea? ¿Cómo aguardarían en ellas un buque para regresar a Inglaterra? Y la dirección actual del viento los lanzaba al reino de Dahomey, una de las tribus más salvajes, a merced de un rey que en las fiestas públicas sacrificaba millares de víctimas humanas. Allí su perdición sería irremisible.

Por otra parte, el globo perdía gas visiblemente, y el doctor sabía que se acercaba el momento en que sería de todo punto inservible. Sin embargo, viendo que el tiempo se despejaba un poco, albergaba la esperanza de que después de la lluvia sobrevendría alguna variación en las corrientes atmosféricas.

Pero volvió a tomar conciencia de lo crítico de su situación cuando oyó que Joe exclamaba:

–¡Frescos estamos! Va a arreciar la lluvia, y ahora diluviará, a juzgar por el nubarrón que se acerca a pasos agigantados.

–¡Otro nubarrón! –dijo Fergusson.

–¡Y no pequeño! –repuso Kennedy.

–Como no he visto otro –comentó Joe.

–¡Qué alivio! –dijo el doctor, dejando el anteojo–. No es un nubarrón.

–¿Cómo que no? –exclamó Joe.

–¡No! ¡Es una nube!

–Pues eso es lo que decimos.

–Pero una nube de langostas.

–¡De langostas!

–Como lo oyes. Millones de langostas pasarán sobre estas tierras como una tromba, y desgraciada será la comarca que sirva de teatro a sus devastaciones.

–Quisiera ver eso.

–Lo vas a ver, Joe –dijo el doctor–. Dentro de diez minutos, esa nube nos alcanzará y juzgarás por ti mismo.

Fergusson no mentía. Aquella nube espesa, opaca, de varias millas de extensión, llegaba con un ruido atronador, proyectando en la tierra su inmensa sombra. Era una innumerable legión de esas langostas a las que se da el nombre de caballejos. A cien pasos del *Victoria*, se precipitaron sobre un territorio alfombrado de verdor; un cuarto de hora después, la masa reemprendía el vuelo y los viajeros aún podían distinguir de lejos los árboles desprovistos de hojas y las praderas convertidas en rastrojos. Se hubiera dicho que un repentino invierno había sumido la campiña en la esterilidad más completa.

–¿Qué te ha parecido, Joe?

–Una cosa muy curiosa, señor, pero muy natural. Lo que haría en pequeño una langosta, lo hacen en grande millones de ellas.

–¡Una lluvia espantosa! –exclamó el cazador–. ¡Y más devastadora que el granizo!

–Y de la cual no es posible preservarse –respondió Fergusson–. Alguna vez, los campesinos han tenido la idea de incendiar los bosques y hasta las mieses para detener el vuelo de tan voraces insectos; pero las primeras filas, precipitándose sobre las llamas, las apagaban bajo su enorme mole, y el resto de la columna pasaba inexorablemente. Por suerte, en estas comarcas se encuentra cierta compensación de sus estragos, pues los indígenas recogen un número inmenso de langostas, que son para ellos un bocado delicado y exquisito.

–Son los cangrejos del aire –dijo Joe–, y siento no haberlos podido probar, pues me gusta instruirme.

Al anochecer, los viajeros llegaron a comarcas más pantanosas. Sucedieron a los bosques grupos de árboles aislados, y en las márgenes del río se distinguían algunas plantaciones de tabaco y terrenos anegados cubiertos de forraje. En una extensa isla apareció entonces la ciudad de Yenné, con las dos torres de su mezquita de tierra y el olor infecto que emana de millones de nidos de golondrinas acumulados en sus paredes. Algunas copas de baobabs, mimosas y palmeras descollaban entre las casas; incluso durante la noche, la actividad de la población parecía muy grande. Yenné es, en efecto, una ciudad muy comercial, y abastece casi exclusivamente a Tombuctú, a donde llegan, con los diversos productos de su industria, sus barcas por el río y sus caravanas por caminos sombreados.

–Si no temiera prolongar nuestro viaje –dijo el doctor–, habríamos descendido a la ciudad, donde sin duda hubiéramos encontrado a más de un árabe que ha viajado por Francia o Inglaterra, y que conoce nuestro tipo de locomoción. Pero no sería prudente en las circunstancias en que nos hallamos.

–Aplacemos la visita para nuestra próxima excursión –dijo Joe, riendo.

–Además, amigos míos, si no me equivoco, el viento presenta una ligera tendencia a soplar hacia el este, y no debemos desperdiciar una ocasión semejante.

El doctor arrojó algunos objetos que ya no les eran útiles: botellas vacías y una caja que había contenido carne; así consiguió mantener el *Victoria* en una zona más favorable a sus proyectos. A las cuatro de la mañana, los primeros rayos de sol bañaron Segú, la capital de Bambara, fácilmente reconocible por las cuatro ciudades que la componen, por sus mezquitas moriscas y por el incesante ir y venir de barcas que trasladan a los habitantes de un barrio a otro. Pero los viajeros ni vieron ni fueron vistos, pues volaban con rapidez y directamente hacia el noroeste, y las inquietudes del doctor se calmaban poco a poco.

–Dos días más en esta dirección y a esta velocidad, y alcanzaremos el río Senegal.

–¿Y nos hallaremos en país amigo? –preguntó el cazador.

–Todavía no, pero, si el *Victoria* nos fallase, desde allí podríamos llegar a territorio francés. Sin embargo, lo que debemos desear es que el globo tire algunos centenares de millas más, y sin fatiga, zozobras ni peligros llegaremos a la costa occidental.

–¡Y todo habrá acabado! –dijo Joe–. ¡Qué pena! Si no fuese por las ganas que tengo de contarlo, no quisiera bajar nunca de la barquilla. Señor, ¿cree que se dará crédito a nuestros relatos?

–¡Quién sabe, Joe! Pero, en fin, siempre habrá un hecho incontestable: miles de testigos nos habrán visto salir de una costa de África, y miles de testigos nos verán llegar a la otra costa.

–En este caso –intervino Kennedy–, no se podrá negar que la hemos atravesado.

–¡Ah, señor Samuel! –añadió Joe, suspirando–. Más de una vez echaré de menos mis pedruscos de oro macizo. Habrían dado consistencia a nuestras historias y verosimilitud a nuestros relatos. A grano de oro por oyente, habría reunido a un escogido público para oírme y hasta para admirar.

XLI

Las proximidades del Senegal. – El Victoria *continúa bajando. – Se sigue echando lastre sin parar. – El morabito Al-Hadjí. – Los señores Pascal, Vincent y Lambert. – Un rival de Mahoma. – Las montañas difíciles. – Las armas de Kennedy. – Una maniobra de Joe. – Alto sobre un bosque*

El 27 de mayo, hacia las nueve de la mañana, el terreno se presentó bajo un nuevo aspecto. Las extensas pendientes se transformaban en colinas que hacían presagiar montañas próximas. Había que traspasar la cordillera que separa la cuenca del Níger de la del Senegal y determina la dirección de las aguas, o bien al golfo de Guinea, o bien a la bahía de Cabo Verde.

Aquella parte de África, hasta Senegal, es peligrosa. El doctor Fergusson lo sabía por las narraciones de sus predecesores, que habían sufrido mil privaciones y arrostrado mil peligros entre aquellos negros bárbaros. Aquel clima funesto acabó con la mayor parte de los compañeros de Mungo-Park. Fergusson estaba, pues, más decidido que nunca a no poner los pies en aquella comarca inhospitalaria.

Sin embargo, no tuvo un momento de sosiego. El *Victoria* bajaba sensiblemente, y fue necesario arrojar multitud de objetos más o menos útiles, sobre todo en el momento de salvar el pico o cresta de un cerro. Y así anduvieron por espacio de más de ciento veinte millas, sin parar de subir y bajar; el globo, nuevo peñasco de Sísifo, descendía incesantemente; las formas del aerostato, poco hinchado, se alargaban, y el viento formaba bolsas en sus paredes.

Kennedy no pudo evitar preguntar:

–¿Tiene el globo alguna fisura?

–No –respondió el doctor–, pero sin duda, con el calor, la gutapercha se ha reblandecido o derretido, y el hidrógeno se escapa por el tejido del tafetán.

–¿Y cómo impedir que se escape?

–No podemos. La única solución es aligerar peso; arrojemos fuera de la barquilla cuanto podamos arrojar.

–Pero ¿qué hemos de arrojar? –preguntó el cazador, recorriendo con su mirada la barquilla, ya muy desprovista.

–Desprendámonos de la tienda, que pesa bastante.

Joe, que era a quien incumbía la orden, subió encima del círculo que reunía las cuerdas de la red y desde allí pudo fácilmente desatar las gruesas cortinas de las tiendas y echarlas abajo.

–Esto hará feliz a una tribu entera de negros –dijo–. Hay aquí tela para vestir a mil indígenas, pues ya se sabe cuán ahorradores son en materia de trajes.

El globo se había elevado algo, pero enseguida resultó evidente que no perdía su tendencia a descender.

–Bajemos –dijo Kennedy– y veamos qué se puede hacer con la envoltura.

–Te lo repito, Dick, aquí no hay medio para repararla.

–¿Cómo nos las arreglaremos, pues?

–Sacrificaremos todo lo que no sea absolutamente indispensable. Quiero evitar a toda costa un alto en estos sitios. Los bosques sobre los cuales pasamos en este momento, tocando casi la copa de los árboles, no tienen nada de seguros.

–¿Hay leones? ¿Hay hienas? –preguntó Joe con desprecio.

–Hay algo peor, Joe: hombres, y de los más crueles que viven en África.

–¿Cómo se sabe?

–Por los viajeros que nos han precedido. Además, los franceses, que ocupan la colonia de Senegal, han tenido necesariamente que ponerse en relación con las tribus que habitan en las proximidades; bajo el mando del coronel Faidherbe, se han practicado reconocimientos tierra adentro, y los señores Pascal, Vincent y Lambert han traído de sus expediciones documentos preciosos. Han explorado estas comarcas formadas por el recodo del Senegal, en las cuales la guerra y el saqueo no han dejado más que ruinas.

–Pero algún origen tendrá esta guerra tan devastadora –dijo el cazador.

–Sí, lo tiene. En 1854, un morabito del Futa senegalés, Al-Hadjí, declarándose inspirado como Mahoma, incitó a todas las tribus a la guerra contra los infieles, es decir, contra los europeos. Llevó la destrucción y la ruina entre el río Senegal y su afluente, el Falemé. Tres hordas de fanáticos capitaneados por él recorrieron el país matando y saqueando, sin que se librase de su furor ni una sola aldea, ni una sola cabaña. Invadieron luego el valle del Níger, hasta la ciudad de Segú, que estuvo mucho tiempo amenazada. En 1857 se dirigieron más al norte y atacaron el fuerte de Medina, construido por los franceses en las márgenes del río. Aquel establecimiento fue heroicamente defendido por Paul Holl, el cual resistió varios meses sin víveres y casi sin municiones, hasta que llegó en su auxilio el coronel Faidherbe. Al-Hadjí y sus hordas volvieron entonces a pasar el Senegal y regresaron al territorio de Kaarta, donde continuaron sus rapiñas y asesinatos. Pues bien, estas comarcas en las que nos hallamos son precisamente la guarida donde se han refugiado los bandidos, y os aseguro que no sería nada conveniente caer en sus manos.

–No caeremos –dijo Joe–, aunque para elevar el *Victoria* tengamos que sacrificar hasta nuestros zapatos.

–No estamos lejos del río –dijo el doctor–, pero me temo que nuestro globo no podrá llevarnos más allá.

–Lleguemos a la orilla –replicó el cazador–, y eso habremos ganado.

–Es precisamente lo que intentamos –dijo el doctor–. Pero me inquieta una cosa.

–¿Cuál?

–Tendremos que salvar montañas, y resultará muy difícil, ya que no puedo aumentar la fuerza ascensional del aerostato ni siquiera, produciendo el mayor calor posible.

–Esperemos a ver qué ocurre –dijo Kennedy.

–¡Pobre *Victoria*! –exclamó Joe–. Le he tomado el mismo cariño que un marino a su buque, y me separaré de él con pesar. Ya sé que no es lo que era cuando emprendimos el viaje, pero, aun así, no debemos criticarlo. Nos ha prestado grandes servicios, y me romperá el corazón abandonarlo.

–Tranquilízate, Joe; si lo abandonamos, será a pesar nuestro. Nos servirá hasta que se halle extenuado. Sólo le pido que se mantenga otras veinticuatro horas.

–Se agota –dijo Joe, contemplándolo–, flaquea, se le va la vida. ¡Pobre globo!

–Si no me equivoco –intervino Kennedy–, tenemos en el horizonte las montañas de las que hablabas, Samuel.

–En efecto –dijo el doctor, después de examinarlas con su anteojo–. Muy altas me parecen; mucho nos ha de costar atravesarlas.

–¿No las podríamos evitar?

–Me parece que no, Dick –dijo Fergusson–. ¿No ves el inmenso espacio que ocupan? ¡Casi la mitad del horizonte!

–Y diríase que nos cercan –añadió Joe–; avanzan por los dos extremos.

–Es absolutamente indispensable pasar por encima.

Aquellos obstáculos tan peligrosos parecían acercarse con extrema rapidez, o, mejor dicho, el viento, que era muy fuerte, empujaba al *Victoria* hacia los agudos picos. Era preciso elevarse a toda costa; de lo contrario, se estrellarían.

–Vaciemos la caja de agua –dijo Fergusson–. Conservemos tan sólo el líquido estrictamente necesario para un día.

–¡Ya está! –exclamó Joe.

–¿Sube ahora el globo? –preguntó Kennedy.

–Algo, unos cincuenta pies –respondió el doctor, que no apartaba la vista del barómetro–. Pero no es suficiente.

Parecía, en efecto, que las altas cumbres salían al encuentro de los viajeros para precipitarse contra ellos. Éstos se hallaban muy lejos de dominarlas; todavía les faltaban más de quinientos pies. También arrojaron la provisión de agua del soplete, de la cual no se conservaron más que algunas pintas; pero todavía no fue suficiente.

–Y, sin embargo, hemos de pasar –dijo el doctor.

–Echemos las cajas, ya que las hemos vaciado –apuntó Kennedy.

–Vamos.

–¡Ya está! –gritó Joe–. ¡Qué triste es desaparecer trozo a trozo!

–¡Oye, Joe! ¡Guárdate de repetir el sacrificio del otro día! Suceda lo que suceda, júrame que no te separarás de nosotros.

–Tranquilícese, señor, no nos separaremos.

El *Victoria* había subido unas veinte toesas más, pero la cresta de la montaña seguía dominándolo. Era una cresta recta que terminaba en una verdadera muralla escarpada, y se hallaba aún más de doscientos pies encima de los viajeros.

«Dentro de diez minutos –se dijo el doctor–, nuestra barquilla se habrá estrellado contra las rocas si no logramos elevamos lo suficiente».

–¿Qué hacemos, señor? –preguntó Joe.

–Guarda sólo la provisión de *pemmican* y arroja toda la carne, que es lo que más pesa.

El globo se desprendió de otras cincuenta libras de peso y se elevó muy sensiblemente, lo que de nada le servía si no conseguía situarse sobre la línea de montañas. La situación era espantosa. El *Victoria* avanzaba a toda velocidad e iba a hacerse trizas. El impacto sería terrible.

El doctor registró la barquilla con la mirada.

Estaba prácticamente vacía.

–¡Por si acaso, Dick, disponte a sacrificar tus armas!

–¡Sacrificar mis armas! –respondió el cazador, conmovido.

–Querido Dick, no te lo pediría si no fuese necesario.

–¡Samuel! ¡Samuel!

–¡Tus armas y tus municiones pueden costarnos la vida!

–¡Nos acercamos! –exclamó Joe–. ¡Nos acercamos!

¡Diez toesas! La montaña todavía superaba al *Victoria* en diez toesas.

Joe cogió las mantas y las tiró; y, sin decir una palabra a Kennedy, tiró también algunos paquetes de balas y perdigones.

El globo subió, traspasó la peligrosa cumbre, y los rayos del sol bañaron su polo superior. Pero la barquilla se hallaba aún a una altura algo inferior a la de los peñascos, contra los cuales iba inevitablemente a estrellarse.

–¡Kennedy! ¡Kennedy! –exclamó el doctor–. ¡Arroja tus armas o estamos perdidos!

–¡Espere, señor Dick! –dijo Joe–. ¡Espere un momento!

Y Kennedy, al volverse, lo vio desaparecer fuera de la barquilla.

–¡Joe! ¡Joe! –gritó.

–¡Desgraciado! –exclamó el doctor.

En aquel punto, la cresta de la montaña tenía unos trescientos pies de ancho, y por el otro lado la pendiente presentaba menos declive. La barquilla llegó justo al nivel de aquella meseta bastante lisa y se deslizó por un terreno compuesto de puntiagudos guijarros que rechinaban con el roce.

–¡Pasamos! ¡Pasamos! ¡Hemos pasado! –gritó una voz que hizo palpitar el corazón de Fergusson.

El intrépido muchacho se agarraba fuertemente con las manos al borde inferior de la barquilla y corría por la cresta para aligerar al globo de la totalidad de su peso, viéndose obligado a sujetarlo con fuerza porque tendía a escapársele.

Cuando hubo llegado a la ladera opuesta y ante sus ojos se presentó el abismo, Joe, mediante un enérgico juego de muñecas, se levantó y, agarrándose de las cuerdas, subió al lado de sus compañeros.

–Nada más difícil que lo que acabo de hacer –dijo.

–¡Qué valiente, Joe! ¡Amigo mío! –dijo el doctor, emocionado.

–¡Oh! Lo que he hecho –respondió Joe– no ha sido por ustedes, sino por la carabina del señor Dick. Se lo debía desde el asunto del árabe, y me gusta pagar mis deudas. Ahora estamos en paz –añadió, presentando al cazador su arma predilecta–. Me hubiera conmovido demasiado verlo separarse de ella.

Kennedy le dio un vigoroso apretón de manos sin pronunciar una palabra.

El *Victoria* ya no tenía más que bajar, lo que le era fácil; muy pronto se encontró a doscientos pies del suelo y recuperó el equilibrio. El terreno presentaba numerosos accidentes muy difíciles de evitar durante la noche con un globo que ya no obedecía. Estaba oscureciendo con gran rapidez y, pese a sus reticencias, el doctor tuvo que resignarse a hacer un alto hasta el día siguiente.

–Vamos a buscar un lugar favorable para detenernos –dijo.

–¡Ah! ¿Te decides al fin? –respondió Kennedy.

–Sí, he meditado detenidamente un proyecto que vamos a poner en práctica. No son más que las seis de la tarde; tendremos tiempo. Echa las anclas, Joe.

Joe obedeció, y las dos anclas quedaron colgando debajo de la barquilla.

–Distingo inmensos bosques –dijo el doctor–. Iremos por encima de las copas de sus árboles y nos agarraremos de alguna. Por nada del mundo consentiría en pasar la noche en tierra.

–¿Podremos bajar? –preguntó Kennedy.

–¿Para qué? Os repito que sería peligroso separarnos. Además, necesito vuestra ayuda para un trabajo difícil.

El *Victoria*, que rozaba la verde bóveda de inmensos bosques, no tardó en detenerse bruscamente; sus anclas habían quedado enganchadas. El viento cesó entrada ya la noche, y el globo permaneció casi inmóvil encima de un interminable campo de verdor formado por las copas de un bosque de sicómoros.

XLII

Combate de generosidad. – Último sacrificio. – El aparato de dilatación. – Destreza de Joe. – Medianoche. – La guardia del doctor. – La guardia de Kennedy. – Dick se duerme. – El incendio. – Los gritos. – Fuera de alcance

El doctor Fergusson determinó su posición por la altura de las estrellas; se encontraban a veinticinco millas escasas del Senegal.

–Todo lo que podemos hacer, amigos míos –declaró, después de examinar el mapa–, es pasar el río; pero, como en él no hay ni puentes ni barcas, lo hemos de cruzar en globo a toda costa, y para eso debemos aligerarlo aún más.

–Pues no sé cómo lo haremos –replicó el cazador, que temía por sus armas–, a no ser que uno de nosotros se decida a sacrificarse, a quedarse atrás... Y, en esta ocasión, yo reclamo esa gloria.

–¡De ninguna manera! –protestó Joe–. ¿No tengo yo acaso la costumbre...?

–No se trata de lanzarse del globo, amigo mío –aclaró el cazador–, sino de alcanzar a pie la costa de África, y yo soy buen caminante.

–¡No lo consentiré jamás! –replicó Joe.

–Vuestro combate de generosidad es inútil, mis buenos amigos –intervino Fergusson–; espero que no lleguemos a tal extremo, y en el caso de llegar a él, lejos de separarnos, permaneceríamos juntos para atravesar el país.

–Eso es lo mejor –dijo Joe–. Un paseíto no nos vendría mal.

–Pero, antes –repuso el doctor–, echaremos mano de un último medio para aligerar nuestro *Victoria*.

–¿Cuál? –preguntó Kennedy–. ¿En qué estás pensando?

–Debemos desprendernos de las cajas del soplete, de la pila de Bunsen y del serpentín, que nos obligan a arrastrar por los aires novecientas libras.

–Pero, Samuel, ¿cómo obtendrás luego la dilatación del gas?

–De ninguna manera; nos las arreglaremos sin ella.

–Pero...

–Oídme, amigos: he calculado muy exactamente lo que nos queda de fuerza ascensional, y es suficiente para transportarnos a los tres con los pocos objetos que llevamos. No pesaremos más de quinientas libras, incluidas las anclas, que tengo interés en conservar.

–Querido Samuel –respondió el cazador–, tú, más competente que nosotros en la materia, eres el único juez de la situación; dinos lo que hemos de hacer y lo haremos.

–A sus órdenes, señor.

–Os repito, amigos míos, que, aunque reconozco la gravedad de esta decisión, hemos de sacrificar nuestro aparato.

–¡Sacrifiquémoslo! –replicó Kennedy.

–¡Manos a la obra! –dijo Joe.

No fue nada sencillo. Hubo que desmontar el aparato pieza por pieza. Primero quitaron la caja de mezcla, después la del soplete y por último la caja donde se operaba la descomposición del agua. Precisaron la fuerza reunida de los tres viajeros para arrancar los recipientes del fondo de la barquilla, donde se hallaban incrustados; pero Kennedy era tan fuerte, Joe tan diestro y Samuel tan ingenioso que vencieron todas las dificultades. Arrojaron diversas piezas sucesivamente, y desaparecieron abriendo grandes agujeros en el follaje de los sicómoros.

–Los negros no saldrán de sí del asombro –dijo Joe–, al encontrar en los bosques semejantes objetos. Capaces serán de convertirlos en ídolos.

A continuación, tuvieron que ocuparse de los tubos metidos en el globo y que pasaban por el serpentín. Joe consiguió cortar, a unos pies por encima de la barquilla, las articulaciones de caucho; en cuanto a los tubos, hubo mayor dificultad, porque se hallaban retenidos por su extremo superior y sujetos con alambres al círculo mismo de la válvula. Fue entonces cuando Joe demostró una agilidad maravillosa. Descalzo, para no romper la envoltura, con ayuda de la red y a pesar de las oscilaciones, logró encaramarse hasta la cima exterior del aerostato, y allí, después de mil dificultades, agarrándose con una mano a aquella superficie resbaladiza, desatornilló las tuercas exteriores que sujetaban los tubos. Éstos se desprendieron fácilmente y fueron retirados a través del apéndice inferior, que quedó herméticamente cerrado por medio de una fuerte ligadura.

El *Victoria*, libre de aquel peso considerable, se elevó y tensó enormemente la cuerda del ancla.

A medianoche quedaron felizmente terminados aquellos trabajos, que resultaron muy fatigosos. Los viajeros cenaron rápidamente un poco de *pemmican* y de grog frío, pues el doctor ya no tenía calor para ponerlo a disposición de Joe.

Además, éste y Kennedy estaban agotados.

–Acostaos y dormid, amigos míos –dijo Fergusson–, yo haré la primera guardia. A las dos despertaré a Kennedy; a las cuatro, Kennedy despertará a Joe; a las seis partiremos, ¡y que el cielo siga velando por nosotros durante esta última jornada!

Los dos compañeros del doctor, sin hacerse de rogar, se tumbaron al fondo de la barquilla y se sumieron enseguida en un profundo sueño.

La noche era apacible. Algunas nubes velaban de vez en cuando el último cuarto de luna, cuya indecisa luz apenas disipaba la oscuridad. Fergusson, acodado, miraba a su alrededor. Vigilaba con atención la sombría cortina de follaje que se extendía bajo sus pies sin dejar ver el suelo. El menor ruido le parecía sospechoso, y procuraba explicarse hasta el más leve temblor de las hojas.

Se hallaba en esa disposición de ánimo que la soledad vuelve aún más sensible, y durante la cual vagos terrores asaltan el cerebro. Al final de un viaje semejante, después de haber vencido tantos obstáculos, en el momento de conseguir el objetivo, los temores son más vivos, las emociones, más fuertes, y el punto de llegada parece huir ante los ojos.

Por otra parte, la situación no era para tranquilizar a nadie, en un país bárbaro, y con un medio de transporte que, en definitiva, podía fallar de un momento a otro. El doctor ya no contaba con el globo de una manera absoluta; había pasado el tiempo en que maniobraba con audacia porque estaba seguro de él.

Bajo estas impresiones, el doctor creyó percibir unos rumores indeterminados en aquellos inmensos bosques, incluso creyó ver brillar una llama entre los árboles. Miró con atención y enfocó su anteojo de noche en esa dirección; pero no pudo distinguir nada, y hasta pareció que el silencio se había hecho más profundo.

Sin duda, Fergusson había experimentado una alucinación. Escuchó sin escuchar el menor ruido; habiendo transcurrido el tiempo de su guardia, despertó a Kennedy, le recomendó que vigilara con muchísima atención y se acostó al lado de Joe, que dormía a pierna suelta.

Kennedy encendió tranquilamente su pipa, se restregó los ojos, que le costaba mucho mantener abiertos, apoyó los codos en un rincón y empezó a fumar vigorosamente para disipar el sueño.

El silencio más absoluto reinaba a su alrededor. Un viento suave agitaba la cima de los árboles y mecía suavemente la barquilla, invitando al cazador a un sueño que lo invadía a su pesar. Quiso resistirse a él, abrió varias veces los párpados, abismó en las tinieblas de la noche algunas de esas miradas que no ven y, al final, sucumbiendo a la fatiga, se quedó dormido.

¿Cuánto tiempo permaneció sumido en aquel estado? Lo único que pudo decir es que lo despertó un chisporroteo inesperado.

Se restregó los ojos y se puso en pie. Un calor insoportable llegaba a su rostro. El bosque estaba ardiendo.

–¡Fuego! ¡Fuego! –exclamó, sin comprender lo que pasaba.

Sus dos compañeros se levantaron.

–¿Qué es eso? –preguntó Samuel.

–¡Un incendio! –exclamó Joe–. Pero ¿quién puede…?

En aquel momento se oyeron gritos debajo del follaje, violentamente iluminado.

–¡Los salvajes! –exclamó Joe–. ¡Han prendido fuego al bosque para estar seguros de quemarnos!

–¡Los talibas! ¡Los morabitos de Al-Hadjí! –dijo el doctor.

Un círculo de fuego rodeaba el *Victoria*. Los chasquidos de los troncos secos se mezclaban con los gemidos de las ramas verdes. Los bejucos, las hojas, todas las partes vivas de aquella vegetación exuberante se retorcían envueltas en el elemento destructor. La mirada se perdía en un océano en llamas; los grandes árboles destacaban en negro en la inmensa fragua, con las ramas cubiertas de ascuas; aquel inflamado conjunto se reflejaba en las nubes, y los viajeros se vieron encerrados en una esfera de fuego.

–¡Huyamos! –exclamó Kennedy–. ¡A tierra! ¡Es nuestra única posibilidad de salvación!

Sin embargo, Fergusson lo detuvo con mano firme y, abalanzándose hacia la cuerda del ancla, la cortó de un hachazo. Las llamas, prolongándose hacia el globo, lamían ya sus paredes, iluminadas; sin embargo, el *Victoria*, libre de sus ataduras, se elevó más de mil pies.

Espantosos gritos resonaron en el bosque, acompañados de violentas detonaciones de armas de fuego. El globo, atrapado por una corriente que se levantaba con el día, puso rumbo al oeste.

Eran las cuatro de la mañana.

XLIII

Los talibas. – La persecución. – Un país devastado. – Viento moderado. – El Victoria *baja. – Las últimas provisiones. – Los saltos del* Victoria. *– Defensa a tiros. – El viento refresca. – El río Senegal. – Las cataratas de Gouina. – El aire caliente. Travesía del río*

–Si anoche no hubiésemos tomado la precaución de aligerar peso –dijo el doctor–, a estas horas estaríamos irremisiblemente perdidos.

–Por tal motivo es bueno hacer las cosas a tiempo –repuso Joe–. Gracias a eso nos hemos salvado. Es una cosa natural.

–No estamos fuera de peligro –replicó Fergusson.

–¿Qué temes? –preguntó Dick–. El *Victoria* no puede descender sin tu permiso, y aun cuando descendiera…

–¡Como descendiese…! ¡Mira, Dick!

Los viajeros acababan de traspasar el lindero del bosque, y vieron a unos treinta jinetes vestidos con pantalón ancho y albornoz ondeante. Unos, armados con lanzas, y otros, con espingardas, seguían al trote, a lomos de sus caballos salvajes y ardientes, la dirección del *Victoria*, que avanzaba a una velocidad moderada.

Al ver a los viajeros, prorrumpieron en gritos salvajes, blandiendo sus armas. La cólera y la amenaza se leían en sus morenos semblantes, cuya ferocidad acentuaba una barba escasa pero erizada. Atravesaban con facilidad las mesetas bajas y las suaves colinas que descienden al Senegal.

–¡Son ellos! –dijo el doctor–. ¡Los crueles talibas, los feroces morabitos de Al-Hadjí! Preferiría estar en el bosque rodeado de fieras que caer en manos de tan inmundos bandidos.

–Su aspecto no es tranquilizador –dijo Kennedy–. ¡Y parecen muy fornidos!

–Afortunadamente –dijo Joe–, son bestias de una especie que no vuela; al menos, eso es un consuelo.

–¡Mirad esas aldeas en ruinas y esas chozas reducidas a cenizas! –dijo Fergusson–. Es obra de ellos; la aridez y la devastación marcan las huellas de su paso.

–Pero no pueden alcanzarnos –replicó Kennedy–. Si logramos poner el río entre ellos y nosotros, estaremos completamente seguros.

–Dices bien, Dick, pero para eso es necesario no caer –respondió el doctor, mirando el barómetro.

–Por si acaso, Joe –repuso Kennedy–, no estaría de más preparar las armas.

–Eso no puede perjudicarnos, señor Dick; ha sido una suerte no haberlas sembrado por el camino.

–¡Mi carabina! –exclamó el cazador–. Espero no separarme nunca de ella.

Y Kennedy la cargó con el mayor cuidado. Le quedaba aún pólvora y balas suficientes.

–¿A qué altura nos mantenemos? –preguntó el cazador.

–A unos setecientos cincuenta pies. Pero ya no podemos buscar corrientes favorables subiendo o bajando; nos hallamos a merced del globo.

–Lo cual es un grave inconveniente –repuso Kennedy–. El viento es bastante flojo; si hubiéramos encontrado un huracán como el de otros días, ya habríamos perdido de vista a esos infames bandidos.

–Esos malditos –dijo Joe– nos siguen sin ninguna dificultad, al trote. ¡Para ellos, es un paseo!

–Si los tuviésemos a tiro –dijo el cazador–, me divertiría derribándolos a todos uno tras otro.

–¡Buena la haríamos! –respondió Fergusson–. Si los tuviésemos a tiro, ellos también nos tendrían a tiro a nosotros, y nuestro *Victoria* ofrecería un blanco fácil a las balas de sus largas espingardas. Hazte cargo de lo que sería de nosotros si agujereasen el globo.

La persecución de los talibas continuó toda la mañana. Hacia las once, los viajeros apenas habían recorrido quince millas hacia el oeste.

El doctor examinaba en el horizonte hasta las más pequeñas nubecillas. Temía una variación atmosférica. Si el viento arrastraba el globo hacia el Níger, ¿qué sería de ellos? Notaba, además, que el globo tendía a bajar sensiblemente. Desde su partida había perdido ya más de trescientos pies, y el Senegal debía de estar aún a unas doce millas; a la velocidad actual, todavía les faltaban tres horas de viaje.

En aquel momento, nuevos gritos llamaron su atención. Los talibas se agitaban, aumentando el galope de sus caballos.

El doctor consultó el barómetro y comprendió la causa de aquella algarabía.

–Bajamos –dijo Kennedy.

–Sí –respondió Fergusson.

«¡Malo!», pensó Joe.

Pasado un cuarto de hora, la barquilla se hallaba a menos de ciento cincuenta pies del suelo, pero el viento soplaba más fuerte.

Los talibas, sin detenerse, soltaron una descarga.

–¡Estáis demasiado lejos, imbéciles! –exclamó Joe–. Bueno será tenerlos a raya.

Y, apuntando a uno de los jinetes que iban delante, hizo fuego. El taliba dio una voltereta; sus compañeros se detuvieron y el *Victoria* les sacó ventaja.

–Son prudentes –dijo Kennedy.

–Porque creen estar seguros de atraparnos –respondió el doctor–. Y lo harán si seguimos bajando. Es absolutamente indispensable que nos elevemos.

–¿Qué vamos a arrojar por la borda? –preguntó Joe.

–Todo el *pemmican* que queda. Serán treinta libras menos de peso.

–¡Pues allá va! –dijo Joe, obedeciendo las órdenes de su señor.

La barquilla, que casi llegaba al suelo, se elevó entre el griterío de los talibas; pero, media hora después, el *Victoria* volvía a bajar rápidamente.

El gas se escapaba por los poros de sus paredes.

La barquilla rozó el suelo y los negros de Al-Hadjí se precipitaron hacia ella; pero, como sucede en semejantes circunstancias, apenas el globo tocó el suelo, dio un salto y fue a caer una milla más adelante.

–¡No escaparemos! –dijo Kennedy con rabia.

–Joe, echa nuestra reserva de aguardiente –ordenó el doctor–, nuestros instrumentos, todo lo que pese, por poco que sea, y también el ancla.

Joe arrancó los barómetros y los termómetros; pero todo eso suponía muy poco, y el globo, que subió momentáneamente, no tardó en volver a tocar el suelo. Los talibas corrían tras ellos; no estaban ya más que a doscientos pasos.

–¡Arroja las dos escopetas! –exclamó el doctor.

–No será sin antes haberlas descargado –respondió el cazador.

Y cuatro disparos sucesivos hicieron morder el suelo a cuatro talibas, que cayeron entre los frenéticos gritos de la horda.

El *Victoria* se levantó de nuevo, dando saltos enormes, como una inmensa pelota que bota en el suelo.

¡Extraño espectáculo el que ofrecían aquellos desdichados intentando huir a pasos de gigante, y que, a semejanza de Anteo, parecían recobrar fuerzas al llegar a tierra! Pero esa situación no podía prolongarse para siempre. Era casi mediodía. El *Victoria* se agotaba, se vaciaba, se alargaba; su envoltura se tomaba fofa y ondulante; los pliegues del tafetán rechinaban al rozar unos con otros.

–¡El cielo nos abandona! –dijo Kennedy–. ¡Vamos a caer!

Joe no respondió, no hacía más que mirar a su señor.

–¡No! –dijo éste–. Aún podemos desprendernos de más de ciento cincuenta libras.

–¿Dónde están? –preguntó Kennedy, pensando que el doctor se había vuelto loco.

–¡La barquilla! –respondió éste–. Colguémonos de la red. Las mallas nos sostendrán y llegaremos al río. ¡Pronto! ¡Pronto!

Y aquellos hombres audaces no vacilaron en intentar semejante medio de salvación. Se colgaron de las mallas de la red, tal como había indicado el doctor, y Joe, sosteniéndose con una mano, cortó con la otra las cuerdas de la barquilla, que cayó en el momento justo en que el aerostato iba a desplomarse definitivamente.

–¡Bravo! ¡Bravo! –exclamó, mientras el globo, sin lastre alguno, ascendía a trescientos pies de altura.

Los talibas espoleaban a sus caballos, que barrían el suelo con los cascos; pero el *Victoria* encontró un viento más activo, les tomó la delantera y avanzó rápidamente hacia una colina que cerraba el horizonte al oeste. Fue una circunstancia favorable para los viajeros, porque pudieron pasar al otro lado de la colina, mientras que la horda de Al-Hadjí tuvo que dar un rodeo por el norte para salvar el obstáculo.

Los tres compañeros se sostenían agarrados de la red, que habían podido atar por debajo, de suerte que formaba una especie de bolsa flotante.

De repente, después de haber pasado la colina, el doctor exclamó:

–¡El río! ¡El río! ¡El Senegal!

En efecto, a una distancia de dos millas, fluía una extensa corriente de agua. La orilla opuesta, baja y fértil, ofrecía una retirada segura y un lugar favorable para el descenso.

–Un cuarto de hora más –dijo Fergusson–, y estaremos a salvo.

Pero, desgraciadamente, el globo vacío caía poco a poco sobre un terreno prácticamente desprovisto de vegetación, compuesto de largas pendientes y llanuras pedregosas, donde no se veían más que algunos matorrales y una hierba espesa que el ardor del sol había secado.

El *Victoria* tocó varias veces el suelo y volvió a elevarse; pero sus saltos disminuían en extensión y altura, y en el último se quedó enganchado por la parte superior de la red a las altas ramas de un baobab aislado, único árbol en medio de aquel terreno desierto.

–¡Todo ha concluido! –exclamó el cazador.

–Y a cien pasos del río –dijo Joe.

Los tres desdichados saltaron a tierra y el doctor condujo a sus dos compañeros hacia el Senegal.

En ese punto, el río producía un barboteo continuado; al llegar a la orilla, Fergusson reconoció las cataratas de Gouina. No había ni una barca ni un ser animado a la vista. El Senegal, que tenía allí dos mil pies de ancho, se precipitaba con atronador ruido desde una altura de ciento cincuenta de este a oeste, y la línea de peñascos que se oponía a su curso se extendía de norte a sur. En medio de la cascada había rocas de extrañas formas, como inmensos animales antediluvianos petrificados entre las aguas.

La imposibilidad de atravesar aquel abismo era evidente. Kennedy no pudo reprimir un gesto de desesperación.

Sin embargo, el doctor Fergusson, en un tono de enérgica audacia, exclamó:

–¡Todavía nos queda un medio!

–Ya lo sabía yo –dijo Joe, con esa confianza en su señor que no lo abandonaba jamás.

La hierba seca había inspirado al doctor una idea atrevida. Era el último recurso. Volvió rápidamente con sus compañeros al punto donde se había quedado la envoltura del aerostato.

–Les llevamos al menos una hora de delantera a los bandidos –dijo–. No perdamos tiempo, compañeros; recoged hierba seca, mucha hierba seca; necesito por lo menos cien libras.

–¿Para qué? –preguntó Kennedy.

–Como no tenemos gas, cruzaremos el río utilizando aire caliente.

–¡Ah, mi querido Samuel! –exclamó Kennedy–. ¡Verdaderamente, eres un gran hombre!

Joe y Kennedy se pusieron manos a la obra y en un momento reunieron una enorme pila de hierba junto al baobab.

Entretanto, el doctor había agrandado el orificio del aerostato cortando su parte inferior, tras haber hecho salir por la válvula el poco hidrógeno que aún pudiera contener; después amontonó cierta cantidad de hierba seca bajo la envoltura y le prendió fuego.

No hace falta mucho tiempo para hinchar un globo con aire caliente. Una temperatura de mil ochocientos es suficiente para disminuir a la mitad, enrareciéndolo, el peso del aire que contiene, de manera que el *Victoria* empezó a recobrar sensiblemente su forma redonda. La hierba abundaba; el doctor activaba el fuego y el volumen del aerostato aumentaba visiblemente.

Era la una menos cuarto.

En aquel momento, unas dos millas al norte, apareció la partida de talibas. Se oían sus gritos y el ruido de los cascos de los caballos corriendo a todo galope.

–Dentro de veinte minutos estarán aquí –dijo Kennedy.

–¡Hierba! ¡Hierba, Joe! ¡Dentro de diez minutos estaremos en el aire!

–Aquí tiene, señor.

El *Victoria* estaba hinchado en sus dos terceras partes.

–Amigos míos, agarrémonos a la red, como hemos hecho antes.

–Ya está –respondió el cazador.

Diez minutos después, unas sacudidas indicaron la tendencia del globo a elevarse. Los talibas se acercaban; estaban apenas a quinientos pasos.

–Agarraos bien –exclamó Fergusson.

–¡No tema, señor, no!

Con el pie, el doctor añadió más hierba a la hoguera.

El globo, totalmente dilatado por el aumento de temperatura, se elevó rozando las ramas del baobab.

–¡En marcha! –exclamó Joe.

Una descarga de mosquetes le respondió, y una de las balas le hizo un rasguño en un hombro; pero Kennedy, inclinándose, descargó su carabina y derribó a otro enemigo.

Gritos de rabia imposibles de reproducir acompañaron la ascensión del globo, que subió cerca de ochocientos pies. Se apoderó de él un viento fuerte que lo hizo oscilar de manera alarmante, mientras el intrépido doctor y sus dignos compañeros contemplaban bajo sus pies el abismo de las cataratas.

Diez minutos después, sin haber hablado una palabra, los intrépidos viajeros descendían poco a poco, al tiempo que se acercaban a la otra orilla.

Allí, sorprendido, maravillado, atónito, los esperaba un grupo de unos diez hombres con uniforme francés; júzguese cuál sería su asombro al ver elevarse aquel globo en la margen derecha del río. Casi creyeron en un fenómeno celeste. Pero sus jefes, que eran un teniente de Marina y un alférez de navío, conocían por los periódicos de Europa la audaz tentativa del doctor Fergusson, por lo que enseguida comprendieron qué estaba sucediendo.

El globo, deshinchándose poco a poco, descendía con los atrevidos aeronautas colgados de su red; pero parecía difícil que pudiese llegar a tierra, por lo que los franceses se echaron al río y recibieron en sus brazos a los tres ingleses en el momento en que el *Victoria* bajó a algunas toesas de la orilla izquierda del Senegal.

–¡El doctor Fergusson! –dijo el teniente.

–El mismo –respondió tranquilamente el doctor–, y sus dos amigos.

Los franceses llevaron a los viajeros a la orilla del río, mientras que el globo, medio deshinchado y arrastrado por una rápida corriente, quedó sepultado como una inmensa burbuja, con las aguas del Senegal, en las cataratas de Gouina.

–¡Pobre *Victoria*! –exclamó Joe.

El doctor no pudo reprimir una lágrima; abrió los brazos, y sus dos amigos se lanzaron sobre él profundamente conmovidos. •

XLIV

Conclusión. – El acta. – Los establecimientos franceses. El puesto de Medina. – El Basilic. *– San Luis. – La fragata inglesa. – Regreso a Londres*

El gobernador de Senegal había enviado allí a la expedición que se encontraba a orillas del río; la componían dos oficiales, los señores Dufraisse, teniente de Infantería de Marina, y Rodamel, alférez de navío, un sargento y siete soldados. Hacía dos días que estaban buscando la situación más favorable para el establecimiento de un puesto en Gouina, cuando fueron testigos de la llegada del doctor Fergusson.

Huelga decir que los tres viajeros recibieron muchos abrazos y un sinfín de felicitaciones. Tras haber podido comprobar en primera persona que el audaz proyecto de Samuel Fergusson había llegado a buen puerto, esos franceses se convertirían en sus testigos naturales.

El doctor les pidió, en primer lugar, que constataran de manera oficial su llegada a las cataratas de Gouina.

–¿Tendrá la bondad de levantar acta y firmarla? –le preguntó al teniente Dufraisse.

–Estoy a su disposición –respondió éste.

Condujeron a los ingleses a un puesto provisional establecido a orillas del río, y allí se les prodigaron las mayores atenciones y se les proveyó abundantemente de cuanto pudiera hacerles falta. Allí se redactó también, en los siguientes términos, el acta que se encuentra actualmente en los archivos de la Sociedad Geográfica de Londres.

> Los abajo firmantes declaramos que en el día de la fecha hemos visto llegar, colgados de la red de un globo, al doctor Fergusson y a sus dos compañeros, Richard Kennedy y Joseph Wilson, tras haber caído dicho globo a unos pasos de nosotros en el lecho mismo del río, siendo arrastrado por la corriente y abismándose en las cataratas de Gouina. En testimonio de lo cual firmamos la presente en unión de dichos viajeros para que conste donde sea pertinente.
>
> Firmado en las cataratas de Gouina, el 24 de mayo de 1862
>
> SAMUEL FERGUSSON, RICHARD KENNEDY, JOSEPH WILSON; DUFRAISSE, teniente de Infantería de Marina; RODAMEL, alférez de navío; DUFAYS, sargento; FLIPPEAU, MAYOR, PÉLISSIER, LOROIS, RASCAGNET, GUILLON y LEBEL, soldados

Aquí concluye la asombrosa travesía del doctor Fergusson y de sus valerosos compañeros, de la que dan fe irrecusables testigos. Se hallaban ya entre amigos y rodeados de tribus más hospitalarias que mantienen relaciones con los establecimientos franceses.

Habían llegado al Senegal el sábado 24 de mayo, y el 27 del mismo mes estaban en el puesto de Medina, situado a orillas del río, un poco más al norte.

Los oficiales franceses los recibieron con los brazos abiertos y los agasajaron con todo lo posible. El doctor y sus compañeros tuvieron ocasión de embarcar casi inmediatamente en el pequeño barco de vapor *Basilic*, que descendía por el Senegal hasta su desembocadura.

Catorce días después, el 10 de junio, llegaron a San Luis, donde el gobernador les ofreció una magnífica acogida. Ya estaban repuestos completamente de sus tribulaciones y fatigas. Joe decía a todo aquel que quisiera escucharle:

–Nuestro viaje, después de todo, ha sido muy tonto, y no aconsejo que lo emprenda quien desee experimentar emociones fuertes. Acaba por resultar tedioso; de no ser por las aventuras del lago Chad y del Senegal, nos habríamos muerto de aburrimiento.

Había una fragata inglesa próxima a zarpar, y los tres viajeros embarcaron en ella; el día 25 de junio llegaron a Portsmouth, y el siguiente, a Londres.

No describiremos el entusiasmo con que los acogió la Sociedad Geográfica ni los obsequios de que fueron objeto. Kennedy partió inmediatamente para Edimburgo con su famosa carabina, deseoso de tranquilizar cuanto antes a su vieja ama de llaves.

El doctor Fergusson y su fiel Joe continuaron siendo los mismos hombres que hemos conocido, sin que se hubiera verificado en ellos más que una variación importante.

Se habían convertido en íntimos amigos.

Todos los periódicos de Europa colmaron de elogios a los audaces exploradores, y el *Daily Telegraph* lanzó una tirada de novecientos setenta y siete mil ejemplares el día en que publicó un extracto del viaje.

En sesión pública celebrada en la Real Sociedad Geográfica, el doctor dio cuenta de su expedición aeronáutica, y obtuvo para él y sus compañeros la medalla de oro, destinada a recompensar la más notable exploración del año 1862.

El principal resultado del doctor Fergusson ha sido constatar de la manera más precisa posible los hechos y los datos geográficos reunidos por Barth, Burton, Speke y otros viajeros. Gracias a las expediciones actuales de Speke y Grant, y de Von Heuglin y Munzinger, que se dirigen a las fuentes del Nilo o al centro de África, podremos dentro de poco comprobar los propios descubrimientos del doctor Fergusson en la inmensa comarca comprendida entre los grados catorce y treinta y tres de longitud.

FIN

zenda edhasa

Títulos de la colección

La máscara de Dimitrios
Eric Ambler

La isla de Coral
R. M. Ballantyne

Peter Pan
James M. Barrie

El enigma de las arenas
Robert Erskine Childers

Juventud
Joseph Conrad

Los tres mosqueteros
Alejandro Dumas

Taras Bulba
Nikolái Gogol

Las aventuras de Simbad
René Khawam

Los cañones de Navarone
Alistair MacLean

Las cuatro plumas
E. W. Mason

Scaramouche
Rafael Sabatini

Fantomas
Pierre Souvestre y Marcel Allain

La flecha negra
Robert Louis Stevenson

El jorobado de Notre Dame
Víctor Hugo

Esta edición de *Cinco semanas en globo,*
de Julio Verne,
se terminó de imprimir en CPI Black Print,
el día 10 de febrero de 2026

zenda edhasa